小説 二月の勝者

—絶対合格の教室— 未来への一歩

伊豆平成／著
高瀬志帆／原作・イラスト

★小学館ジュニア文庫★

【小説《しょうせつ》】

二《に》月《がつ》の勝《しょう》者《しゃ》

未《み》来《らい》への一《いっ》歩《ぽ》

―絶対合格の教室―

目《もく》次《じ》

登《とう》場《じょう》人《じん》物《ぶつ》

山《やま》本《もと》佳《か》苗《なえ》

R《アール》クラスの生徒《せいと》。志望校《しぼうこう》は鈴蘭女子《すずらんじょし》と聖《せい》カトレア女子《じょし》。

今《いま》川《がわ》理《り》衣《い》沙《さ》

R《アール》クラスの生徒《せいと》。母《はは》の理想《りそう》が高《たか》く、本当《ほんとう》の気持《きも》ちを言《い》い出《だ》せない。

直《なお》江《え》樹《じゅ》里《り》

Ω《オメガ》クラスで算数《さんすう》が驚異的《きょういてき》に得意《とくい》。第一志望《だいいちしぼう》はJG《ジェイジー》。

柴《しば》田《た》まるみ

不登校《ふとうこう》だったが、樹里《じゅり》と親友《しんゆう》になり、JG《ジェイジー》を目指《めざ》す。

前《まえ》田《だ》花《か》恋《れん》

Ω《オメガ》クラス女子《じょし》トップ。桜蔭《おういん》が第一志望《だいいちしぼう》。

加《か》藤《とう》匠《たくみ》

R《アール》クラスの生徒《せいと》。鉄道《てつどう》が好《す》きで、鉄研《てつけん》がある学校《がっこう》を志望《しぼう》。

上《うえ》杉《すぎ》海《かい》斗《と》

順《じゅん》と共《とも》に開成《かいせい》を目指《めざ》す。双子《ふたご》の弟《おとうと》がいる。

島《しま》津《づ》順《じゅん》

Ω《オメガ》クラスで志望校《しぼうこう》は開成《かいせい》。祖母《そぼ》の家《いえ》で母《はは》と暮《く》らす。

黒《くろ》木《き》蔵《くろ》人《うど》

「桜花《おうか》ゼミナール」吉祥寺校校長《きちじょうじこうこうちょう》。有名中学受験塾《ゆうめいちゅうがくじゅけんじゅく》の元《もと》・カリスマ講師《こうし》。

佐《さ》倉《くら》麻《ま》衣《い》

「桜花《おうか》ゼミナール」吉祥寺校《きちじょうじこう》の新人講師《しんじんこうし》。主《おも》にR《アール》クラスを担当《たんとう》

序《じょ》章《しょう》

二月九日《にがつここのか》――。

中学受験《ちゅうがくじゅけん》の本番《ほんばん》、「二月《にがつ》の戦《たたか》い」も、ようやく終《お》わろうとしていた。

全員《ぜんいん》が合格《ごうかく》を手《て》にした桜花《おうか》ゼミナール吉祥寺校《きちじょうじこう》の六年生《ろくねんせい》たちも、入学先《にゅうがくさき》が決《き》まり、もう手《て》続《つづ》きを済《す》ませた子《こ》も多《おお》い。

明日《あした》は「卒塾《そつじゅく》の会《かい》」というのがあって、桜花《おうか》ゼミに行《い》く最後《さいご》の日《ひ》だった。

塾通《じゅくがよ》いはそれで終《お》わりだけれど、小学校《しょうがっこう》の卒業式《そつぎょうしき》は三月《さんがつ》だから学校《がっこう》は今月《こんげつ》いっぱいある。

もっとも、卒業式《そつぎょうしき》の練習《れんしゅう》やレクリエーションばっかりで、授業《じゅぎょう》はほとんどないのだが……。

島津順《しまづじゅん》の学校《がっこう》でも、今日《きょう》の五時間目《ごじかんめ》は自由時間《じゆうじかん》だった。

教室《きょうしつ》で好《す》きにしていていい――というので、クラスメートたちは思《おも》い思《おも》いにワイワイやっている。

順《じゅん》はいつもみたいに一人《ひとり》で問題集《もんだいしゅう》を開《ひら》いて自習《じしゅう》――ではなく、なぜだか対戦《たいせん》カードゲームのカードを一枚《いちまい》ずつじっくりと調《しら》べていた。

小学生《しょうがくせい》の間《あいだ》で流行《はや》っているゲームで、桜花《おうか》ゼミでもR《アール》やA《エー》クラスの男子《だんし》が持《も》っている。

もちろん、開成中《かいせいちゅう》めざして勉強《べんきょう》に集中《しゅうちゅう》していた順《じゅん》は、自分《じぶん》のカードなんて持《も》っていない。

これはクラスの女子《じょし》のカードだった。

何日《なんにち》か前《まえ》、教室《きょうしつ》で対戦《たいせん》しているのを眺《なが》めていたとき、順《じゅん》の簡単《かんたん》なアドバイスのおかげで対《たい》戦《せん》に勝《か》てた彼女《かのじょ》から、「すごい！」と感心《かんしん》された。

それで、「島津《しまづ》くん、私《わたし》のカードで強《つよ》いデッキを作《つく》ってよ」などと頼《たの》まれてしまったのだ。

たくさんあるカードから何枚《なんまい》かの強《つよ》い組《く》み合《あ》わせを選《えら》び、対戦用《たいせんよう》にそろえたカードの束《たば》を「デッキ」と呼《よ》ぶらしい。

そんな用語《ようご》さえ知《し》らない順《じゅん》だったが、「ルールを覚《おぼ》えて実戦《じっせん》で応用《おうよう》する」のはゲームも勉《べん》強《きょう》も同《おな》じだ。大事《だいじ》なのは「頭《あたま》に汗《あせ》をかいて考《かんが》えること」だから……。

いくつかの組《く》み合《あ》わせを思《おも》いつき、ルールに合《あ》うようデッキを作《つく》っていく。

そんな順《じゅん》を、カードの持《も》ち主《ぬし》の女子《じょし》はわくわくした顔《かお》で見《み》つめていた。

少《すこ》しはにかんで目線《めせん》をそらした順《じゅん》は、完成《かんせい》したデッキをぐいっと差《さ》し出《だ》した。

「えっとさ、このカードとこっちの二枚《にまい》を組《く》み合《あ》わせた。これで、相手《あいて》が攻撃《こうげき》してきたとき不意打《ふいう》ちの反撃《はんげき》で大《だい》ダメージを与《あた》えられるから……」

「そっか～。私《わたし》、ただ強《つよ》いモンスターを入《い》れとけばいいと思《おも》ってたよ」

「このコンボなら、ルール的《てき》にけっこういけると思《おも》う」

順《じゅん》がそう答《こた》えたとき、チャイムが鳴《な》って先生《せんせい》が入《はい》ってきた。

生徒《せいと》たちはみんな、のろのろと席《せき》に戻《もど》っていく。

下校《げこう》してすぐに塾《じゅく》へ行《い》っていた順《じゅん》にとっては気《き》が急《せ》く時間《じかん》だが、もう塾《じゅく》には行《い》かなくていい。

「ありがとね！」

席《せき》に戻《もど》る前《まえ》に、デッキを掲《かか》げた女子《じょし》がにっこりと微笑《ほほえ》んでみせた。

「やっぱり、島津《しまづ》くんて頭《あたま》いいいんだね～」

「いや、そうでもないって」

「ううん。すごいよ」

「そ、そう？」

感心《かんしん》されて嬉《うれ》しかったけれど、なんだかむずがゆい気《き》がして、順《じゅん》はまた目線《めせん》をそらした。

女子《じょし》に微笑《ほほえ》みかけられるのは慣《な》れてない。

ていうか、クラスの女子《じょし》とはほとんど接点《せってん》がなくて、話《はな》す機会《きかい》なんてなかったから。

塾《じゅく》では、同《おな》じΩ《オメガ》クラスの女子《じょし》と話《はな》したりもするが、今《いま》みたいなパターンにはならない。

そう、たいていは、こっちが「キモい！」とからかわれるか、文句《もんく》を言《い》われるか、ウザい女子《じょし》に順《じゅん》たちが嫌味《いやみ》を言《い》ってキレられるか——だったから。

特《とく》に、前田花恋《まえだかれん》とか、ちょー怖《こわ》いしなあ……。

今《いま》までそんなこと気《き》にもとめなかったけど、どっちのパターンにしても、今後《こんご》は同《おな》じ年頃《としごろ》の女子《じょし》と話《はな》す機会《きかい》はめったになくなるんだよな……。

学校《がっこう》からの帰《かえ》り道《みち》、井《い》の頭公園《かしらこうえん》の池《いけ》の脇《わき》を歩《ある》きながら、順《じゅん》はぼんやりとそんなことを考《かんが》えていた。

三年間《さんねんかん》の苦労《くろう》が実《みの》り、ついに合格《ごうかく》を勝《か》ち取《と》った開成中学《かいせいちゅうがく》は男子校《だんしこう》なのだ。この先《さき》、六年間《ろくねんかん》の学校生活《がっこうせいかつ》に女子《じょし》は存在《そんざい》しない。

順《じゅん》は、べつに「うるさくなくていい」くらいに思《おも》っていた。

それどころか、パパに勧《すす》められて目指《めざ》していた志望校《しぼうこう》が男子校《だんしこう》ばかりだったから、「受験《じゅけん》して入《はい》る中学《ちゅうがく》に男女共学《だんじょきょうがく》のところもある」と知《し》ったのさえ最近《さいきん》だったし……。

「ただいま～」

靴《くつ》を脱《ぬ》いでリビングのドアに手《て》をかけた順《じゅん》は、部屋《へや》の中《なか》が騒《さわ》がしいのに気《き》づいた。

「おかえり！」

真《ま》っ先《さき》に出迎《でむか》えたのがママだったので、順《じゅん》は驚《おどろ》いた。

あれ？　まだ薬局《やっきょく》で働《はたら》いてる時間《じかん》だよね？

この時間《じかん》はおばあちゃん一人《ひとり》だと思《おも》ってたのに、なんで？

「もしかして、都立大石山中《とりつおおいしやまちゅう》の発表日《はっぴょうび》だから？　わざわざ早退《そうたい》してこなくていいのに。どうせ、不合格《ふごうかく》だったんでしょ」

順《じゅん》がそう言《い》うと、ママの後《うし》ろでニコニコしていたおばあちゃんが言《い》った。

「なに言《い》ってんですか。うちの孫《まご》は優秀《ゆうしゅう》だもの、落《お》ちるわけないわ」

まさか!?　驚《おどろ》いた順《じゅん》に、ママが何度《なんど》もうなずく。

「合格《ごうかく》おめでとう、順《じゅん》！　がんばったね」

「わーっ！　マジか？　合格《ごうかく》した⁉」

中高一貫《ちゅうこういっかん》の都立校《とりつこう》の倍率《ばいりつ》はものすごい。

その都立校《とりつこう》の中《なか》でもトップの大石山中《おおいしやまちゅう》は、ものすごい人数《にんずう》の受験生《じゅけんせい》が出願《しゅつがん》していた。

家庭《かてい》の事情《じじょう》で志望校《しぼうこう》を変《か》えた順《じゅん》は、都立向《とりつむ》けの勉強《べんきょう》が付《つ》け焼《や》き刃《ば》だったし、自己採点《じこさいてん》の結《けっ》果《か》もいまいちだったので自信《じしん》がなかった。

それだけに合格《ごうかく》の喜《よろこ》びも大《おお》きい。

「今日《きょう》もお祝《いわ》いしなきゃねえ」

おばあちゃんは、開成《かいせい》の繰《く》り上《あ》げ合格《ごうかく》のときみたいに、またあちこちに出前《でまえ》の電話《でんわ》をしそうな勢《いきお》いだ。

「いや、お祝《いわ》いなんていいよ、べつに」

「ううん！　順《じゅん》はがんばったんだもの、受験終了《じゅけんしゅうりょう》のお祝《いわ》いをしようよ」

ママが言《い》った。

そうか。これで本当《ほんとう》に、長《なが》かった中学受験《ちゅうがくじゅけん》が終《お》わったんだもんな。

都立《とりつ》も合格《ごうかく》か。結果的《けっかてき》に、受《う》けたとこ全勝《ぜんしょう》って、俺《おれ》、わりとやるじゃん……。

お祝《いわ》いの料理《りょうり》をなににするかおばあちゃんと相談《そうだん》していたママが、「そうそう」と思《おも》い出《だ》したように、大石山中《おおいしやまちゅう》の書類《しょるい》を順《じゅん》に手渡《てわた》した。

「これ、入学手続《にゅうがくてつづ》きが明日《あす》までだから、都立大石山《とりつおおいしやま》のほうは入学《にゅうがく》を辞退《じたい》しなきゃ。それでいいんだよね」

「あ、うん……」

書類《しょるい》を眺《なが》めながら、順《じゅん》はうなずいた。

同時《どうじ》に、「だけど、まだこの二校《にこう》から選《えら》べるんだよな」とも思《おも》っていた。

念願《ねんがん》だった開成中《かいせいちゅう》に入《はい》るのか、公立《こうりつ》トップの都立大石山中《とりつおおいしやまちゅう》に入《はい》るのか？

ずっと開成合格《かいせいごうかく》目指《めざ》して努力《どりょく》してきたんだし、当然《とうぜん》、開成《かいせい》に決《き》まってるけど……。

順《じゅん》の胸《むね》に、それぞれの学校《がっこう》に通《かよ》っている未来《みらい》の自分《じぶん》の姿《すがた》が思《おも》い浮《う》かんだ。

そしてなぜか、大石山《おおいしやま》の生徒会長《せいとかいちょう》のことも……。

黒木先生《くろきせんせい》の勧《すす》めで、順《じゅん》は都立受験専門《とりつじゅけんせんもん》の塾《じゅく》にも短《みじか》い期間《きかん》通《かよ》っていた。

その塾《じゅく》の説明会《せつめいかい》で都立中《とりつちゅう》の紹介《しょうかい》をしていた大石山中《おおいしやまちゅう》の生徒会長《せいとかいちょう》に会《あ》ったのだ。颯爽《さっそう》として、自信《じしん》に満《み》ちた年上《としうえ》の女子中学生《じょしちゅうがくせい》……。

その生徒会長《せいとかいちょう》のことを、ふと思《おも》い出《だ》したのだ。

　順《じゅん》は、面《めん》と向《む》かって「会長《かいちょう》って女子《じょし》でもなれるんですか」とか「普通《ふつう》、男子《だんし》がなるんじゃないんですか」などと聞《き》いてしまった。

　すると彼女《かのじょ》は鼻《はな》と鼻《はな》がくっつきそうなくらいにグイッと順《じゅん》に顔《かお》を近《ちか》づけると、フフッと笑《わら》ってこう答《こた》えたのだ。

「ふうん？　君《きみ》がなぜそういう考《かんが》え方《かた》になったか、を考《かんが》えると…。うちの学校《がっこう》、受検《じゅけん》したらいいんじゃない？」

君がなぜそういう考え方になったか、を考えると…
うちの学校、受検したらいいんじゃない？

どうして、あの先輩《せんぱい》がそんなことを言《い》ったのか、順《じゅん》にはよくわからなかった。

言《い》われたから大石山《おおいしやま》を受《う》けたわけでもない。ただ……。

今《いま》、なぜか、彼女《かのじょ》がフフッと笑《わら》ってみせたときの、ドキドキした気持《きも》ちが蘇《よみがえ》ったのだ。

そうか、あのときも女子《じょし》に微笑《ほほえ》みかけられたんだよな……。

開成《かいせい》に行《い》ったら絶対《ぜったい》にないことが、大石山《おおいしやま》に行《い》ったら……ある?

順《じゅん》は考《かんが》えこんだ。

今《いま》さらこんなこと言《い》い出《だ》したら怒《おこ》られるか?

でも、期限《きげん》は明日《あす》までだし、迷《まよ》っている暇《ひま》はない……。

「ねえ順《じゅん》、晩《ばん》ご飯《はん》はスキヤキでいいかな?」

「ああ……うん……」

ママに聞《き》かれても、順《じゅん》はうつむいたまま考《かんが》え続《つづ》けていた。

「ケーキも買《か》っちゃう?」

「う、うん……」

やっぱり今日中《きょうじゅう》に話《はな》し合《あ》って決《き》めないと間《ま》に合《あ》わない。

順《じゅん》は、顔《かお》を上《あ》げて言《い》った。

「あのさ、ママ。ちょっと相談《そうだん》したいことがあるんだけど」

明日《あす》、黒木先生《くろきせんせい》にも報告《ほうこく》しないといけないだろうな……と、順《じゅん》は思《おも》った。

＊　＊　＊

翌《よく》、二月十日《にがつとおか》――。

今日《きょう》は「卒塾《そつじゅく》の会《かい》」がある。小六生《しょうろくせい》が桜花《おうか》ゼミに行《い》く最後《さいご》の日《ひ》だ。

「理衣沙《りいさ》～。準備《じゅんび》できた？」

リビングからママの声《こえ》がしたので、今川理衣沙《いまがわりいさ》は、「ん～」と適当《てきとう》に返事《へんじ》をした。

吉祥寺《きちじょうじ》の駅《えき》に近《ちか》い高層《こうそう》マンション。理衣沙《りいさ》は両親《りょうしん》と三人《さんにん》で住《す》んでいる。パパは住宅会社《じゅうたくがいしゃ》の社員《しゃいん》で、これまでは家《いえ》を売《う》る「営業《えいぎょう》」をしていたので、家《いえ》に帰《かえ》る時間《じかん》も遅《おそ》くて、土日《どにち》も働《はたら》いていた。

「ねえ、まだ～？」

「ん〜」

答《こた》えたけれど、理衣沙《りいさ》は勉強机《べんきょうづくえ》にひじをついたままスマホをいじり続《つづ》けていた。

とっくに髪《かみ》は可愛《かわい》くセットしてあるし、お気《き》に入《い》りのアクセサリーもつけて、服《ふく》のコーディネートもばっちりできてる。どっちかといえば「お勉強《べんきょう》」より、おしゃれのほうが好《す》きだし得意《とくい》なのだ。

机《つくえ》の上《うえ》にはまだ受験《じゅけん》の名残《なごり》の参考書《さんこうしょ》や問題集《もんだいしゅう》がのっていたが、早《はや》くも少女《しょうじょ》マンガやローティーン向《む》けのファッション雑誌《ざっし》なんかにおおわれつつある。

「二月《にがつ》の戦《たたか》い」で、理衣沙《りいさ》は身《み》も心《こころ》もボロボロになった。

ここ数日《すうじつ》で、ようやくいつもの自分《じぶん》に戻《もど》ってきた気《き》がする。

まあ、前《まえ》のまんまってわけじゃなくて、自分《じぶん》でも少《すこ》し成長《せいちょう》したと思《おも》うけど……。

今日《きょう》は学校《がっこう》から帰《かえ》ってくるなり、ママが「制服《せいふく》を注文《ちゅうもん》するついでにデパートでお買《か》い物《もの》もして、夜《よる》は駅《えき》でパパと待《ま》ち合《あ》わせて外食《がいしょく》しよう」とか言《い》ってきた。

いつも一人《ひとり》で予定《よてい》を決《き》めちゃうから、ママのペースに付《つ》き合《あ》うのは少《すこ》し面倒《めんどう》くさい。でも、このところママはやけに機嫌《きげん》がよかった。

理衣沙《りいさ》としては、それがちょっと納得《なっとく》いかない気《き》もしていた。

だってママは、私《わたし》が「聖《せい》カサブランカ女子《じょし》」を受《う》けるの、あんなに嫌《いや》がってたのに！

ぼんやりとスマホをいじっていると、待《ま》ちきれなくなったママが部屋《へや》に顔《かお》を出《だ》す。

「なんだ、もう準備《じゅんび》できてるんじゃない。ほら、行《い》くよ！」

「う～ん」

「なによ、ショッピングとレストランだよ、嬉《うれ》しいでしょ」

「はいはい。嬉《うれ》しい嬉《うれ》しい」

「なによ？　もしかして今日《きょう》、他《ほか》になんか予定《よてい》あった？」

ママが机《つくえ》の前《まえ》に貼《は》られた二月《にがつ》のカレンダーに目《め》をやる。週《しゅう》の前半《ぜんはん》には受験《じゅけん》の予定《よてい》がびっしり書《か》きこんであるが、十日《とおか》より先《さき》は空欄《くうらん》になっている。

「ううん」

答《こた》えながら、理衣沙《りいさ》はさりげなくスマホの画面《がめん》を手《て》で隠《かく》した。

信《しん》じらんない！　これ、昨日《きのう》来《き》た一斉《いっせい》メールなんですけど……？

理衣沙《りいさ》がさっきから見《み》ていたのは、塾《じゅく》から届《とど》いた「お知《し》らせメール」だった。

今日《きょう》、五時《ごじ》から「卒塾《そつじゅく》の会《かい》」なのに。

ママ、このメール見《み》てないか、見《み》てても無視《むし》した？

でも……。まあ、いっか……と、理衣沙《りいさ》は思《おも》った。

他《ほか》の子《こ》の幸《しあわ》せそうな顔《かお》を見《み》に行《い》くのも、こっちのホッとした顔《かお》を見《み》られるのもごめんだ。

理衣沙《りいさ》が「全落《ぜんお》ち」ギリギリで、なんとか四日目《よっかめ》の受験《じゅけん》で合格《ごうかく》できた――なんてこと、だれもからかったりはしないだろうけど。それでも。

「べつに、なんにも予定《よてい》ないよ」

素早《すばや》くメールを削除《さくじょ》して、理衣沙《りいさ》は勢《いきお》いよく立《た》ち上《あ》がった。

「買《か》い物《もの》、楽《たの》しみ！　早《はや》く行《い》こう！」

佐《さ》倉《くら》のレポート26

押忍《おす》‼　佐倉麻衣《さくらまい》です！

いよいよ今日《きょう》は、六年生《ろくねんせい》の「卒塾の会《そつじゅくのかい》」。

前々《まえまえ》から話《はな》していたイベントで、生徒《せいと》たちと会《あ》う最後《さいご》の日《ひ》になるかもしれません。

こちらは卒塾後《そつじゅくご》に遊《あそ》びに来《く》てくれるのは大歓迎《だいかんげい》なのですが、先輩《せんぱい》たちによると、中学《ちゅうがく》に進《すす》んでからも講師《こうし》とつながりのある生徒《せいと》は少《すく》ないそうです。

だからこそ、「この機会《きかい》にぜひとも集《あつ》まってほしい！」と、昨日《きのう》も全員《ぜんいん》に会《かい》へのお誘《さそ》いメールを送《おく》りました。大半《たいはん》の子《こ》が返事《へんじ》をしてくれましたが、反応《はんのう》のない子《こ》もいます。

全員合格《ぜんいんごうかく》を果《は》たした――とはいえ、受《う》かった状況《じょうきょう》はいろいろなので、中《なか》には顔《かお》を出《だ》しにくい子《こ》もいるでしょう。

そして私《わたし》たち講師《こうし》は、来週《らいしゅう》には新《あたら》しい六年生《ろくねんせい》との来年度《らいねんど》の「戦《たたか》い」がスタートするのです。

また、橘先生《たちばなせんせい》は桜花《おうか》ゼミが来年《らいねん》から設置《せっち》する「新部署《しんぶしょ》」に異動《いどう》するため、吉祥寺校《きちじょうじこう》を去《さ》ることがすでに決《き》まっています。

担当《たんとう》した講師陣《こうしじん》が去《さ》る前《まえ》にお別《わか》れできるよう、これまで三月《さんがつ》の終《お》わりごろにやっていた卒《そつ》塾《じゅく》の会《かい》のスケジュールを、黒木先生《くろきせんせい》が早《はや》めたのだそうです。

こんな早《はや》くに、小学校《しょうがっこう》の卒業式《そつぎょうしき》も待《ま》たずに生徒《せいと》たちとさよならなんてつらいな～と思《おも》っていましたが、ちゃんとお別《わか》れできないよりはずっといいかも。

最後《さいご》だし、「こうなったら卒塾《そつじゅく》の会《かい》にすべてを注《そそ》ぐぞ～！」と張《は》り切《き》っていると、お菓子《かし》の買《か》い出《だ》しから戻《もど》った黒木先生《くろきせんせい》に「新入生《しんにゅうせい》の獲得《かくとく》や、入塾説明会《にゅうじゅくせつめいかい》の準備《じゅんび》など、他《ほか》の仕事《しごと》も山《やま》ほどあります」と、お説教《せっきょう》されちゃいました。

でも、今日《きょう》の黒木先生《くろきせんせい》はあまり怖《こわ》くありません。なぜなら、お菓子《かし》の変《へん》なキャラクターが描《か》かれた「うまい丸《まる》・ドリアン味《あじ》」なんて箱《はこ》を抱《かか》えていたから！

キリッと鋭《するど》い目《め》でにらまれても、その隣《となり》に「うまい丸《まる》」のキャラクターがちらついているから、いつもの怖《こわ》さは半減《はんげん》です。思《おも》わず、吹《ふ》き出《だ》しちゃいました。

結局《けっきょく》、先生《せんせい》から「あと数時間《すうじかん》は大目《おおめ》に見《み》ましょう。全力《ぜんりょく》で盛《も》り上《あ》げてあげてください」と指示《しじ》が出《で》て、私《わたし》だけで卒塾《そつじゅく》の会《かい》の用意《ようい》を進《すす》めることになったのですが……。

今日《きょう》は、受験生《じゅけんせい》たちがずっと勉強《べんきょう》してきた教室《きょうしつ》にやってくる最後《さいご》の日《ひ》——。

縦《たて》に二列《にれつ》ずつ、机《つくえ》を向《む》かい合《あ》わせに並《なら》べれば、いつもの教室《きょうしつ》がパーティー会場《かいじょう》に早変《はやが》わりします。

「卒塾《そつじゅく》の会《かい》」と書《か》かれたポスターを黒板《こくばん》に貼《は》り、プログラムの紙《かみ》を用意《ようい》して、「うまい丸《まる》」などのお菓子《かし》と飲《の》み物《もの》を各席《かくせき》に配《くば》り……。

小六生《しょうろくせい》たちの最後《さいご》の行事《ぎょうじ》が、記憶《きおく》に残《のこ》る楽《たの》しいものになるといいなと思《おも》いながら、それと同時《どうじ》に、私《わたし》は自分《じぶん》の進路《しんろ》についても考《かんが》えずにはいられませんでした。

数日前《すうじつまえ》、黒木先生《くろきせんせい》と面談《めんだん》して、橘先生《たちばなせんせい》と同《おな》じ「新部署《しんぶしょ》に移《うつ》る」か「ここで中学受験《ちゅうがくじゅけん》の講師《こうし》を続《つづ》ける」か、どちらかを選《えら》ぶように言《い》われたのです。

卒塾《そつじゅく》の会《かい》と、新入生《しんにゅうせい》の説明会《せつめいかい》が終《お》わるまでに答《こた》えを出《だ》さないといけないのですが……。

会《かい》の準備《じゅんび》が整《ととの》った、午後四時過《ごごよじす》ぎのこと——。

私《わたし》が他《ほか》の先生《せんせい》たちと休憩《きゅうけい》しようとしていると、一人《ひとり》の生徒《せいと》がかけこんできました。

「島津《しまづ》くん⁉」

顔《かお》を出《だ》したのは、Ω《オメガ》クラスの島《しま》津《づ》順《じゅん》くんでした。
ずっと走《はし》ってきたのか、ハアハアと息《いき》をしています。
どうしたんだろ？　まだ、卒塾《そつじゅく》の会《かい》までには一時間《いちじかん》もあるのに？
そして、このあと——。
私《わたし》は、黒木先生《くろきせんせい》の意外《いがい》な姿《すがた》を見《み》ることになったのです。

第《だい》一《いっ》章《しょう》　卒《そつ》塾《じゅく》の会《かい》

島《しま》津《づ》順《じゅん》の決《けつ》断《だん》

「会《かい》は五時《ごじ》からだよ～！　早《はや》いね！」

塾《じゅく》に入《はい》るなり桂先生《かつらせんせい》に声《こえ》をかけられたが、息《いき》が上《あ》がっていた順《じゅん》はすぐには答《こた》えず、ぐるっと室内《しつない》を見渡《みわた》した。

桂先生《かつらせんせい》が、さらに声《こえ》をかけてくる。

「てか、あれ？　ランドセル？　てことは……？」

「小学校《しょうがっこう》から直接来《ちょくせつき》ました！」

家《いえ》に帰《かえ》っている時間《じかん》が惜《お》しくて、学校《がっこう》からずっと走《はし》ってきたのだ。

「そんなに急《いそ》いで？　なんで？」

「黒木先生《くろきせんせい》に話《はなし》があって。会《かい》が始《はじ》まる前《まえ》じゃないと時間《じかん》ないかなあって思《おも》って、急《いそ》いで」

ハアハアと息《いき》をしながら答《こた》える順《じゅん》に、佐倉先生《さくらせんせい》や橘先生《たちばなせんせい》までが何事《なにごと》かと首《くび》をかしげる。

あれ？　黒木先生《くろきせんせい》がいないぞ？　でも今日《きょう》は卒塾《そつじゅく》の会《かい》なんだし、いるはずじゃ……？

順《じゅん》が焦《あせ》っていると、奥《おく》から声《こえ》がした。

「島津《しまづ》さん、どうされました？」

黒《くろ》いスーツの裾《すそ》を整《ととの》えながら、着替《きが》えたばかりらしい黒木先生《くろきせんせい》が入《はい》ってきた。

「すみません、あの――」

報告《ほうこく》したら先生《せんせい》はなんて言《い》うだろう？　がっかりするだろうか？　怒《おこ》られる？

一瞬《いっしゅん》とまどったものの、順《じゅん》はポケットから一枚《いちまい》の書類《しょるい》を引《ひ》っ張《ぱ》り出《だ》し、黒木先生《くろきせんせい》に手渡《てわた》しした。

「急《いそ》いで決《き》めなきゃならなかったので、あの……実《じつ》は、これ……」

「これは……」

文面《ぶんめん》に目《め》をやるなり、黒木先生《くろきせんせい》の顔《かお》つきが険《けわ》しくなる。

「あの……ぼく、すごく迷《まよ》って……」

少《すこ》し口《くち》ごもってから、順《じゅん》は思《おも》い切《き》って告《つ》げた。

「開成《かいせい》には行《い》きません。大石山中《おおいしやまちゅう》に行《い》くことにしました」

えっ⁉

と、先生《せんせい》たちの驚《おどろ》く気配《けはい》がする。

順《じゅん》が渡《わた》したのは、都立大石山《とりつおおいしやま》の入学《にゅうがく》許可書《きょかしょ》だった。

開成《かいせい》の入学《にゅうがく》を辞退《じたい》し、今日《きょう》、ママと入学手続《にゅうがくてつづ》きを済《す》ませてきたのだ。

「せっかく開成《かいせい》に受《う》かったのに、すごくもったいない話《はなし》なんですけど、でも、ぼくなりによく考《かんが》えて……」

昨日《きのう》、ママに相談《そうだん》したときのことを

思《おも》い出《だ》して笑《え》みを浮《う》かべた順《じゅん》は、先生《せんせい》を見上《みあ》げて、ハッと息《いき》をのんだ。

こちらを見《み》つめる黒木先生《くろきせんせい》の目《め》が怖《こわ》い——。

「島津《しまづ》さん、なぜですか？　なぜ……こんな決断《けつだん》を？」

「え……」

先生《せんせい》、怒《おこ》ってる⁉

黒木先生《くろきせんせい》は、手《て》にした書類《しょるい》をギュッと握《にぎ》りしめていた。

普段《ふだん》は冷静《れいせい》な眼差《まなざ》しが、今《いま》ははっきりと怒《いか》りに燃《も》えている。こんなに感情《かんじょう》があらわになった黒木先生《くろきせんせい》を見《み》たのは初《はじ》めてだ。

他《ほか》の先生《せんせい》も信《しん》じられないという顔《かお》だった。部屋《へや》の中《なか》がしんと静《しず》まり返《かえ》る。

でも、黒木先生《くろきせんせい》が怒《おこ》るのも無理《むり》はない。なにしろ、あの開成中学《かいせいちゅうがく》なのだ。「見事合格《みごとごうかく》した御三家《ごさんけ》の入学《にゅうがく》を、自分《じぶん》から蹴《け》ります」と報告《ほうこく》したのだから……。

黒木先生《くろきせんせい》が、強《つよ》い口調《くちょう》で言《い》った。

「私《わたし》は、あなたのお母《かあ》さんから、『経済的懸念《けいざいてきけねん》は払拭《ふっしょく》したので私立《しりつ》でも進学《しんがく》できる』とうかがってます。なので開成《かいせい》をあきらめなくていい、と」

受験《じゅけん》の数《すう》か月前《げつまえ》――。順《じゅん》は、独自《どくじ》の勉強法《べんきょうほう》を強制《きょうせい》し続《つづ》けてきた父《ちち》に初《はじ》めて反発《はんぱつ》した。母《はは》も順《じゅん》の味方《みかた》をしてくれ、二人《ふたり》は家《いえ》を出《で》て、今《いま》は近《ちか》くにある母《はは》の実家《じっか》に住《す》んでいる。

両親《りょうしん》が離婚《りこん》するかもしれず、お金《かね》のかかる私立《しりつ》の受験《じゅけん》は考《かんが》え直《なお》すことになった。

それで、授業料《じゅぎょうりょう》がかからない都立《とりつ》の中学《ちゅうがく》も受《う》けることにした。

でも、順《じゅん》が開成《かいせい》への挑戦《ちょうせん》をどうしてもあきらめきれないと知《し》った黒木先生《くろきせんせい》は、奨学金制度《しょうがくきんせいど》のことを教《おし》えてくれたり、できるかぎりのことをしてくれたのだ。

なにより、ママも「お金《かね》のことは心配《しんぱい》ない」と言《い》ってくれていた。

「そこまで……」

黒木先生《くろきせんせい》が声《こえ》を震《ふる》わせて言《い》った。

「大人《おとな》たちが、あなたの希望《きぼう》がかなえられるようがんばりました。だからあなたはお金《かね》の心《しん》配《ぱい》をせずに開成《かいせい》を選《えら》べる。なのに……どうして……!?」

ああ、やっぱりがっかりさせてしまったんだ。俺《おれ》が無理《むり》を言《い》って、苦労《くろう》して勝《か》ち取《と》った開《かい》成中《せいちゅう》の合格《ごうかく》なのに、それをむだにするような決断《けつだん》をしたから……。

困《こま》ったようにうつむく順《じゅん》に、先生《せんせい》は見《み》つめていた大石山《おおいしやま》の入学許可書《にゅうがくきょかしょ》を差《さ》し出《だ》した。

書類《しょるい》を持《も》つ先生《せんせい》の手《て》が、怒《いか》りに震《ふる》えているのがわかる。

ネクタイをきつく締《し》め直《なお》すと、黒木先生《くろきせんせい》は少《すこ》し落《お》ち着《つ》いた声《こえ》で言《い》った。

「もちろん、最終的《さいしゅうてき》に進路《しんろ》を決《き》めるのは島津《しまづ》さん自身《じしん》です。しかし、私《わたし》は、子《こ》どもの将来《しょうらい》が良《よ》いものになるよう願《ねが》う大人《おとな》の一人《ひとり》として、経済的事情《けいざいてきじじょう》で夢《ゆめ》をあきらめる子《こ》どもを一人《ひとり》でも減《へ》らしたいと願《ねが》っています。だから――」

先生《せんせい》の声《こえ》に、また怒《いか》りがにじむ。

「こんな風《ふう》に子《こ》どもが大人《おとな》に忖度《そんたく》して、夢《ゆめ》をあきらめる方向《ほうこう》に動《うご》かせてしまったとしたら、私《わたし》は自分自身《じぶんじしん》の非力《ひりき》さに腹《はら》が立《た》って仕方《しかた》がない……!!」

そう言《い》って、先生《せんせい》は腕《うで》に巻《ま》いたミサンガに指《ゆび》をかけた。

「まだ……十二歳《じゅうにさい》という若《わか》さで、その決断《けつだん》をさせてしまった……我々《われわれ》の無力《むりょく》さが、腹立《はらだ》たしく……悔《くや》しい……!!」

ミサンガにひっかけた指《ゆび》に力《ちから》がこもり、編《あ》んだ布《ぬの》がギシッと音《おと》を立《た》てる。

これほど怒《おこ》っている先生《せんせい》を見《み》たのは初《はじ》めてだ。

「申《もう》し訳《わけ》ありません。少《すこ》し……熱《あつ》くなってしまいました。あなたの決断《けつだん》を責《せ》めたわけではないことを言《い》いたかった」

落《お》ち着《つ》きを取《と》り戻《もど》した先生《せんせい》は、「もし聞《き》いてくれるなら、世間話《せけんばなし》を聞《き》いてほしい」と前置《まえお》きして、「ある少年《しょうねん》」の話《はなし》をしてくれた。少《すこ》し昔《むかし》の話《はなし》を……。

【昔《むかし》、一人《ひとり》のサッカーが好《す》きな少年《しょうねん》がいたこと】

【彼《かれ》にはサッカーの才能《さいのう》があって中学《ちゅうがく》まで活躍《かつやく》していたが、生《う》まれつきの体質《たいしつ》の問題《もんだい》で、プロになるのを断念《だんねん》したこと】

【少年《しょうねん》の親友《しんゆう》も、彼《かれ》と同《おな》じく将来《しょうらい》を期待《きたい》された選手《せんしゅ》で、海外留学《かいがいりゅうがく》の話《はなし》まであったこと】

【だがその親友《しんゆう》は母子家庭《ぼしかてい》で、無理《むり》して働《はたら》いて身体《からだ》を壊《こわ》した母《はは》を助《たす》けるため、留学《りゅうがく》も進学《しんがく》もあきらめ、働《はたら》くしかなかったこと】

【少年《しょうねん》が自分《じぶん》の夢《ゆめ》を託《たく》したその親友《しんゆう》までが、夢《ゆめ》をあきらめるしかなかった悔《くや》しさ──】

【だから、大人《おとな》になった二人《ふたり》は、「自分《じぶん》の手《て》の届《とど》く範囲《はんい》でいいから、お金《かね》で進路《しんろ》を自由《じゆう》に選《えら》べなくなっている子《こ》どもたちを一人《ひとり》でもいいから減《へ》らそう」と誓《ちか》った】

順《じゅん》は、その「少年《しょうねん》」が黒木先生自身《くろきせんせいじしん》のことなのだとすぐにわかった。

進路《しんろ》を閉《と》ざされた親友《しんゆう》と先生《せんせい》が、そんな決意《けつい》をしたのだということも。

二人《ふたり》が今《いま》もその思《おも》いを持《も》ち続《つづ》けていて、黒木先生《くろきせんせい》は誓《ちか》いを守《まも》れなかった自分自身《じぶんじしん》に腹《はら》を立《た》てているのだ、ということも……。

フッと苦笑《くしょう》して、黒木先生《くろきせんせい》が言《い》った。

「この暑苦《あつくる》しい善意《ぜんい》を受《う》け取《と》ってもらえるかどうかは別《べつ》の話《はなし》ですね。だから、この決断《けつだん》をしたあなたを怒《おこ》ったわけではないので、そこはわかってください」

先生《せんせい》はそう言《い》うと、順《じゅん》がもし「経済的《けいざいてき》に苦《くる》しいから」と気《き》を遣《つか》って大石山《おおいしやま》を選《えら》んだのなら、もう一度《いちど》、自分《じぶん》の気持《きも》ちだけでどうしたいか考《かんが》え直《なお》してほしい――と頭《あたま》を下《さ》げた。

「私《わたし》からの……身勝手《みがって》なお願《ねが》いです」

そういうことか！　先生《せんせい》は、ママと同《おな》じ心配《しんぱい》をしてくれてたんだ……。

どうしよう。困《こま》ったぞ……。

「えと、あの……なんて言《い》うか、その……」

順《じゅん》は、きょろきょろと目線《めせん》をさまよわせた。

「なんか、言《い》いづらいんですけど……」

昨日《きのう》の晩《ばん》、ママとも話《はな》して大石山《おおいしやま》の入学《にゅうがく》を決《き》めたのだけれど……。

でも、自分《じぶん》が大石山《おおいしやま》に行《い》きたいのは決《けっ》してそんなかっこいい理由《りゆう》じゃない。

夢《ゆめ》を誓《ちか》い合《あ》った少年《しょうねん》とその親友《しんゆう》のことを聞《き》いて、ますます話《はな》しづらくなったけど――。

「大石山《おおいしやま》に決《き》めた理由《りゆう》ってのが、その、家《いえ》のお金《かね》の心配《しんぱい》とか、そんな偉《えら》い理由《りゆう》じゃなくて……」

「え？」

順《じゅん》の言葉《ことば》が意外《いがい》だったのか、ぽかんと口《くち》を開《あ》ける黒木先生《くろきせんせい》。

「なら、どういった理由《りゆう》で……」

「えっと、だから、言《い》いづらくて、そのっ、じょ……じょ……」

「ジョジョ？」

先生《せんせい》が、真顔《まがお》で聞《き》いてくる。

ああもう！　恥《は》ずかしいけどっ！

もじもじしながら、順《じゅん》は思《おも》い切《き》って白状《はくじょう》した。

「じょ、女子《じょし》が……いる学校《がっこう》に行《い》きたいな、って……」

「ぐふっ」

黒木先生《くろきせんせい》は素早《すばや》く手《て》で口《くち》をふさいだが、こらえきれず、すぐに大声《おおごえ》で「わはははは！」と笑《わら》い出《だ》した。

いつも無表情《むひょうじょう》で冷静《れいせい》な黒木先生《くろきせんせい》が！　心《こころ》から楽《たの》しそうに笑《わら》い転《ころ》げてる……!?

驚《おどろ》いているのは順《じゅん》だけではなかった。

ハラハラして二人《ふたり》のやりとりを見守《みまも》っていた佐倉先生《さくらせんせい》や桂先生《かつらせんせい》たちも、初《はじ》めて見《み》る、感情《かんじょう》をあらわにした黒木先生《くろきせんせい》の大笑《おおわら》いに、びっくりしていた。

「それなら、しょうがないですね！」

笑《わら》いながらうなずく、黒木先生《くろきせんせい》。

よ、よかったぁ……。

順《じゅん》は、ホッとして照《て》れ笑《わら》いを浮《う》かべた。

昨日《きのう》も、「薬学大《やくがくだい》に行《い》ったママみたいに、理系《りけい》に行《い》くような女性《じょせい》が普通《ふつう》にいる学校《がっこう》がいいかなっていうかさ～」とごまかそうとして、ママに見透《みす》かされてしまったから。

でも、黒木先生《くろきせんせい》にもＯＫ《オーケー》をもらえた。

これで心置《こころお》きなく大石山《おおいしやま》に行《い》ける――順《じゅん》は、そう思《おも》った。

女子が…
もじ…
いる学校に
行きたいな、
って…

卒《そつ》塾《じゅく》の会《かい》

「みんな座《すわ》ったかな？　それじゃそろそろ始《はじ》めようか！」

橘先生《たちばなせんせい》が、授業《じゅぎょう》のときと同《おな》じ、よく通《とお》る大《おお》きな声《こえ》でそう言《い》っても、卒塾《そつじゅく》の会《かい》に集《あつ》まった六《ろく》年生《ねんせい》たちはまだざわざわしていた。

時間《じかん》通《どお》りに来《き》たら、いつもとぜんぜんちがうレイアウトの教室《きょうしつ》に案内《あんない》されて——。

向《む》かい合《あ》わせで二列《にれつ》に並《なら》んだ席《せき》に腰《こし》かけて——。

特《とく》に指示《しじ》されなかったので仲良《なかよ》し同士《どうし》で座《すわ》った結果《けっか》、自然《しぜん》に男子《だんし》と女子《じょし》の二列《にれつ》に分《わ》かれ、だいたいクラスごとにかたまっている。

欠席者《けっせきしゃ》もいるけれど、ほとんどの生徒《せいと》がそろっていた。

黒板《こくばん》に「卒塾《そつじゅく》の会《かい》」と書《か》いた大《おお》きな紙《かみ》が貼《は》ってある。

「今日《きょう》って、なんの授業《じゅぎょう》?」

「うそっ、授業《じゅぎょう》あるの?　ジュースとお菓子《かし》、配《くば》られてるのに?」

「おれ、テキストとか持《も》ってきてねーぞ」

そんなささやきのなか、黒板《こくばん》の前《まえ》に立《た》った橘先生《たちばなせんせい》はニコニコ笑《わら》って言《い》った。

「今日《きょう》は堅苦《かたくる》しいこと考《かんが》えず、楽《たの》しもうな!」

ざっくばらんで、男子《だんし》に人気《にんき》のある熱血講師《ねっけつこうし》——橘先生《たちばなせんせい》の言葉《ことば》に、R《アール》クラスの男子《だんし》が「今日《きょう》なにするかわかんないから手《て》ぶらで来《き》たけど合《あ》ってますかー?」とストレートな質問《しつもん》をした。

先生《せんせい》が笑《わら》ってうなずく。

「うん!　武田《たけだ》くんらしくてよろしい!　今日《きょう》はただおやつを食《た》べて、ゲームをしたりおしゃべりしたりするだけの楽《たの》しい会《かい》だ!　こちらが今日《きょう》のプログラム!」

橘先生《たちばなせんせい》が指差《ゆびさ》したタイミングに合《あ》わせて、佐倉先生《さくらせんせい》が、ささっとプログラムの書《か》かれた紙《かみ》を磁石《じしゃく》で黒板《こくばん》に貼《は》った。

〈「卒塾《そつじゅく》の会《かい》」プログラム　十七時《じゅうしちじ》スタート〉

☆あいさつ

～自由《じゆう》におしゃべり&《アンド》お茶《ちゃ》タイム

☆ビンゴ大会《たいかい》

☆先生方《せんせいがた》より　出《だ》し物《もの》

☆校舎長《こうしゃちょう》あいさつ

～解散《かいさん》　十九時《じゅうくじ》ごろ

「えっ！」

「本当《ほんとう》にただの会《かい》だ！」

山本佳苗《やまもとかなえ》は、プログラムを見《み》て思《おも》わずそう口《くち》にしていた。

「ただの会《かい》、って、なに？」

「ほんとに勉強《べんきょう》しなくていいんだ！　って、改《あらた》めて……」

隣《となり》に座《すわ》っていた、同《おな》じR《アール》クラスで仲良《なかよ》しの浅井紫《あさいゆかり》に聞《き》かれ、佳苗《かなえ》はそう答《こた》えた。

佳苗《かなえ》は、二月二日《にがつふつか》に受《う》けた本命《ほんめい》の鈴蘭女子学園《すずらんじょしがくえん》に合格《ごうかく》している。そこで受験《じゅけん》が終《お》わったので、三日《みっか》から今日《きょう》まで、ほとんど勉強《べんきょう》はしていなかった。

ずっと続《つづ》けてきたことを急《きゅう》にやめたので、なんだかかえって落《お》ち着《つ》かない。

家《いえ》でぼーっとしているときも、ふと気《き》がつくと「勉強《べんきょう》しなきゃ」とか思《おも》っていたりする。

六日《むいか》に塾《じゅく》に報告《ほうこく》に来《き》て、聖《せい》カトレア女子《じょし》と鈴蘭《すずらん》の合格短冊《ごうかくたんざく》を壁《かべ》に貼《は》ったときだって、つい自《じ》習《しゅう》の用意《ようい》をしてきてしまったくらいだ。

みんなが教室《きょうしつ》に集《あつ》まるときは、クリスマスでも大晦日《おおみそか》でも受験《じゅけん》の話《はなし》ばかりだったし……。

だから、桜花《おうか》にいるのに特別授業《とくべつじゅぎょう》でもなく受験《じゅけん》の指導《しどう》でもない「ただの会《かい》」というのが、なんだかとっても新鮮《しんせん》だった。

塾《じゅく》に来《き》てもお勉強《べんきょう》しない——。

これってほんとに、「受験《じゅけん》が終《お》わった!」ってことなんだよね!

そんな気持《きも》ちが、佳苗《かなえ》の胸《むね》に湧《わ》き上《あ》がる。

紫《ゆかり》も、うんうんとうなずいた。

「なんとなく不安《ふあん》で、筆箱《ふでばこ》とノート持《も》ってきちゃったよ」

「わかるー！　私《わたし》も同《おな》じー！」

ずっと勉強道具《べんきょうどうぐ》を持《も》ってくるのが当《あ》たり前《まえ》だったから、どうしたってそうなってしまう。

「筆箱《ふでばこ》といえば、見《み》てー！　買《か》い替《か》えてもらった！」

紫《ゆかり》がパステルカラーで柔《やわ》らかい素材《そざい》の筆箱《ふでばこ》と、中《なか》に入《はい》った新《あたら》しいペンを披露《ひろう》した。

佳苗《かなえ》は「かわいー！」を連発《れんぱつ》し、二人《ふたり》して笑《わら》い合《あ》った。


一方《いっぽう》、もう少《すこ》し冷《さ》めている、Ω《オメガ》クラスの女子《じょし》たちは——。

気《き》になる三《みっ》つ目《め》のプログラムについて、「自由《じゆう》におしゃべり」を始《はじ》めていた。

「『先生方《せんせいがた》の出《だ》し物《もの》』って、嫌《いや》な予感《よかん》しかしない」

そう言《い》って、ジロッと黒板《こくばん》に目《め》をやったのは桜花《おうか》の女王《じょおう》・前田花恋《まえだかれん》だ。

大本命《だいほんめい》である桜蔭学園《おういんがくえん》の合格《ごうかく》を見事《みごと》に勝《か》ち取《と》り、他《ほか》の都内《とない》の受験《じゅけん》もすべて白星《しろぼし》をとっている。今《いま》は勝利《しょうり》の味《あじ》を噛《か》みしめてはいるが、二月《にがつ》の戦《たたか》いが終《お》わってからも、花恋《かれん》には「ぜんぜん勉強《べんきょう》しない日《ひ》」なんてない。入学《にゅうがく》しても勝《か》ち続《つづ》けたいから……。

「絶対《ぜったい》、弾《ひ》き語《がた》りとかいる」

「変《へん》なコスプレとかもノーサンキュー」

直江樹里《なおえじゅり》がいかにもな予言《よげん》をすると、花恋《かれん》も間髪容《かんはつい》れずにそう返《かえ》した。

ああもう、二人《ふたり》とも言《い》いたい放題《ほうだい》だよ！　先読《さきよ》みが深《ふか》すぎるよう〜！

Ω《オメガ》の仲良《なかよ》し女子三人組《じょしさんにんぐみ》のもう一人《ひとり》――柴田《しばた》まるみは、ハラハラしながら見守《みまも》るばかりだ。

夏期合宿《かきがっしゅく》でまるみがΩ《オメガ》に上《あ》がったとき、昼食《ちゅうしょく》の席《せき》で、初《はじ》めて彼女《かのじょ》たちと話《はな》したときも、ジュリと花恋《かれん》は「合宿《がっしゅく》でありがちな料理《りょうり》」について、いろいろ深読《ふかよ》みしていたのを思《おも》い出《だ》す。

あのころよりずっと仲良《なかよ》くなって、ジュリとは中学《ちゅうがく》も同《おな》じ吉祥寺女子《きちじょうじじょし》に行《い》けて嬉《うれ》しいけれど、この手《て》のやりとりは、うまく乗《の》っかれない。

他《ほか》の女子《じょし》は、合格《ごうかく》して両親《りょうしん》からゲットした「ご褒美《ほうび》」について話《はな》していた。

みんな、「海外旅行《かいがいりょこう》」や「アイドルの公演《こうえん》のチケット」やら、いろいろなご褒美《ほうび》をもらっているらしい。まるみと同《おな》じで、「自分《じぶん》のスマホ」を買《か》ってもらった子《こ》も結構《けっこう》いるみたいだ。

でも、ほんと「先生方《せんせいがた》の出《だ》し物《もの》」ってなんだろ？　黒木先生《くろきせんせい》もなにかやるのかな……？

まるみがそう思《おも》ったとき、男子《だんし》の列《れつ》から声《こえ》がした。

「あれ？　そういえば、黒木先生《くろきせんせい》がいないけど？　来《こ》れないの？」

まるみと同《おな》じΩ《オメガ》クラスの男子《だんし》、上杉海斗《うえすぎかいと》が教室《きょうしつ》を見回《みまわ》している。

ほんとだ。いつも校舎《こうしゃ》にいる木村先生《きむらせんせい》や佐倉先生《さくらせんせい》たちはいるけど、黒木先生《くろきせんせい》は……？

佐倉先生《さくらせんせい》が「すぐ戻《もど》るはず」と答《こた》えたとき、教室《きょうしつ》のドアが開《あ》いた。

男《おとこ》の人《ひと》が入《はい》ってきたので、黒木先生《くろきせんせい》かと思《おも》ったら、非常勤《ひじょうきん》の平松先生《ひらまつせんせい》と朽木先生《くちきせんせい》だった。

先生《せんせい》たちが持《も》ってきた、おかきとバウムクーヘンの差《さ》し入《い》れに、R《アール》クラスやA《エー》クラスのわんぱくなスポーツ大好《だいす》き男子《だんし》たちが、「うおおおっ」と盛《も》り上《あ》がる。

「少年野球復帰《しょうねんやきゅうふっき》したから腹減《はらへ》っちゃって！　少《すこ》しでも練習《れんしゅう》して休《やす》んだ分取《ぶんと》り返《かえ》しとかないと」

受験《じゅけん》が終《お》わって練習《れんしゅう》を再開《さいかい》したA《エー》の男子《だんし》は、中学《ちゅうがく》の部活《ぶかつ》で頭《あたま》がいっぱいらしい。

部活《ぶかつ》かあ……と、まるみは思《おも》った。

私《わたし》も入《はい》れるかな。ジュリと同《おな》じ部活《ぶかつ》とか……？

まるみがそんなことを考《かんが》えていると、男子《だんし》の話題《わだい》を耳《みみ》にした花恋《かれん》が、気乗《きの》りしない調子《ちょうし》で
「部活《ぶかつ》ねえ～。うーん」とつぶやき、まるみたちに聞《き》いてきた。

「それもだけど、みんな、塾《じゅく》、どうするの？」

「え⁉」

出《だ》し物《もの》のダメ出《だ》しでは完全《かんぜん》に花恋《かれん》と息《いき》が合《あ》っていた樹里《じゅり》が、大《おお》きな声《こえ》を上《あ》げて驚《おどろ》く。

もちろん、まるみもびっくりだ。ようやく中学《ちゅうがく》受験《じゅけん》が終《お》わったのに？　塾《じゅく》って？

「青鋼塾《せいこうじゅく》とか考《かんが》えてないの？　EOS《イーオーエス》とか、岡山《おかやま》塾《じゅく》とか」

花恋《かれん》の口《くち》から、聞《き》いたこともない塾《じゅく》の名前《なまえ》が次々《つぎつぎ》と飛《と》び出《だ》した。

「えっ、なにそれ？」

樹里《じゅり》が聞《き》き返《かえ》し、うんうんと、まるみも横《よこ》でうなずく。

「あれ？　知《し》らない？　難関大受験予備校《なんかんだいじゅけんよびこう》」

「ええええ⁉」

樹里《じゅり》が、うえーっと顔《かお》をしかめた。

「受験《じゅけん》終《お》わったばっかりで考《かんが》えたくないなあ～！」

大学《だいがく》？　予備校《よびこう》？　すごいなあ。まあ、花恋《かれん》ちゃんは特別《とくべつ》だから……。

まるみがそう思《おも》ったとき、花恋《かれん》が、もう一人《ひとり》のΩ女子《オメガじょし》である本多華鈴《ほんだかりん》に目《め》を向《む》けた。

本多《ほんだ》さんも、御三家《ごさんけ》も含《ふく》めて受《う》けた中学《ちゅうがく》にすべて合格《ごうかく》している。勝率《しょうりつ》でいえば、千葉《ちば》の新《しん》宿学園海浜《じゅくがくえんかいひん》を落《お》とした花恋《かれん》よりすごいかも……なΩ《オメガ》の静《しず》かなる秀才《しゅうさい》だ。

「本多《ほんだ》さんは当然《とうぜん》、準備《じゅんび》してるよね、塾《じゅく》」

「うん、まあ……」

ちょっと困《こま》ったように、本多《ほんだ》さんがうなずく。

「そうなの？」と樹里《じゅり》。

「せっかく青鋼塾《せいこうじゅく》の指定校《していこう》に入《はい》れたんだから、もう入塾《にゅうじゅく》したら？　って、パパが」と、本多《ほんだ》さん。

「ちょっとなに言《い》ってるかわかんない！」

樹里《じゅり》は悲鳴《ひめい》に近《ちか》い声《こえ》を上《あ》げる。

まるみも同《おな》じ気持《きも》ちだった。いっしょのクラスで勉強《べんきょう》してきた友《とも》だち同士《どうし》で、こんなに意《い》識《しき》がちがうなんて……。いったいどんな塾《じゅく》なの？

知《し》ってて当然《とうぜん》という顔《かお》の花恋《かれん》に代《か》わり、本多《ほんだ》さんが優《やさ》しく説明《せつめい》してくれた。

「えーっとね、すごい塾《じゅく》があるの、東大《とうだい》に『余裕《よゆう》で合格《ごうかく》』を目指《めざ》す塾《じゅく》。青鋼塾《せいこうじゅく》ってとこ。そこに入《はい》るには激《げき》ムズの入塾《にゅうじゅく》テストがあるんだけど、塾《じゅく》が指定《してい》した学校《がっこう》の中一《ちゅういち》に限《かぎ》り、入塾《にゅうじゅく》テストなしで入《はい》れるの」

「ちなみに、わたしと本多《ほんだ》さんは、そのテストなしの指定校《していこう》に進学《しんがく》するので」と花恋《かれん》。

「ごめん、日本語《にほんご》でしゃべって……」

樹里《じゅり》は虚《うつ》ろな目《め》をしてそう答《こた》えた。そして、「まさか、まるみも知《し》ってたの？」という顔《かお》で、まるみを見《み》てくる。

まるみは、苦笑《くしょう》して言《い》った。

「私《わたし》はまだ考《かんが》えられないな、大学受験《だいがくじゅけん》とか塾《じゅく》とか……学校《がっこう》に慣《な》れてからゆっくり考《かんが》える」

「そーだよね、まるみ!!」

樹里《じゅり》が、うんうんと何度《なんど》もうなずく。

「それより、学食《がくしょく》でなにが食《た》べられるかのほうが大事《だいじ》だよね！」

「えっ」

そこ？　でも、そっちのほうがジュリらしいよね……。

まるみが微笑《ほほえ》ましく思《おも》っていると、パッと気持《きも》ちを切《き》り替《か》えた樹里《じゅり》が言《い》った。

「そうだ！　その前《まえ》に、せっかくの春休《はるやす》み！　私《わたし》らΩ女子《オメガじょし》四人《よにん》でどっか遊《あそ》びに行《い》かない？」

「いいねえ！　どこ行《い》く？」と花恋《かれん》。

話題《わだい》がすぐに「春休《はるやす》みに行《い》きたいとこ」に変《か》わったので、まるみは少《すこ》しホッとした。

春休《はるやす》みの話題《わだい》は、席《せき》が近《ちか》い佳苗《かなえ》たちのグループにも伝染《でんせん》していく。

「そうだよ、もうすぐ春休《はるやす》みじゃん！」

佳苗《かなえ》が「私《わたし》たちも三人《さんにん》でどこか行《い》こう！」と提案《ていあん》すると、大友真千音《おおともまちね》や浅井紫《あさいゆかり》も大賛成《だいさんせい》だった。

「原宿《はらじゅく》がいいな～」と、アイドル好《ず》きの真千音《まちね》。

「せっかくだからネズミーシーくらい行《い》かない？　それか新大久保《しんおおくぼ》」と佳苗《かなえ》。

「私《わたし》ぜったい、池袋乙女《いけぶくろおとめ》ロード!!」と紫《ゆかり》。

「ん？　もしかして、今気《いまき》づいたけど……」

三人《さんにん》は顔《かお》を見合《みあ》わせた。

「私《わたし》たち、趣味《しゅみ》、バラバラ？」

塾《じゅく》の友《とも》だちとは勉強《べんきょう》や志望校《しぼうこう》の話《はなし》が多《おお》いから、こういうこともある。

「いっそのこと、全部《ぜんぶ》行《い》っちゃおうか？」

「いいかも！」


「男子《だんし》もみんなでどっか行《い》くか？」

キャイキャイ盛《も》り上《あ》がる女子《じょし》たちを見《み》て、Ω《オメガ》クラスの男子《だんし》が言《い》った。

「え？　どこに？　例《たと》えば？」

上杉海斗《うえすぎかいと》は、何気《なにげ》なく聞《き》き返《かえ》した。

「釣《つ》りとか！」

即答《そくとう》されて、海斗《かいと》は「うえっ」と顔《かお》をしかめた。

釣《つ》りかあ……。小《ちい》さいころ、双子《ふたご》の弟《おとうと》の陸斗《りくと》と、パパに連《つ》れられて近《ちか》くの釣《つ》り堀《ぼり》で一回《いっかい》だけやったことがある。

釣《つ》り糸《いと》を垂《た》らすのはべつにいいけど、魚《さかな》がかかったら困《こま》るなあ。

いや、釣《つ》りってのは魚《さかな》を獲《と》るためにやるんだけどさ……。

「ぼく、魚《さかな》のぬるぬるとか、ちょっと……」

「えっ、まじで？」

「魚《さかな》のエサの虫《むし》みたいなやつも苦手《にがて》……」

空手《からて》が得意《とくい》でスポーツ万能《ばんのう》な海斗《かいと》だが、どうも生《い》き物系《ものけい》は得意《とくい》じゃない。

四月《しがつ》から通《かよ》う東央中《とうおうちゅう》に学園祭《がくえんさい》の見学《けんがく》に行《い》ったときも、理系《りけい》の部活《ぶかつ》の中学生《ちゅうがくせい》たちが公開《こうかい》していた「カエルの解剖《かいぼう》」を見《み》て、「うげ〜」となった。

いっしょに行《い》ったパパは医者《いしゃ》だから、こういうの嫌《いや》な顔《かお》をしたらがっかりする——と思《おも》って我慢《がまん》したけど。カエルにさわれって言《い》われたら、絶対《ぜったい》に無理《むり》だった。

隣《となり》で聞《き》いてた「ししょー」、島津順《しまづじゅん》が、ぼそっと言《い》った。

「海斗《かいと》さあ、医者《いしゃ》になりたいんじゃなかったっけ？」

答《こた》えず、無表情《むひょうじょう》で目線《めせん》をそらす海斗《かいと》。

たしかに将来《しょうらい》はパパみたいな医者《いしゃ》になりたいと思《おも》ってるけど……。

順《じゅん》がニヤニヤ笑《わら》いながら、大声《おおごえ》で宣言《せんげん》した。

「いえ～い！　釣《つ》り決定《けってい》～!!」

「えええーっ、それとこれとは違《ちが》くない？　えええーっ！」

情《なさ》けない声《こえ》を上《あ》げる海斗《かいと》。

しょーと遊《あそ》びに行《い》くのは嬉《うれ》しいけど、なんで釣《つ》り？　なんで魚《さかな》!?

「近所《きんじょ》の釣《つ》り堀《ぼり》じゃ練《ね》りエサで面白《おもしろ》くないから、どっか遠出《とおで》して虫《むし》のエサで釣《つ》りだな！」

順《じゅん》はもう決《き》まったかのような口《くち》ぶりで、どこへ行《い》くか釣《つ》り場《ば》の候補《こうほ》をあげていく。

「いや、待《ま》ってよ。言《い》っとくけど井《い》の頭公園《かしらこうえん》の池《いけ》は釣《つ》り禁止《きんし》だからね」

「知《し》ってるって。もっと遠《とお》くの、穴場《あなば》で釣《つ》ろうぜ」

「ししょー、まじかよ～」

困《こま》り顔《がお》の海斗《かいと》を見《み》て、順《じゅん》は「釣《つ》り～！ 魚《さかな》～！ エサは虫《むし》～！」と、でたらめな歌《うた》を歌《うた》って、楽《たの》しそうに笑《わら》った。

釣《つ》りかよ、参《まい》ったな……。

でも勉強《べんきょう》ばっかりで、ししょーと遊《あそ》びに行《い》くのは初《はじ》めてだし、「ぬるぬる」付《つ》きとはいえ、これは楽《たの》しみ……なの、かなあ……。

海斗《かいと》が苦笑《くしょう》したとき、桂先生《かつらせんせい》の大《おお》きな声《こえ》が響《ひび》いた。

ビンゴ大会《たいかい》が始《はじ》まったのだ。


「レディース&《アンド》ジェントルメーン。お待《ま》ちかねのビンゴッ！ ターイムッ！」

そういえばプログラムにそんなこと書《か》いてあったっけ……と、教壇《きょうだん》に立《た》った桂先生《かつらせんせい》を見《み》た子《こ》どもたちは、アッと驚《おどろ》いた。

あの、クールで美人《びじん》の桂先生《かつらせんせい》が⁉

頭《あたま》にはクリスマスっぽいキンキラのとんがった紙《かみ》の帽子《ぼうし》をかぶり――。

ビニル製《せい》の観葉植物《かんようしょくぶつ》のヒラヒラしたものをマフラーみたいに首《くび》からかけて――。

とどめは、謎《なぞ》の鼻《はな》メガネ――。

桂先生《かつらせんせい》はいつものおしゃれなメガネを外《はず》していて、なぜか宴会用《えんかいよう》のおもちゃの変装《へんそう》セットをつけている。プラスチックの団子《だんご》っ鼻《ぱな》に、太《ふと》い口《くち》ひげ、黒《くろ》ぶちメガネとゲジゲジ眉毛《まゆげ》までついたやつだ。まるで、クリスマスの夜《よる》に酔《よ》っぱらって歩《ある》いてるおじさんみたいだ。

ノリノリの笑顔《えがお》で、桂先生《かつらせんせい》が声《こえ》を張《は》り上《あ》げた。

「豪華《ごうか》～（というほどでもないけどもらえたらちょっといい感《かん》じ～な）景品《けいひん》をかけてえ～ジャンジャンバリバリィ～盛《も》り上《あ》げてエ～楽《たの》しんでエ～参《まい》りまｓｈｏｗ《ショウ》～！」

桂先生《かつらせんせい》は謎《なぞ》のテンションの高《たか》さで、ビンゴマシンのハンドルをグルグル回《まわ》し、次々《つぎつぎ》と出《で》てくる玉《たま》を手《て》にしては、番号《ばんごう》を発表《はっぴょう》していく。

「まだリーチいない?!　次行《つぎい》くよ！」

他《ほか》の先生《せんせい》たちの口《くち》ぶりだと、なぜか桂先生《かつらせんせい》は、毎年《まいとし》このビンゴ大会《たいかい》になると人《ひと》が変《か》わったようにハイテンションになるらしい。

生徒《せいと》たちは、ただただ呆気《あっけ》にとられ、見守《みまも》るしかなかった。

どんどんと玉《たま》が出《で》てくるので、あっという間《ま》に「ビンゴ！」の生徒《せいと》が出始《ではじ》める。

「おめでとう!!　一等景品《いっとうけいひん》はT《ティー》シャツよ!!」

一等《いっとう》の景品《けいひん》を渡《わた》された佳苗《かなえ》は、「えっ？」と驚《おどろ》いた。景品《けいひん》のシャツの胸《むね》には「必勝《ひっしょう》」とでかでかと印刷《いんさつ》されているし、その下《した》には「桜花《おうか》ゼミナール」と塾《じゅく》の名前《なまえ》が大《おお》きく入《はい》っていたからだ。

いらない！　こんなT《ティー》シャツどこで着《き》るの？　絶対《ぜったい》にいらない……！

「やったね！　二等《にとう》も豪華《ごうか》！　Ｔ《ティー》シャツね〜！」と桂先生《かつらせんせい》。

真千音《まちね》が手渡《てわた》された二等《にとう》も、一等《いっとう》とまったく同《おな》じＴ《ティー》シャツだった。

次々《つぎつぎ》に「ビンゴ！」で渡《わた》されていく景品《けいひん》は、Ｔ《ティー》シャツ以外《いがい》も「桜花《おうか》ゼミ」グッズばかり。

すでに戦《たたか》い終《お》えた子《こ》たちに配《くば》られる「必勝《ひっしょう》ハチマキ」に「必勝《ひっしょう》タオル」に……。

まだしも幸運《こううん》だったのは、余《あま》った普通《ふつう》のノートやペンが当《あ》たった子《こ》だろう。

ガラガラと勢《いきお》いよくビンゴマシンを回《まわ》し続《つづ》けた桂先生《かつらせんせい》は、山《やま》のような景品《けいひん》を配《くば》り終《お》えると、すっかり燃《も》え尽《つ》きて、どっかと座《すわ》りこんだ。

「じゃあ次《つぎ》は、先生《せんせい》からの出《だ》し物《もの》……」

と、立《た》ち上《あ》がった若手《わかて》の平松先生《ひらまつせんせい》が、ギターをかき鳴《な》らして歌《うた》い出《だ》す。

「わあっ!!　予想《よそう》が当《あ》たった」

花恋《かれん》が悲鳴《ひめい》を上《あ》げる。

でも弾《ひ》き語《がた》りはまだ普通《ふつう》なほうで、他《ほか》の先生《せんせい》たちの出《だ》し物《もの》はもっとすごかった。

例《たと》えば、大晦日《おおみそか》に「アイドルのファンだ」と話《はな》していた木村先生《きむらせんせい》は——。

両手《りょうて》に大《おお》きなペンライトを持《も》って登場《とうじょう》した瞬間《しゅんかん》に「ヲタ芸《げい》だ！」とみんなに気《き》づかれたが、

激《はげ》しくペンライトをふり、ぶん回《まわ》し、汗《あせ》だくで踊《おど》りきった。

一方《いっぽう》、わざわざブロック二《ふた》つと分厚《ぶあつ》い板《いた》を用意《ようい》してきた佐倉先生《さくらせんせい》は——。

ブロックの間《あいだ》に板《いた》を置《お》くと、「ハアッ！」と気合一閃《きあいいっせん》！

するどい手刀《しゅとう》で板《いた》を真《ま》っ二《ぷた》つに割《わ》り、「やっぱり佐倉《さくら》ちゃんは女《おんな》ゴリラだ」とか男子《だんし》たちにささやかれる。

「うちの塾《じゅく》って、変《へん》な先生《せんせい》ばっかりだったんだねー」

「ホント……」

ひと通《とお》りの出《だ》し物《もの》が終《お》わったタイミングで、黒木先生《くろきせんせい》が、夏休《なつやす》み前《まえ》に桜花《おうか》の系列塾《けいれつじゅく》へ移《うつ》ってしまった石田王羅《いしだおうら》くんを連《つ》れて入《はい》ってきた。王羅《おうら》くんも、無事《ぶじ》に合格《ごうかく》したらしい。

懐《なつ》かしい友《とも》だちと再会《さいかい》し、楽《たの》しく話《はな》すうちに、時間《じかん》はあっという間《ま》に過《す》ぎていった。

「さて、みんな、ゆっくりおしゃべりできたかな？」

佐倉先生《さくらせんせい》に言《い》われて、生徒《せいと》たちはようやく終《お》わりの時間《じかん》が近《ちか》づいているのに気《き》づいた。

「えっ、ぜんぜん～!!」

「まだまだ足《た》りないー！」

と、不満《ふまん》げな声《こえ》が上《あ》がる一方《いっぽう》——。

「あ、でもママに『明日《あす》は制服採寸日《せいふくさいすんび》だから今日《きょう》は早《はや》く帰《かえ》ってきて』って言《い》われてる」

「うちも！　入学説明会《にゅうがくせつめいかい》だからって」

「そうなんだよね。みんな事情《じじょう》がまちまちだから、あんまり遅《おそ》くならないように。そろそろお土産《みやげ》を配《くば》りまーす」

佐倉先生《さくらせんせい》は、そう言《い》うと一人一人《ひとりひとり》に大《おお》きな封筒《ふうとう》を配《くば》り始《はじ》めた。

「わーい、なんだろ？」

さっそく封筒《ふうとう》の中《なか》をさぐる子《こ》どもたち——。

中《なか》を確《たし》かめた真千音《まちね》が、「うん！」と納得《なっとく》した顔《かお》でうなずく。

入《はい》っていた「お土産《みやげ》」は、しっかりした作《つく》りのパスケースだった。

大人《おとな》が通勤《つうきん》に使《つか》うような本格的《ほんかくてき》なやつだ。カバンに下《さ》げられる革製《かわせい》のホルダーもついている。「桜花《おうか》ゼミナール」のロゴも透明《とうめい》カバーの奥《おく》にあり、定期《ていき》を入《い》れると隠《かく》れるデザイン。

「なるほど！」

まあ、妥当《だとう》かなーという顔《かお》の花恋《かれん》。

進学先《しんがくさき》の中学校《ちゅうがっこう》へは、電車《でんしゃ》で通《かよ》う子《こ》がほとんどだから、役《やく》に立《た》たないことはない。ただし、真千音《まちね》も花恋《かれん》も、デザインに満足《まんぞく》したわけではなかった。むしろ「わかるけど、地味《じみ》だし使《つか》わないだろ〜な〜」という反応《はんのう》だ。そんな一方《いっぽう》で——。

「わっ！　定期入《ていきい》れ嬉《うれ》しい！」

鉄道大好《てつどうだいす》きの加藤匠《かとうたくみ》は、定期《ていき》で自動改札《じどうかいさつ》を抜《ぬ》けて通学《つうがく》する自分《じぶん》を想像《そうぞう》して、もうわくわくしている。

「あー。もう買《か》っちゃった！　どっち使《つか》おう〜」

と、迷《まよ》っているのは佳苗《かなえ》だ。

「でも嬉《うれ》しいな。定期入《ていきい》れってなんか……」

「大人《おとな》っぽい！」

「わかる〜！」

他《ほか》の子《こ》たちもみんな、パスケースを手《て》にして「四月《しがつ》から電車《でんしゃ》で通学《つうがく》するんだ！」と、改《あらた》めて実感《じっかん》していた。

「あれ？　でも……」

樹里《じゅり》は、リュックサックについた自分《じぶん》のパスケースを手《て》にして言《い》った。

「私《わたし》たちには『モコモコちゃん』がいるんだけど！」

モコモコちゃんは、樹里《じゅり》のママが、樹里《じゅり》とまるみにおそろいでプレゼントしてくれた、白《しろ》くてふわふわで黒《くろ》い目《め》と赤《あか》い舌《した》のついた可愛《かわい》らしいパスケースだ。

二人《ふたり》は、このモコモコちゃんに塾《じゅく》のＩＤ《アイディー》カードを入《い》れていた。もちろん定期入《ていきい》れにもなる。

モコモコちゃんを握《にぎ》りしめて、樹里《じゅり》は聞《き》いた。

「ねえ、まるみ、どっち使《つか》う？」

「うーん」

少《すこ》し悩《なや》んでから、まるみが自分《じぶん》のモコモコちゃんを手《て》にする。

「桜花《おうか》には悪《わる》いけど、モコモコちゃん……っていうか、ジュリ、私《わたし》たち、そもそも……」

まるみの言《い》いたいことに気《き》づいて、樹里《じゅり》もハッとする。

「歩《ある》きで通《かよ》える学校《がっこう》だよ⁉」

声《こえ》をハモらせ、樹里《じゅり》とまるみは笑《わら》い出《だ》す。

樹里《じゅり》とまるみは、夏期合宿《かきがっしゅく》で知《し》り合《あ》ってから共《とも》に女子学院《JG》を目指《めざ》してがんばってきた。今《いま》では、お互《たが》いのすごさを認《みと》め合《あ》う親友《しんゆう》だ。

残念《ざんねん》ながら二人《ふたり》とも第一志望《だいいちしぼう》の女子学院《JG》には手《て》が届《とど》かなかったけれど、家《いえ》から近《ちか》い吉祥寺女子《きちじょうじじょし》にそろって合格《ごうかく》した。四月《しがつ》から同《おな》じ中学《ちゅうがく》に通《かよ》えるのが、なにより嬉《うれ》しいのだ。

「あれ？　まだ何《なに》か封筒《ふうとう》に入《はい》ってる――」

中《なか》をさぐっていた花恋《かれん》が、封筒《ふうとう》から印刷物《いんさつぶつ》を引《ひ》っ張《ぱ》り出《だ》して、「オゥ～」と大《おお》げさに驚《おどろ》いてみせる。

出《で》てきたのは、「中学準備講座《ちゅうがくじゅんびこうざ》」、卒塾生向《そつじゅくせいむ》けの春《はる》休《やす》みの講習《こうしゅう》の申込書《もうしこみしょ》だった。

女王《じょおう》は大人《おとな》のやり口《くち》だってお見通《みとお》しだ。ホホホ……と、わざとらしく笑《わら》って花恋《かれん》は言《い》った。

「商魂《しょうこん》たくましいですね、桜花《おうか》ゼミナール」

「異論《いろん》はありません、前田《まえだ》さん」

そう答《こた》えたのは、教壇《きょうだん》の脇《わき》で静《しず》かにみんなのおしゃべりを見守《みまも》っていた、黒木先生《くろきせんせい》だった。

「中学受験《ちゅうがくじゅけん》が終《お》わり、凪《なぎ》の期間《きかん》もつかの間《ま》、次《つぎ》は『中学《ちゅうがく》に入《はい》ってから』の心配《しんぱい》をさせて、再度《さいど》、塾《じゅく》の世界《せかい》に取《と》り込《こ》む。これを『商魂《しょうこん》』と言《い》わずしてなんと言《い》いましょう」

うわっ、さっすがくろっきー。そこまで言《い》うか～。

ちょっとからかっただけなのに大真面目《おおまじめ》に答《こた》えられて、花恋《かれん》は驚《おどろ》いた。

でも、こういうこともズバズバ言《い》ってくれるのが、くろっきーの魅力《みりょく》だ。

「そんなコト生徒《せいと》に言《い》っちゃって大丈夫《だいじょうぶ》？」と朽木先生《くちきせんせい》が口《くち》をはさんでも、黒木先生《くろきせんせい》は気《き》にもとめなかった。逆《ぎゃく》に、正面《しょうめん》から生徒《せいと》たちに切《き》りこんでくる。

「そうですね、もうみなさん桜花《おうか》を卒塾《そつじゅく》なさるわけですし。この際《さい》、私《わたし》も、本音《ほんね》でしゃべらせていただきます――」

黒木先生《くろきせんせい》が、グッとネクタイを締《し》め直《なお》した。

「『塾《じゅく》』は将来《しょうらい》の可能性《かのうせい》をお金《かね》で買《か》う場所《ばしょ》！　これは紛《まぎ》れもない事実《じじつ》、否定《ひてい》する気《き》はさらさらありません」

あまりに本音《ほんね》すぎる発言《はつげん》に、桂先生《かつらせんせい》や佐倉先生《さくらせんせい》が「やめてーっ！」という顔《かお》をする。

「しかし、お金《かね》で買《か》えるのは『将来《しょうらい》の可能性《かのうせい》』のみ。その『可能性《かのうせい》』を今回活《こんかいい》かしたのは、あなたがた一人一人《ひとりひとり》の『努力《どりょく》』です」

黒木先生《くろきせんせい》の言葉《ことば》にざわついていた生徒《せいと》たちが、スッと静《しず》かになる。

たしかに自分《じぶん》たちは努力《どりょく》した、それはまちがいない――みんな、そう思《おも》っていたから。

Ω《オメガ》クラスの生徒《せいと》だけでなく、他《ほか》の子《こ》たちもおしゃべりをやめて黒木先生《くろきせんせい》に注目《ちゅうもく》する。

先生《せんせい》は、授業《じゅぎょう》みたいに冷静《れいせい》に、理路整然《りろせいぜん》と話《はなし》を進《すす》めていった。

【合格《ごうかく》を勝《か》ち取《と》ったのは、各自《かくじ》の努力《どりょく》の結果《けっか》である】

【だから、全員《ぜんいん》が、ここまでがんばった自分《じぶん》を誇《ほこ》りに思《おも》ってほしい】

【同時《どうじ》に、桜花《おうか》に通《かよ》えたのも、私立中学《しりつちゅうがく》に通《かよ》うのにも「お金《かね》」が必要《ひつよう》であること】

【そのお金《かね》には、『将来《しょうらい》が明《あか》るいよう頑丈《がんじょう》な武器《ぶき》をもたせ、生《い》きづらい世《よ》の中《なか》で生《い》き抜《ぬ》けるように』という、あなた方《がた》の両親《りょうしん》の願《ねが》いがこもっていること】

「ん？」

生徒《せいと》たちの反応《はんのう》に気《き》づいて、黒木先生《くろきせんせい》は全員《ぜんいん》の顔《かお》を見回《みまわ》した。

「もしかして、今《いま》、『お金《かね》の話《はなし》なんてなんだか汚《きたな》い気《き》がする』なんて思《おも》った人《ひと》、いますよね？

それは私《わたし》はちがうと思《おも》います」

【「お金《かね》」は「汚《きたな》く」なんかない。それは、なぜか――】

【君《きみ》たちの親御《おやご》さんや祖父母《そふぼ》の方々《かたがた》は、みんな、精一杯《せいいっぱい》生《い》き、励《はげ》んで、身《み》につけたスキルで
お金《かね》を手《て》にしている】

【つまり、「お金《かね》」は「命《いのち》の分身《ぶんしん》」とも言《い》えるだろう】

【「命《いのち》を燃《も》やして作《つく》ったお金《かね》」を、子《こ》どもたちの「未来《みらい》の可能性《かのうせい》」に支払《しはら》う――】

【その行為自体《こういじたい》が「愛《あい》」なのだ、と自分《じぶん》は思《おも》っている】

そ、そうなの？　と、わかったような、わからないような顔《かお》の生徒《せいと》たち。

気《き》づいた黒木先生《くろきせんせい》は、「少《すこ》し、補足《ほそく》します」と言《い》って話《はなし》を続《つづ》けた。

【では「お金《かね》」がなければ「愛《あい》」がないのか？】

【そうではない。ちがう形《かたち》で与《あた》えられるものも「愛《あい》」だと言《い》えるが……】

言葉《ことば》に詰《つ》まった先生《せんせい》は、フッと微笑《ほほえ》んだ。

「珍《めずら》しく、自分《じぶん》がなにを言《い》っているのかわからなくなりました、とにかく――」

【これからの新《あたら》しい生活《せいかつ》を楽《たの》しみに、前《まえ》を向《む》いて歩《あゆ》み出《だ》してほしい】

【中学受験《ちゅうがくじゅけん》を目指《めざ》した日々《ひび》、桜花《おうか》ゼミナールで過《す》ごした日々《ひび》を忘《わす》れるくらい楽《たの》しんでほしい】

【そのとき、その未来《みらい》で楽《たの》しく暮《く》らせている証拠《しょうこ》だから、忘《わす》れるくらいでちょうどいい】

【でも、「自分《じぶん》たちを見守《みまも》って全力《ぜんりょく》で支《ささ》えてくれた大人《おとな》たちがいたような気《き》がする」と、なんとなく覚《おぼ》えていてくれたら嬉《うれ》しい】

忘《わす》れる？　塾《じゅく》の先生《せんせい》たちを？　覚《おぼ》えてるに決《き》まってるじゃん！

ピンとこないという顔《かお》で、先生《せんせい》たちの顔《かお》ぶれを見回《みまわ》す生徒《せいと》たち……。

「どこかですれちがって、私《わたし》たちの顔《かお》を忘《わす》れていても、私《わたし》たちはきっと忘《わす》れない。君《きみ》たちの後《うし》ろ姿《すがた》に、エールを送《おく》り続《つづ》ける」

黒木先生《くろきせんせい》は表情一《ひょうじょうひと》つ変《か》えることなくそう言《い》うと、最後《さいご》のあいさつをした。

「君《きみ》たちの未来《みらい》が明《あか》るいことを全力《ぜんりょく》で祈《いの》ります。よい旅《たび》を――」

その言葉《ことば》を最後《さいご》に、卒塾《そつじゅく》の会《かい》は閉幕《へいまく》した。

君たちの後ろ姿に、エールを送り続ける。
君たちの未来が明るいことを全力で祈ります。
よい旅を。

佐《さ》倉《くら》のレポート27

押忍《おす》‼　佐倉麻衣《さくらまい》です！

卒塾《そつじゅく》の会《かい》が終《お》わりました。

黒木《くろき》先生《せんせい》の最後《さいご》のあいさつに、思《おも》わず、泣《な》きそうになっちゃいました。

でも黒木《くろき》先生自身《せんせいじしん》は、最後《さいご》の最後《さいご》まで感情《かんじょう》を見《み》せず、ポーカーフェイスを貫《つらぬ》いていました。

先生《せんせい》が表情《ひょうじょう》を崩《くず》したのは、この二時間前《にじかんまえ》、島津順《しまづじゅん》くんが「女子《じょし》がいる学校《がっこう》に行《い》きたいから」と、都立中《とりつちゅう》を選《えら》んだ理由《りゆう》を白状《はくじょう》したときのみ――。

あんなにも楽《たの》しそうに笑《わら》う黒木先生《くろきせんせい》を見《み》たのは、後《あと》にも先《さき》にもあのときだけでした。

卒塾生《そつじゅくせい》たちは、お菓子《かし》をもらってほくほく顔《がお》で桜花《おうか》を後《あと》にしました。

「佐倉《さくら》ちゃーん、バイバーイ！」

「じゃ、またねー！」

ついこの間《あいだ》まで、ほぼ毎晩《まいばん》のように繰《く》り返《かえ》されてきた光景《こうけい》――。

私《わたし》も笑顔《えがお》で「うん、また……」と手《て》をふりかけて、また？　そんなことあるのかな？　と、考《かんが》えてしまいました。生徒《せいと》たちは、これまでの習慣《しゅうかん》で、つい言《い》ってしまったのでしょう。

でも、桂先生《かつらせんせい》によると、中学《ちゅうがく》の制服《せいふく》を見《み》せに来《く》る子《こ》はいるそうです。

でも、この子《こ》たちが、みんなそろって帰《かえ》ることは、もう二度《にど》とない。だから……。

だからこそ、あえて私《わたし》も笑顔《えがお》で言《い》うことにしたのです。

「じゃあ、みんな、またね！」

卒塾《そつじゅく》の会《かい》に来《き》てくれたみんなには、こうして最後《さいご》の「またね！」が言《い》えたけれど、欠席《けっせき》した何人《なんにん》かには、もう二度《にど》と会《あ》えないかもしれません。

今川理衣沙《いまがわりいさ》さんも、その一人《ひとり》でした。

お母《かあ》さんの希望《きぼう》する学校《がっこう》がどれも本人《ほんにん》の実力《じつりょく》に見合《みあ》わず、苦戦《くせん》が続《つづ》いた理衣沙《りいさ》さん……。

二月四日《にがつよっか》に受《う》けた聖《せい》カサブランカ女子《じょし》に合格《ごうかく》して、全落《ぜんお》ちにならずホッとしたけれど……。

いつか、彼女《かのじょ》にも「またね！」って言《い》えたらいいな……。

第《だい》二《に》章《しょう》　今川理衣沙《いまがわりいさ》の場合《ばあい》

卒塾《そつじゅく》の会《かい》の夜《よる》

夕方《ゆうがた》、家《いえ》に帰《かえ》り着《つ》くなり、理衣沙《りいさ》はリビングのソファにぐったりと身《み》を投《な》げ出《だ》した。

なんか疲《つか》れた……。

都心《としん》のデパートで中学校《ちゅうがっこう》の制服《せいふく》を注文《ちゅうもん》して、パパと待《ま》ち合《あ》わせて――。

新《あたら》しい文房具《ぶんぼうぐ》とか買《か》ってもらって、レストランで食事《しょくじ》して――。

もちろん、どれも楽《たの》しかった。楽《たの》しかったけど、一番楽《いちばんたの》しそうにしてたのは理衣沙《りいさ》じゃなくて、ママだったんじゃない？

「採寸《さいすん》のときに改《あらた》めて思《おも》ったけど、カサブランカの制服《せいふく》、すっごく可愛《かわい》いのよ～」

「それ、レストランでも聞《き》いたよ」

「あらそうだっけ？　試着《しちゃく》したとき写真《しゃしん》を撮《と》り忘《わす》れちゃったのよね」

「制服《せいふく》が届《とど》いたら、すぐ見《み》られるさ」

「そうだけど～」

ダイニングから、ママの笑《わら》い声《ごえ》と、それに答《こた》えているパパの声《こえ》が聞《き》こえる。

二人《ふたり》ともレストランでお酒《さけ》を飲《の》まなかったから、ビールで乾杯《かんぱい》しているみたいだ。

パパ、入学式《にゅうがくしき》も来《く》るんならお酒《さけ》を飲《の》みすぎないでよね～。お腹《なか》、今《いま》でもすごいのに、また太《ふと》っちゃうじゃん……などと思《おも》いながら、理衣沙《りいさ》はテレビのスイッチを入《い》れた。

適当《てきとう》にチャンネルを変《か》えると、バレンタインのニュースが流《なが》れ出《だ》す。

あ、そっか、もうそんな時期《じき》だっけか。忘《わす》れてたよ……。

「理衣沙《りいさ》、制服《せいふく》が届《とど》くの楽《たの》しみだね。着《き》て見《み》せておくれよ」

パパがリビングから声《こえ》をかけてくる。

「うん～」

「絶対《ぜったい》、パパも気《き》に入《い》るわよ。理衣沙《りいさ》、似合《にあ》ってるから」とママ。

このところ、ママはほんとに機嫌《きげん》がいい。

仕事《しごと》の部署《ぶしょ》が変《か》わって、パパが毎晩早《まいばんはや》く帰《かえ》ってくるようになったからかな……と、理衣沙《りいさ》は思《おも》っている。

少《すこ》し前《まえ》まで、パパの帰《かえ》りはいつも夜中《よなか》だった。

みんながお休《やす》みの日《ひ》に来《く》る住宅展示場《じゅうたくてんじじょう》でも働《はたら》いていたから、土曜《どよう》も日曜《にちよう》も家《いえ》にいない。

「疲《つか》れた」が口癖《くちぐせ》で、家族《かぞく》での会話《かいわ》もろくになく、いっつも電話《でんわ》がかかってきて仕事《しごと》の話《はなし》ばっかりしてて、休《やす》みの水曜日《すいようび》もずっと寝《ね》てる……。そんな感《かん》じだったのだ。

でも、最近《さいきん》、変《か》わってきた。

今日《きょう》は勤《つと》め先《さき》の近《ちか》くまで理衣沙《りいさ》たちが出向《でむ》いたけど、夕方《ゆうがた》に三人《さんにん》で外食《がいしょく》なんて、ずいぶん久《ひさ》しぶりだった。

「やっぱり、ミッション系《けい》の学校《がっこう》って気品《きひん》があるのよね～」

ママのおしゃべりは、止《と》まりそうにない。

パパも聞《き》いてるふりじゃなく、今日《きょう》は笑《わら》ってちゃんと受《う》け答《こた》えしている。

「見学《けんがく》のときも感《かん》じたのよ。校舎《こうしゃ》もそうだけど、礼拝堂《れいはいどう》も素敵《すてき》で、どこか格調高《かくちょうたか》いなって」

へえ、そう？　一月《いちがつ》に聖《せい》カサブランカ女子《じょし》の入試体験会《にゅうしたいけんかい》に行《い》ったときは、「今《いま》さらこんな学校《がっこう》、見学《けんがく》する意味《いみ》ない」とか言《い》ってたのに？

はしゃいでいるママを見《み》ていると、合格《ごうかく》した理衣沙《りいさ》のほうが逆《ぎゃく》に冷《さ》めてしまう。

まだ「通学《つうがく》するのが楽《たの》しみだ～」という感《かん》じにまではなっていない。先《さき》のことよりも、もうしばらくは、この「ホッとした気《き》持《も》ち」に浸《ひた》っていたかった。

二月《にがつ》に入《はい》ってからの数日間《すうじつかん》は、本当《ほんとう》に本当《ほんとう》に辛《つら》かったから……。

あんなに重苦《おもくる》しく追《お》い詰《つ》められた気《き》持《も》ちになったのは生《う》まれて初《はじ》めてだった。

夏休《なつやす》みのころから、理衣沙《りいさ》の中《なか》で少《すこ》しずつ大《おお》きくなっていた焦《あせ》りと不安《ふあん》が一気《いっき》に現実《げんじつ》となったから……。

聖《せい》カサブランカ女子《じょし》に合格《ごうかく》した今《いま》は、落《お》ち着《つ》いてあの数日間《すうじつかん》をふり返《かえ》ることができる。

テレビを見《み》つめたまま、理衣沙《りいさ》はこれまでのことをぼんやりと思《おも》い返《かえ》していた……。

回想《かいそう》①　受験《じゅけん》前《まえ》の理《り》衣《い》沙《さ》

「理衣沙《りいさ》は頭《あたま》いいんだから、受験《じゅけん》していい中学《ちゅうがく》に入《はい》ろう」

ママにそう言《い》われて、理衣沙《りいさ》は四年生《よねんせい》から桜花《おうか》ゼミに通《かよ》い始《はじ》めた。

たぶんママは、なにかというと張《は》り合《あ》ってくる同《おな》じマンションに住《す》む同級生《どうきゅうせい》の親《おや》に対抗《たいこう》して、相手《あいて》が逆立《さかだ》ちしても勝《か》てないことを思《おも》い知《し》らせたかったんだと思《おも》う。

理衣沙《りいさ》は「可愛《かわい》い制服《せいふく》を着《き》て、おしゃれなカフェテリアのある有名《ゆうめい》な中学《ちゅうがく》に通《かよ》いたいかも！」と受験《じゅけん》には賛成《さんせい》したけれど、進学塾《しんがくじゅく》は思《おも》っていたよりずっと大変《たいへん》だった。

学校《がっこう》のテストなら全教科《ぜんきょうか》百点《ひゃくてん》が当《あ》たり前《まえ》の理衣沙《りいさ》だったが、塾《じゅく》では一番下《いちばんした》のR《アール》クラス――。

問題《もんだい》はどんどん難《むずか》しくなり、覚《おぼ》えることもたくさんあって――。

毎日毎日《まいにちまいにち》、山《やま》のように宿題《しゅくだい》が出《で》て――。

学校《がっこう》では勉強《べんきょう》しなくても余裕《よゆう》だったのに、A《エー》クラスやΩ《オメガ》クラスに上《あ》がるには、塾《じゅく》だけじゃなく家《いえ》でも必死《ひっし》で勉強《べんきょう》しないといけないなんて！

Ω《オメガ》クラスで高得点《こうとくてん》をキープしている子《こ》を見《み》て、悔《くや》しいとは思《おも》うけれど、理衣沙《りいさ》は勉強《べんきょう》が好《す》きなわけじゃない。成績《せいせき》で追《お》いつこうという気持《きも》ちより「面倒《めんどう》くさい」が勝《まさ》ってしまう。

私《わたし》は「本気《ほんき》」出《だ》せばできるけど、まだ出《だ》してないだけ――。

でも、六年生《ろくねんせい》になっても、理衣沙《りいさ》はなかなか「本気《ほんき》」になれなかった。

R《アール》クラスで仲良《なかよ》くなった浅井紫《あさいゆかり》や山本佳苗《やまもとかなえ》と、塾《じゅく》の前《まえ》に待《ま》ち合《あ》わせてファストフード店《てん》でシェイクを飲《の》んだり、マンガを持《も》ってきて読《よ》んだり、新人《しんじん》の佐倉先生《さくらせんせい》をからかったり……。

理衣沙《りいさ》はいつも、サボりの中心《ちゅうしん》にいた。

「最低《さいてい》でもこのレベルの中学《ちゅうがく》に入《はい》らなきゃ」と、ママが決《き》めた目標《もくひょう》は、家《いえ》から歩《ある》いていける「吉祥寺女子《きちじょうじじょし》」だった。新御三家《しんごさんけ》とも言《い》われ、偏差値《へんさち》60を軽《かる》く超《こ》える難関校《なんかんこう》だ。

塾《じゅく》の面談《めんだん》でもママは、「ここを受《う》けさせたい」と先生《せんせい》にまくしたてていた。「有名《ゆうめい》な学校《がっこう》じゃないと、ご近所《きんじょ》に格好《かっこう》がつかないから」と……。

理衣沙《りいさ》もなんとなく吉女《きちじょ》に合格《ごうかく》できるものと思《おも》いこんでいた。だって、ママが「大丈夫《だいじょうぶ》」って言《い》うから――。

「全落《ぜんお》ち」というのが現実《げんじつ》に起《お》こると知《し》ったのは、夏期講習《かきこうしゅう》のときだ。桜花《おうか》ゼミの卒塾生《そつじゅくせい》が塾《じゅく》に来《き》て、自分《じぶん》の受験体験《じゅけんたいけん》を話《はな》してくれたことがあった。そのとき、先輩《せんぱい》が「受《う》けた中学《ちゅうがく》をすべて落《お》ちてしまった」と話《はな》していた。

聞《き》いた瞬間《しゅんかん》は、「受験《じゅけん》って本当《ほんとう》に落《お》ちるんだ！」とか「全部落《ぜんぶお》ちて、行《い》く中学《ちゅうがく》が一《ひと》つもないことがあるの⁉」と初《はじ》めて実感《じっかん》して、怖《こわ》くなった。

でも、それで全力《ぜんりょく》で勉強《べんきょう》するようになったか、と言《い》われると……。

少《すこ》しは自習室《じしゅうしつ》に行《い》くようになったけど、今考《いまかんが》えると、結局《けっきょく》、本気《ほんき》になんかなってなかった。

夏期講習《かきこうしゅう》が終《お》わると、サボり仲間《なかま》だった紫《ゆかり》や佳苗《かなえ》が、理衣沙《りいさ》の誘《さそ》いに乗《の》ってこなくなった。志望校《しぼうこう》も決《き》まったし、そろそろしっかりやらなきゃ――と言《い》うのだ。頭《あたま》にきて嫌《いや》がらせをしても、気《き》にもとめられなかった。成績順《せいせきじゅん》に並《なら》んでいる席《せき》も、ずるずると二人《ふたり》から離《はな》れていく。自分《じぶん》だけ置《お》いてけぼりにされた気分《きぶん》だった。

「まずい」とは思《おも》った。でも、「裏切《うらぎ》られた！」という気持《きも》ちのほうが強《つよ》かった。

本気《ほんき》で「まずい！」と思《おも》い始《はじ》めたのは、秋《あき》も深《ふか》まり、塾《じゅく》の授業《じゅぎょう》や家《いえ》での学習《がくしゅう》が「志望校《しぼうこう》の過去問《かこもん》を解《と》くこと」になるころだ。

志望校《しぼうこう》である「吉祥寺女子《きちじょうじじょし》」の過去問《かこもん》は本当《ほんとう》に難《むずか》しくて、ぜんぜん解《と》けなかった。

ママが決《き》めた、偏差値《へんさち》58を超《こ》える他《ほか》の学校《がっこう》の問題《もんだい》も同《おな》じように難《むずか》しかった。どうしても問《もん》題《だい》が途中《とちゅう》からわからなくなって、つまずいてしまう。特《とく》に算数《さんすう》は、最初《さいしょ》の計算問題《けいさんもんだい》でさえ複《ふく》雑《ざつ》すぎて時間《じかん》がかかりまくり、計算《けいさん》まちがいをしてしまう。模試《もし》の合格判定《ごうかくはんてい》もずっと最低《さいてい》のまま……。

「ママぁ、さすがにもう吉女《きちじょ》はちょっと――」

家《いえ》で「吉女《きちじょ》の過去問《かこもん》を解《と》く」とママが言《い》い出《だ》したとき、理衣沙《りいさ》は、塾《じゅく》の先生《せんせい》に厳《きび》しいと言《い》われたことを話《はな》そうとした。でも……。

「ママは理衣沙《りいさ》の本当《ほんとう》の力《ちから》を信《しん》じてる！　そろそろ理衣沙《りいさ》の本気《ほんき》、見《み》せてちょうだい！」なんて言《い》われたら、なにも言《い》えなくなってしまった。

ママのがっかりする顔《かお》は見《み》たくない。でも、もう無理《むり》だ。どうしたらいい？

追《お》い詰《つ》められた理衣沙《りいさ》がしたのは、問題集《もんだいしゅう》を本屋《ほんや》で立《た》ち読《よ》みし、先《さき》に過去問《かこもん》の答《こた》えを丸暗記《まるあんき》すること。満点《まんてん》を取《と》ったらバレるから、ほどほどの点数《てんすう》になるよう正解数《せいかいすう》を調節《ちょうせつ》して――。

　こんなことしても意味《いみ》がないと、自分《じぶん》でもわかってた。

　だけど……。やればやるほど引《ひ》き返《かえ》せなくなっていく……。

　インチキで取《と》った点数《てんすう》を見《み》たママが「合格《ごうかく》ラインを超《こ》えた」と喜《よろこ》んでるのを見《み》て、ホッとしてしまう自分《じぶん》が嫌《いや》だった。

「学校《がっこう》との相性《あいしょう》」だとか、「本番《ほんばん》で実力《じつりょく》を発揮《はっき》する」だとか、みんなウソだ。

このままだと自分《じぶん》は、どの志望校《しぼうこう》でも合格《ごうかく》ラインの点数《てんすう》は取《と》れない。

そりゃ、サボってはいたけど、ぜんぜん勉強《べんきょう》してないわけでもないのに、どうして……。

私《わたし》が受《う》かる学校《がっこう》なんてひとつもないの？　まさか……全落《ぜんお》ち？

強《つよ》がってはいても心《こころ》の中《なか》はいつもその不安《ふあん》でいっぱいだった。

十二月《じゅうにがつ》も終《お》わるころ、佐倉《さくら》ちゃんが渡《わた》してくれた過去問《かこもん》を解《と》くまでは——。


「あ、今川《いまがわ》さん、おはよう！　早速《さっそく》だけどちょっといい？」

冬期講習《とうきこうしゅう》の朝《あさ》、どんよりした気分《きぶん》で理衣沙《りいさ》が塾《じゅく》に入《はい》ると、佐倉先生《さくらせんせい》がすぐに声《こえ》をかけてきた。

「ナニ？」

理衣沙《りいさ》は、ぶっきらぼうに答《こた》えた。

佐倉先生《さくらせんせい》は今年入《ことしはい》った新人《しんじん》の先生《せんせい》だ。若《わか》くて元気《げんき》な女《おんな》の先生《せんせい》で、主《おも》にR《アール》の生徒《せいと》からは「佐《さ》倉《くら》ちゃん」って呼《よ》ばれている。空手《からて》が得意《とくい》らしくて、がさつでノリがいちいち体育会系《たいいくかいけい》で……あと、髪型《かみがた》がダサい。

講師《こうし》になりたてだから生徒《せいと》の冗談《じょうだん》を真《ま》に受《う》けてびっくりするし、反応《はんのう》がいちいち大《おお》げさで面白《おもしろ》い。余裕《よゆう》があった夏休《なつやす》み前《まえ》には、理衣沙《りいさ》もよく佐倉先生《さくらせんせい》をからかっていた。友《とも》だちみたいな感《かん》じで話《はな》しやすい先生《せんせい》だ。

気《き》が滅入《めい》って放《ほう》っておいてほしいのに、佐倉《さくら》ちゃんは最近《さいきん》しつこいくらいに絡《から》んでくる。

まあ、おかげで苦手《にがて》な面積《めんせき》の問題《もんだい》が少《すこ》し解《と》けるようになってきたけど……。

また「今日《きょう》も計算《けいさん》は落《お》ち着《つ》いてやろうね」とか「基本《きほん》のチェックもう少《すこ》しがんばろう」とか、その手《て》のお説教《せっきょう》でしょ……。

と、理衣沙《りいさ》がにらむと、先生《せんせい》はニコニコしながら言《い》った。

「あのね、今日《きょう》の過去問演習《かこもんえんしゅう》なんだけど、先生《せんせい》が用意《ようい》した過去問《かこもん》、やってみない？」

「えー困《こま》る！　ママが吉女《きちじょ》をやれってうるさいもん」

「でも、ここだって大事《だいじ》な受験校《じゅけんこう》だから、対策《たいさく》するように言《い》われたって伝《つた》えて」

自分《じぶん》が責任持《せきにんも》つ——とまで言《い》われ、理衣沙《りいさ》はしかたなく過去問《かこもん》のコピーを受《う》け取《と》った。

本番前《ほんばんまえ》の練習《れんしゅう》で一月受験《いちがつじゅけん》する予定《よてい》の、九州《きゅうしゅう》にある私立《しりつ》の首都圏入試用《しゅとけんにゅうしよう》の過去問《かこもん》だ。一度《いちど》も解《と》いたことがない学校《がっこう》の問題《もんだい》……。

席《せき》に着《つ》いた理衣沙《りいさ》は、ため息《いき》まじりに解答用紙《かいとうようし》に名前《なまえ》を書《か》いた。過去問演習《かこもんえんしゅう》は午前中《ごぜんちゅう》いっぱい使《つか》って全教科《ぜんきょうか》を解《と》く。本番《ほんばん》さながらに時間《じかん》を計《はか》り、算数《さんすう》の問題用紙《もんだいようし》をめくる……。

どこの学校《がっこう》の過去問《かこもん》でも同《おな》じ。どーせ、私《わたし》には解《と》けないんだ……。

どんなにがんばっても、また、「どこから考《かんが》えたらいいか」もわからないあの感《かん》じに――。

あれ？

問題《もんだい》を眺《なが》めていた理衣沙《りいさ》の目《め》の色《いろ》が変《か》わった。問題《もんだい》が読《よ》める――!?

もちろん日本語《にほんご》だから読《よ》めて当然《とうぜん》なんだけど、そういうことじゃなくて、この問題《もんだい》は「どう解《と》いたらいいか」が浮《う》かんでくる！

ウソ!?　これ、わかる！　解《と》けるっ！

エンピツの動《うご》きは、どんどん加速《かそく》していった。まるで、学校《がっこう》のテストのときのように……。

解《と》き終《お》わって、採点《さいてん》して、結果《けっか》を見《み》てもまだ信《しん》じられなくて――。

昼《ひる》の休憩時間《きゅうけいじかん》になり、他《ほか》の生徒《せいと》たちが「疲《つか》れた～」とか「腹減《はらへ》った～」とか言《い》っているなか、理衣沙《りいさ》は全教科《ぜんきょうか》の答案《とうあん》を手《て》に、真《ま》っ先《さき》に佐倉先生《さくらせんせい》のもとへとかけつけた。

採点して
やり直しまで
やったんだけど
…
合ってるのか…
見てもらって
いい…？
だって、
これ…

お弁当《べんとう》よりも、トイレよりも先《さき》に確認《かくにん》したかったのだ。

「佐倉《さくら》ちゃん……この学校《がっこう》の過去問《かこもん》……採点《さいてん》して、やり直《なお》しまでやったんだけど……。合《あ》ってるのか、見《み》てもらっていい……？　だって、これ……」

「大丈夫《だいじょうぶ》！　ちゃんと合格《ごうかく》ラインだよ」

答案《とうあん》をチェックした佐倉先生《さくらせんせい》は、にっこり微笑《ほほえ》んで言《い》った。

「今川《いまがわ》さんが今《いま》までがんばってつけてきた実力《じつりょく》で、合格《ごうかく》をつけてくれる学校《がっこう》は必《かなら》ずあるよ」

過去問《かこもん》やって、初《はじ》めての合格点《ごうかくてん》……。

あるんだ！　私《わたし》が受《う》かる学校《がっこう》……！

心《こころ》の底《そこ》から安心《あんしん》した理衣沙《りいさ》は、泣《な》き出《だ》しそうになるのを必死《ひっし》にこらえていた。
ただ、ママの決《き》めた志望校《しぼうこう》の試験《しけん》でも、この手応《てごた》えが得《え》られるとは思《おも》えなかった。

回想《かいそう》②　受験本番《じゅけんほんばん》

二月一日《にがつついたち》、受験《じゅけん》の一日目《いちにちめ》、午前《ごぜん》。吉祥寺女子《きちじょうじじょし》――。

「えええええっ!?　なんで来《き》てるの!?　暇《ひま》なの!?」

校門前《こうもんまえ》の人混《ひとご》みの中《なか》に佐倉先生《さくらせんせい》の姿《すがた》を見《み》つけ、理衣沙《りいさ》は声《こえ》を上《あ》げた。

こんなとこで知《し》り合《あ》いに応援《おうえん》されるの、恥《は》ずかしい！　バカみたい！

「ほら、がんばって！」

と、手《て》を差《さ》し出《だ》してくる佐倉《さくら》ちゃん。

「しなくていいよ、握手《あくしゅ》なんて！」

「いいからいいから！」

女《おんな》ゴリラの異名《いみょう》を持《も》つ佐倉《さくら》ちゃんが、強引《ごういん》にガシィッと両手《りょうて》で理衣沙《りいさ》の手《て》を包《つつ》みこむ。

「あーもう！　こういう熱血《ねっけつ》みたいなやつ、やだなあ」

赤《あか》くなって、「もーっ！」を連発《れんぱつ》する理衣沙《りいさ》。

だけど、佐倉《さくら》ちゃん、来《き》てくれたんだ……。

「恥《は》ずい！　ダサい‼」

口《くち》ではそう言《い》いながらも、嬉《うれ》しくなる。

不思議《ふしぎ》だ。どうせ吉女《きちじょ》なんて受《う》けたって落《お》ちるんだし——と、重《おも》い足取《あしど》りで家《いえ》から歩《ある》いてきたのに、素直《すなお》に「がんばってみよう」って気持《きも》ちになっていた。

でも……。

一教科目《いっきょうかめ》の国語《こくご》が始《はじ》まったとたん、せっかくのその気持《きも》ちは、ゆらいでしまった。

桜花《おうか》の教室《きょうしつ》や自宅《じたく》で過去問《かこもん》を解《と》いているときとは、周《まわ》りの空気《くうき》がちがいすぎたのだ。

こっちが問一《といいち》の文章《ぶんしょう》を読《よ》もうと苦労《くろう》している最中《さいちゅう》に、前後左右《ぜんごさゆう》の席《せき》からは、当《あ》たり前《まえ》のように、文《ぶん》に線《せん》を引《ひ》き、マークをつけるエンピツの音《おと》が聞《き》こえてくる。それどころかページをめくって次《つぎ》の問題《もんだい》に進《すす》む音《おと》さえ……。

ああダメだ。やっぱり、ここを受《う》けるのはΩ《オメガ》にいるようなできる子《こ》ばっかりなんだ——そう思《おも》うと、わかる問題《もんだい》さえ自信《じしん》がなくなってくる。

次《つぎ》の算数《さんすう》は、さらに地獄《じごく》だった。

周《まわ》りから響《ひび》いてくる、カツカツと順調《じゅんちょう》に解《と》き進《すす》むエンピツの音《おと》――。

一方《いっぽう》、自分《じぶん》は最初《さいしょ》の計算問題《けいさんもんだい》から複雑《ふくざつ》すぎて、なかなか解《と》けない――。

佐倉《さくら》ちゃんからもらった「がんばろう！」という気持《きも》ちが、冷《つめ》たくみじめな気持《きも》ちにかき消《け》されていく。過去問《かこもん》をやって理衣沙《りいさ》が知《し》っていたのは、「ここの問題《もんだい》はどうしても解《と》けない」ってことだけだったから……。

「どうだった？　手応《てごた》えは？」

保護者《ほごしゃ》のいる控室《ひかえしつ》で落《お》ち合《あ》うなり、ママは期待《きたい》のこもった目《め》で聞《き》いてきた。

「……」

「なによ、だまってたらわからないじゃない」

試験《しけん》の間《あいだ》ずっとつらかった――なんて言《い》えないし、言《い》いたくない。

西荻窪駅前《にしおぎくぼえきまえ》のカフェでお昼《ひる》を食《た》べたときも何度《なんど》か聞《き》かれた。

それでもだんまりを通《とお》して、まずそうにサンドイッチを食《た》べる姿《すがた》を見《み》て、さすがにママも察《さっ》したみたいだった。

午後《ごご》は、光花女子《こうかじょし》を受《う》けた。ここも、理衣沙《りいさ》の実力《じつりょく》からすると偏差値的《へんさちてき》に厳《きび》しい学校《がっこう》だ。校門前《こうもんまえ》で桜花《おうか》ゼミの腕章《わんしょう》をつけた人《ひと》たちを見《み》つけて嬉《うれ》しくなったが、佐倉《さくら》ちゃんどころか吉祥寺校《きちじょうじこう》の先生《せんせい》は一人《ひとり》もいなかった。他校《たこう》の知《し》らない先生《せんせい》に「がんばって！」と握手《あくしゅ》されただけだ。

問題《もんだい》は吉女《きちじょ》よりは解《と》けた気《き》がしたけれど、胃《い》がムカムカしていまいち集中《しゅうちゅう》できなかった。カフェのサンドイッチのトマトが水《みず》っぽくて、口直《くちなお》しに飲《の》んだコーヒーのせいかもしれない。飲《の》まなきゃよかったと後悔《こうかい》した。

でも、午前中《ごぜんちゅう》の吉女《きちじょ》の悲惨《ひさん》さに比《くら》べたら、いくらか希望《きぼう》が持《も》てる。光花中《こうかちゅう》はもしかしたら……なんてことないかな？　あったらいいんだけど……。

理衣沙《りいさ》は、そんな思《おも》いで夜《よる》の合格発表《ごうかくはっぴょう》を待《ま》った。

八時《はちじ》ごろ、ママと二人《ふたり》でスマートフォンを構《かま》えて発表《はっぴょう》を待《ま》っていると、いつもは夜遅《よるおそ》くに帰《かえ》ってくるパパが、珍《めずら》しくこんな時間《じかん》に帰《かえ》ってきた。

「今日《きょう》は受験《じゅけん》の付《つ》き添《そ》いで疲《つか》れたから、ご飯《はん》はお弁当《べんとう》で済《す》ませちゃったわよ」

「ああ、飯《めし》は済《す》ませてきたよ。ほら、ケーキ、買《か》ってきた」

疲《つか》れた顔《かお》でそう言《い》うと、パパがテーブルの上《うえ》に白《しろ》い紙箱《かみばこ》を置《お》く。

理衣沙《りいさ》はため息《いき》をついた。

なんのケーキ？　まさかと思《おも》うけど、お祝《いわ》いのつもり……？

吉祥寺女子《きちじょうじじょし》の合格発表《ごうかくはっぴょう》は八時半《はちじはん》だ。スマートフォンで確認《かくにん》すると……。

やはり結果《けっか》は、不合格《ふごうかく》。

サッと通知画面《つうちがめん》を消《け》して、ママが言《い》った。

「残念《ざんねん》！　気持《きも》ちを切《き》り替《か》えましょ。吉女《きちじょ》は明日《あした》もチャンスがあるから」

それ、本気《ほんき》で言《い》ってる？　ああ、明日《あした》もこんな思《おも》いをするのか……。

「ちょっとトイレ――」

無表情《むひょうじょう》を保《たも》ってテーブルの上《うえ》のショートケーキをつついていた理衣沙《りいさ》は、席《せき》を立《た》った。

トイレのドアを閉《し》め、便器《べんき》の前《まえ》の床《ゆか》にしゃがみこむ。

自分《じぶん》のことだからわかる。受《う》けたときから無理《むり》だって感《かん》じてた。

だから、落《お》ちても平気《へいき》と思《おも》った。だけど……。

「なにこれ……。平気《へいき》じゃない……ぜんぜん、平気《へいき》じゃない！」

涙《なみだ》が止《と》まらなくて、大声《おおごえ》で泣《な》きわめきたいのを必死《ひっし》でこらえる。

不合格《ふごうかく》でこんな気持《きも》ちになるなんてことは、ちっともわかってなかった。

十一時《じゅういちじ》、光花女子《こうかじょし》の結果発表《けっかはっぴょう》――。

ママは受《う》かると思《おも》ってたみたいだ。理衣沙《りいさ》だって、もしかしたら……と少《すこ》しは期待《きたい》していた。でも、結局《けっきょく》こっちも不合格《ふごうかく》。一日目《いちにちめ》は全滅《ぜんめつ》だ。

パパは困《こま》ったようにケーキの空《あ》き箱《ばこ》を見《み》つめ、ママはピリピリした表情《ひょうじょう》で……。

「大丈夫《だいじょうぶ》よ、理衣沙《りいさ》！　今日《きょう》は初《はじ》めてで調子《ちょうし》が出《で》なかっただけよ」

「わかってる。明日《あした》も早《はや》いから、もう寝《ね》る」

そう言《い》って自分《じぶん》の部屋《へや》に引《ひ》き上《あ》げた理衣沙《りいさ》だったが、なかなか眠《ねむ》れなかった。

ずっと声《こえ》を殺《ころ》して泣《な》き続《つづ》けていたから……。

二日目《ふつかめ》の朝《あさ》も、昨日《きのう》と同《おな》じく吉祥寺女子《きちじょうじじょし》の受験《じゅけん》――。

「ご飯《はん》、しっかり食《た》べればよかったのに。ロールパンと牛乳《ぎゅうにゅう》だけじゃ元気《げんき》出《で》ないよ」

吉祥寺《きちじょうじ》の駅前《えきまえ》を歩《ある》きながら、ママはぶつぶつ言《い》っている。今朝《けさ》、インスタントのスープを理衣沙《りいさ》が「いらない」と言《い》ったのを、まだ根《ね》に持《も》ってるらしい。

元気《げんき》がないのは朝食《ちょうしょく》のせいじゃないよ……。

理衣沙《りいさ》がうつむいているのを見《み》て、ママがあわてて明《あか》るい声《こえ》を出《だ》す。

「今日《きょう》もがんばろう！　受《う》かったら、どこか旅行《りょこう》行《い》こうよ。ネズミーランドとか？」

「……いいかも」

「洋服《ようふく》も買《か》ったげる。ほらあの、欲《ほ》しがってたやつ」

「楽《たの》しみ……」

無視《むし》してママの機嫌《きげん》をそこねるのも面倒《めんどう》だから、しかたなく適当《てきとう》に答《こた》える。

駅《えき》から大通《おおどお》りに出《で》てしばらく歩《ある》くと、住宅街《じゅうたくがい》の細《ほそ》い通《とお》りに入《はい》った。吉祥寺女子《きちじょうじじょし》の校門《こうもん》まで、今朝《けさ》も大勢《おおぜい》の親子《おやこ》連《づ》れの列《れつ》が続《つづ》いている。

「今川《いまがわ》さーん！」

校門《こうもん》の近《ちか》くで手《て》を振《ふ》っている桂先生《かつらせんせい》に気《き》づいて、理衣沙《りいさ》は驚《おどろ》いた。

「えっ、桂先生《かつらせんせい》?!　なんで？」

佐倉《さくら》ちゃんならともかく、桂先生《かつらせんせい》がいるなんて。私《わたし》の受《う》ける学校《がっこう》なんかより、他《ほか》にもたくさん行《い》くとこあるんじゃ……。理衣沙《りいさ》はそう思《おも》ってから、ここが吉女《きちじょ》なのをあらためて思《おも》い出《だ》す。

吉祥寺女子《きちじょうじじょし》は偏差値《へんさち》60を超《こ》える有名校《ゆうめいこう》。新御三家《しんごさんけ》のひとつだ。

あーそっか、二日目《ふつかめ》はΩ《オメガ》の子《こ》が第二志望《だいにしぼう》で受《う》けてて、私《わたし》もいっしょに応援《おうえん》される感《かん》じ？

ううん、それでも嬉《うれ》しいかな。知《し》っている人《ひと》がいると安心《あんしん》する……。

かけよってきた桂先生《かつらせんせい》が両手《りょうて》を差《さ》し伸《の》べ、ギュッと理衣沙《りいさ》の手《て》を包《つつ》んで微笑《ほほえ》む。

「先生《せんせい》、私《わたし》……」

「大丈夫《だいじょうぶ》だよ。今川《いまがわ》さんのベストが尽《つ》くせればいいんだからね！」

ちゃんと覚《おぼ》えてないけど、先生《せんせい》はそんなことを言《い》っていた気《き》がする。

だけど……。試験《しけん》の手応《てごた》えは昨日《きのう》とちっとも変《か》わらなかった。

解《と》けないまま過《す》ぎていく時間《じかん》がやたらと長《なが》く感《かん》じられ、いっそのこと早《はや》く終《お》わってほしい——ずっと、そう思《おも》っていた。

二日目《ふつかめ》は午後《ごご》の試験《しけん》はなかったので、あとは家《いえ》で過《す》ごした。

「勉強《べんきょう》する」と言《い》って部屋《へや》にこもったけど、とてもそんな気《き》になれず、ただ机《つくえ》に突《つ》っ伏《ぷ》して寝《ね》ていた。

夜《よる》になって、ママが呼《よ》びに来《く》るまで。

「理衣沙《りいさ》、ご飯《はん》よ」

「わかった〜」

「ずいぶん、がんばってたね」

「まあね……」

ママは中学受験《ちゅうがくじゅけん》の勉強内容《べんきょうないよう》をよく知《し》らない——理衣沙《りいさ》は、ずいぶん前《まえ》からそう気《き》づいていた。だから、テキストを開《ひら》いてなにか書《か》いてるだけでごまかせる。

桜花《おうか》に入《はい》って一番上達《いちばんじょうたつ》したのは「勉強《べんきょう》するふり」かもしれない。バレずにサボることにかけては、理衣沙《りいさ》はいくらでも知恵《ちえ》が回《まわ》る。頭《あたま》はいいけど、勉強《べんきょう》が好《す》きじゃないだけ……。

夕食《ゆうしょく》のテーブルには、生姜《しょうが》焼きにコーンスープ、ポテトサラダと、理衣沙《りいさ》の好《す》きなものばかりが並《なら》んでいた。

「なんか、すっごいね……」

「いっぱい食《た》べて、元気《げんき》つけなきゃ」とママ。

たしかにこのメニューなら食欲《しょくよく》はわくし、気《き》を遣《つか》ってくれてるのもわかる。だけど……。

ママに本当《ほんとう》に気《き》づいてほしいのは、このままだと「全落《ぜんお》ち」するってことだ。

パパは、この日《ひ》も早《はや》く帰《かえ》ってきた。またケーキを買《か》ってきたら気《き》まずさが爆発《ばくはつ》するところだったけど、さすがにそれはなかったのでホッとした。

その後《ご》、八時半《はちじはん》の吉祥寺女子《きちじょうじじょし》の合格発表《ごうかくはっぴょう》は、当然《とうぜん》のように不合格《ふごうかく》――。

結果《けっか》を聞《き》かされるたび、「自分《じぶん》が世界中《せかいじゅう》のだれからも必要《ひつよう》とされてない」って気分《きぶん》になる。

ママもなんとなく察《さっ》していたようで、この日《ひ》は何《なに》も言《い》わなかった。

理衣沙《りいさ》は平気《へいき》なふりをしていたけれど、心《こころ》の中《なか》では「明日《あした》の光花女子《こうかじょし》は受《う》けたくない！

受験《じゅけん》する学校《がっこう》を変《か》えたい！」って、ずっとさけんでいた。

どうせ受《う》かりっこない。ママだって、絶対《ぜったい》にそう思《おも》ってる……。

この日《ひ》も布団《ふとん》の中《なか》で泣《な》いた。昨日《きのう》みたいに大声《おおごえ》で泣《な》きたいのをこらえるのではなくて、ただただ悲《かな》しくて、涙《なみだ》が止《と》まらなかったから……。

希望《きぼう》が見《み》えないまま迎《むか》えた、三日目《みっかめ》の朝《あさ》――。

吉祥寺駅《きちじょうじえき》から乗《の》った電車《でんしゃ》は混《こ》んでいた。

通勤客《つうきんきゃく》に、中学受験《ちゅうがくじゅけん》の親子連《おやこづ》れがまじって、どの車両《しゃりょう》もぎゅうぎゅうだった。

初日《しょにち》の午後《ごご》の電車《でんしゃ》も混《こ》んでて驚《おどろ》いたが、朝《あさ》はやっぱりすごい。

昨日《きのう》までの結果《けっか》が重《おも》くのしかかっていて、電車《でんしゃ》にゆられている間《あいだ》、理衣沙《りいさ》もママもほとんど話《はな》さなかった。

降《お》りてからも、親子連《おやこづ》れでごった返《がえ》すなか、険《けわ》しい顔《かお》で黙々《もくもく》と歩《ある》く。

周《まわ》りの受験生《じゅけんせい》たちがだれも彼《か》も自信《じしん》に満《み》ちているように見《み》えてならない。自分《じぶん》だけ、暗《くら》いオーラをまとっているような気分《きぶん》で……。

「今川《いまがわ》さーん!!　会《あ》えた～よかった～！」

校門《こうもん》の前《まえ》で元気《げんき》いっぱいの声《こえ》が聞《き》こえて、ハッと顔《かお》を上《あ》げる。

とびっきりの笑顔《えがお》で理衣沙《りいさ》を待《ま》っていたのは――。

「桂先生《かつらせんせい》……」

ウソ？　今朝《けさ》も？　昨日《きのう》の吉女《きちじょ》はともかく、三日目《みっかめ》の光花《こうか》をΩ《オメガ》の子《こ》が受《う》けるとは思《おも》えない。

今川さーん!!

会えた〜よかった〜!

桂先生…

理衣沙んとこなんか来なくていいのに。

私が応援したくて来てるんだって!

…

Fight!

合格

じゃあ、私《わたし》だけのために!?

「理衣沙《りいさ》んとこなんか来《こ》なくていいのに」

泣《な》きそうな顔《かお》で言《い》うと、理衣沙《りいさ》の肩《かた》に桂先生《かつらせんせい》がそっと手《て》を置《お》いた。

「私《わたし》が応援《おうえん》したくて来《き》てるんだって!」

「……」

先生《せんせい》の笑顔《えがお》を見《み》られない。だって、私《わたし》……。

目線《めせん》をそらしたまま、理衣沙《りいさ》はつぶやいた。

「どうせ、ここも受《う》かりっこないし」

じっとこっち見《み》つめていた先生《せんせい》が、不意《ふい》に明《あか》るい声《こえ》で言《い》った。

「そうそう、今川《いまがわ》さんにいいもの持《も》ってきたんだ」

桂先生《かつらせんせい》は、ダウンジャケットのポケットをごそごそやって、小《ちい》さなアクセサリーを取《と》り出《だ》した。

「はい、お守《まも》り」

「えっ、なにそれ、可愛《かわい》い」

不意打《ふいう》ちに驚《おどろ》いてアクセサリーに吸《す》い寄《よ》せられた理衣沙《りいさ》の瞳《ひとみ》が、輝《かがや》きを取《と》り戻《もど》す。

先生《せんせい》の指《ゆび》にかかっていたのは、U字型《ユーじがた》の飾《かざ》りのストラップだ。

「『馬《うま》の蹄《ひづめ》』のモチーフでね」

蹄鉄《ていてつ》は、昔《むかし》から西洋《せいよう》では「幸運《こううん》のお守《まも》り」とされているらしい。

「これを上向《うわむ》きにすると『幸運《こううん》を受《う》け止《と》める』、下向《したむ》きにすると『不運《ふうん》をふり落《お》とす』」

「へえ……」

「あと、これは、私《わたし》が勝手《かって》にこじつけた話《はなし》だけど――」

先生《せんせい》は「お守《まも》り」を理衣沙《りいさ》の手《て》に乗《の》せて、その手《て》を両手《りょうて》でギュッと包《つつ》みこむ。

「――自分《じぶん》の足《あし》で走《はし》ってたどりついた先《さき》が自分《じぶん》にとっての『幸《しあわ》せ』みたいな？」

それを聞《き》いて、理衣沙《りいさ》はハッとなった。

私《わたし》は？　どうやってこの結果《けっか》にたどりついたんだっけ……？

先生《せんせい》が元気《げんき》づけるようにこちらを見《み》つめて言《い》った。

「今川《いまがわ》さんが自分《じぶん》で考《かんが》えてたどりついた先《さき》であれば、どこだって先生《せんせい》は応援《おうえん》する。どんなことがあっても、最後《さいご》まで、絶対《ぜったい》に」

私《わたし》が考《かんが》えて、か……。

理衣沙《りいさ》が考《かんが》えている間《あいだ》に、先生《せんせい》はママに話《はな》しかけていた。「試験《しけん》が終《お》わったら桜花《おうか》に寄《よ》ってほしい」みたいなことを言《い》っていたと思《おも》う。

でも――。試験《しけん》は昨日《きのう》と同《おな》じで、手応《てごた》えのないまま終《お》わってしまった。

塾《じゅく》にも寄《よ》らず、ママとまっすぐ家《いえ》に帰《かえ》ったあと、理衣沙《りいさ》はまた夕食《ゆうしょく》まで部屋《へや》にこもり、勉《べん》強《きょう》するふりをして過《す》ごした。合格発表《ごうかくはっぴょう》のことを考《かんが》えたくなかったから……。

パパが早《はや》く帰《かえ》れるのは昨日《きのう》までなので、夕《ゆう》ご飯《はん》はママと二人《ふたり》きりだ。

ミートソースのパスタとか、ピザとか、また好物《こうぶつ》ばかりが並《なら》んでいたけれど、食欲《しょくよく》はない。

光花女子《こうかじょし》の合格発表《ごうかくはっぴょう》のある午後九時《ごごくじ》が近《ちか》づくにつれて、不安《ふあん》が増《ま》していく。

今日《きょう》も自信《じしん》はなかった。明日《あす》だって、同《おな》じ学校《がっこう》を受《う》けるのだから、たぶん無理《むり》……。

やっぱり全落《ぜんお》ち……？

「上《うえ》に向《む》けると『幸運《こううん》を受《う》け止《と》める』、下《した》に向《む》けると『不運《ふうん》をふり落《お》とす』……」

ソファに座《すわ》った理衣沙《りいさ》は、手《て》の中《なか》の「お守《まも》り」を動《うご》かして、祈《いの》るようにつぶやいていた。

ママがスマートフォンを手《て》にする。

「さ、そろそろね。見《み》るわよ、光花女子《こうかじょし》の合格発表《ごうかくはっぴょう》」

「見《み》たくない……」

「は？　なに言《い》ってんのよ？」

「だって……怖《こわ》いもん……」

「なに子《こ》どもっぽいこと言《い》ってんの！　ほら！　見《み》るよ！」

しかたなく、そろそろと脇《わき》からスマートフォンをのぞきこむ。

お守《まも》りをギュッと握《にぎ》りしめて、理衣沙《りいさ》は祈《いの》った。

受《う》かってて！　お願《ねが》いだから……！

だが、画面《がめん》に表示《ひょうじ》された結果《けっか》は、また「不合格《ふごうかく》」――。

「もうイヤ……もう、ほんとうにイヤ……」

強《つよ》がることも、隠《かく》れて泣《な》くことも、もうできなかった。涙《なみだ》をボロボロとこぼして、泣《な》きじゃくるしかなかった。

「もう……ママの言《い》うとこ、受験《じゅけん》したくない……!!　もお、やだあああ！」

泣《な》きながら部屋《へや》にかけこんで、バタンとドアを閉《し》める。

追《お》ってきたママが、何度《なんど》もドアをたたく。

「理衣沙《りいさ》！　ダメよ！　明日《あす》も光花《こうか》に出願《しゅつがん》してるんだから！　逃《に》げちゃだめ！　ちゃんと行《い》って受験《じゅけん》しなさい！」

「うるさい！」

無理《むり》だってば！　もう一回《いっかい》受《う》けても、きっと落《お》ちるもん！　どうせ私《わたし》なんか……。

ママがドアをたたく音《おと》に耐《た》えきれず、理衣沙《りいさ》は泣《な》きながらさけんだ。

「うるさい、うるさい！」

「理衣沙《りいさ》！　いいかげんに……」

ママがおろおろしているのは声《こえ》でわかる。でも、高《たか》ぶった気持《きも》ちは収《おさ》まらなかった。

「もうやだ！　ママの言《い》うことなんか聞《き》かない！　お願《ねが》いだから、理衣沙《りいさ》を一人《ひとり》にしてよう……！」

涙《なみだ》まじりに訴《うった》えていると、いつの間《ま》にかドアをたたく音《おと》は止《や》んでいた。

バタバタと足音《あしおと》がしたかと思《おも》うと、ママがなにか言《い》った。

「ちょっと出《で》てくるから……すぐ戻《もど》るから……」

そんなことを言《い》っていた気《き》がする。

えっ、今《いま》？　どこへ行《い》くの？　あ、もしかして塾《じゅく》？　先生《せんせい》が来《こ》いって言《い》ってたっけ……。

そんなことを思《おも》っているうちに、バタンと玄関《げんかん》のドアが閉《し》まる音《おと》がした。

それっきり家《いえ》の中《なか》はシンと静《しず》まり返《かえ》る。

ひとり残《のこ》された理衣沙《りいさ》は、ぺたんと部屋《へや》の床《ゆか》に座《すわ》りこんだ。

どうしよう……？　明日《あした》、光花《こうか》を受《う》けたら絶対《ぜったい》に後悔《こうかい》する。

だったら……。

手《て》の中《なか》のお守《まも》りを見《み》つめると、桂先生《かつらせんせい》の言葉《ことば》がよみがえってくる。

自分《じぶん》の足《あし》で走《はし》ってたどりついた先《さき》が自分《じぶん》にとっての幸《しあわ》せ――。

ママの決《き》めたとこじゃなく、私《わたし》が受《う》けたい学校《がっこう》っていったら……。

実《じつ》は、ひとつだけ受《う》けたいと思《おも》った学校《がっこう》がある。

ママには、「気《き》に入《い》ったとか言《い》っても受《う》けないわよ」と言《い》われていたけれど……。

受験直前《じゅけんちょくぜん》になってから、佐倉《さくら》ちゃんの勧《すす》めで入試体験会《にゅうしたいけんかい》に行《い》った聖《せい》カサブランカ女子《じょし》――。

あの日《ひ》に訪《おとず》れるまで、理衣沙《りいさ》は聞《き》いたこともない学校《がっこう》だった。

ママの気《き》に入《い》った学校《がっこう》しか知《し》らなかったし、見学《けんがく》にも行《い》ったことがなかったから……。

聖《せい》カサブランカ女子《じょし》は、偏差値的《へんさちてき》にママの希望《きぼう》に合《あ》わなかったのだろう。

学校《がっこう》を初《はじ》めて見《み》たときには、まず校舎《こうしゃ》の華《はな》やかさに目《め》を奪《うば》われた。

まるでヨーロッパの世界遺産《せかいいさん》の修道院《しゅうどういん》みたい……とか言《い》ったら大《おお》げさだけど、「ミッション系《けい》の学校《がっこう》ってこんな感《かん》じなんだ！」と驚《おどろ》かされたのだ。

それに、もうひとつ……。

入試体験会《にゅうしたいけんかい》の最中《さいちゅう》に、理衣沙《りいさ》は具合《ぐあい》が悪《わる》くなってしまった。

そのとき助《たす》けてくれた、案内役《あんないやく》の親切《しんせつ》な在校生《ざいこうせい》のお姉《ねえ》さんのことが、ずっと心《こころ》に残《のこ》っていた。

理衣沙《りいさ》の汚《よご》れた服《ふく》を洗《あら》ってくれたばかりか、自分《じぶん》のジャージを貸《か》してくれたお姉《ねえ》さん……。

こんな親切《しんせつ》な人《ひと》には、会《あ》ったことがなかった。

それで思《おも》わず、彼女《かのじょ》に聞《き》いてしまったのだ。

「なんで……今日《きょう》初《はじ》めて会《あ》った人《ひと》なんかに、汚《よご》すかもしれないのに服《ふく》なんて貸《か》せるんですか……？」と。

「だって……困《こま》ってる子《こ》がいたら、普通《ふつう》こうするよ」

お姉《ねえ》さんは、あっさりそう答《こた》えた。

そのあとも熱心《ねっしん》に施設《しせつ》の案内《あんない》をしてくれて……。

理衣沙《りいさ》が、学校《がっこう》も、通《かよ》っている人《ひと》も「なんか、いいな」と感《かん》じたのは初《はじ》めてだった。

入試体験会《にゅうしたいけんかい》でやった問題《もんだい》も、それなりに解《と》けていたし……。
聖《せい》カサブランカ女子《じょし》なら……。
じゃ、なくて！　私《わたし》は聖《せい》カサブランカ女子《じょし》に入《はい》りたい！
これは、自分《じぶん》で決《き》めたことだ——。
一大決心《いちだいけっしん》をした理衣沙《りいさ》は、部屋《へや》を出《で》て、ママが帰《かえ》るのを待《ま》った。
ママが塾《じゅく》から戻《もど》ってきたのは、十時《じゅうじ》を過《す》ぎたころだった。
「ただいま。理衣沙《りいさ》、ちょっと話《はなし》が——」
理衣沙《りいさ》がまだ部屋《へや》にいると思《おも》ったのか、玄関《げんかん》からママの大《おお》きめの声《こえ》が聞《き》こえてくる。
リビングに入《はい》ってきたママは、理衣沙《りいさ》が待《ま》ち構《かま》えていたので驚《おどろ》いたようだった。
言《い》わなきゃ……言《い》わなきゃ……！
部屋着《へやぎ》のパーカーの裾《すそ》を両手《りょうて》で握《にぎ》りしめ、理衣沙《りいさ》は口《くち》を開《ひら》いた。
「ママ……怒《おこ》らないで聞《き》いてほしい……私《わたし》ね……」
途中《とちゅう》で涙《なみだ》があふれ、声《こえ》が詰《つ》まりそうになる。
だめ、言《い》うんだ！　自分《じぶん》の足《あし》で走《はし》ってたどりつく……！

「私《わたし》……聖《せい》カサブランカ女子《じょし》、受験《じゅけん》したいです……受《う》けさせて…ください、お願《ねが》い……」

必死《ひっし》の思《おも》いで訴《うった》える。

だが、ママはなにも言《い》わず、すっと理衣沙《りいさ》の脇《わき》を通《とお》りすぎていった。

怒《おこ》ってる？　やっぱりダメなの？　でも、ママも泣《な》いてたような……。

「ママ……！」

理衣沙《りいさ》が追《お》いかけると、ママはリビングの奥《おく》、コーヒーテーブルの上《うえ》にあるノートパソコンを広《ひろ》げていた。

見《み》ているのは、聖《せい》カサブランカ女子《じょし》のサイト――。受験手続《じゅけんてつづ》きのページだ！

「理衣沙《りいさ》！　時間《じかん》ないから、急《いそ》いで出願《しゅつがん》するよ！」

ママも、考《かんが》え直《なお》してくれた……!?

「ありがとうママ……！」

涙《なみだ》はまだ止《と》まらなかったけれど、理衣沙《りいさ》は心《こころ》からの笑《え》みを浮《う》かべて言《い》った。

「私《わたし》、今度《こんど》こそ合格《ごうかく》するからね……！」

聖カサブランカ女子、受験したいです…
受けさせてください、お願い…

そして四日目《よっかめ》――。

早朝《そうちょう》の電車《でんしゃ》の中《なか》は、これまでの三日間《みっかかん》とはずいぶんちがっていた。

通勤客《つうきんきゃく》で混《こ》んではいるが、朝《あさ》の車内《しゃない》に親子連《おやこづ》れはほとんど見当《みあ》たらない。

駅《えき》に着《つ》いても同《おな》じで、ママと二人《ふたり》、試験会場《しけんかいじょう》までの人影《ひとかげ》もまばらな道《みち》を進《すす》む。

同《おな》じ方向《ほうこう》に歩《ある》いている親子連《おやこづ》れは、何組《なんくみ》か見《み》かけはするが、本当《ほんとう》にぽつぽつという感《かん》じだ。

そのころには、理衣沙《りいさ》もなんとなくわかっていた。

ほとんどの子《こ》は、とっくに合格《ごうかく》を勝《か》ち取《と》って二月《にがつ》の戦《たたか》いを終《お》えているのだ――ということを。

理由《りゆう》はわかっていたけれど、聖《せい》カサブランカの校門《こうもん》まで来《き》たところで、理衣沙《りいさ》もママも、あらためて打《う》ちのめされた。

「人《ひと》、少《すく》な……」

昨日《きのう》まであれだけあふれていた受験生《じゅけんせい》が、まったくいない。

がらんとして、さびしい試験会場前《しけんかいじょうまえ》……。

今《いま》ここにいるのは、取《と》り残《のこ》された子《こ》だけなんだ。もう、ほんとに後《あと》がない……。

「今日《きょう》こそがんばる！」と思《おも》った前向《まえむ》きな気持《きも》ちが、また暗闇《くらやみ》にのみこまれそうになった、そのとき――。

「おーい！」

聞《き》き慣《な》れた声《こえ》に、理衣沙《りいさ》はビクッと反応《はんのう》した。

だれだかすぐにわかる、聞《き》き慣《な》れた、バカみたいによく通《とお》る大《おお》きな声《こえ》――。

ダウンジャケットに桜花《おうか》の腕章《わんしょう》をつけて、手《て》をブンブンと振《ふ》っている。

だれもいない四日目《よっかめ》まで応援《おうえん》に来《く》るほどお節介《せっかい》で、最近《さいきん》なにかというと理衣沙《りいさ》に絡《から》んできてくれた新人講師《しんじんこうし》――。

「おっはよー!!　ちゃんと朝《あさ》ご飯《はん》食《た》べてきたー!?」

「佐倉《さくら》ちゃん、そんな大《おお》きな声《こえ》で……」

鼻《はな》の奥《おく》がツンとするのを感《かん》じながら、理衣沙《りいさ》は微笑《ほほえ》んだ。

「たいじょぶ、ちゃんと食《た》べてきたよお！」

「よーし！　それなら大丈夫《だいじょうぶ》だ！」

朝早《あさはや》くから待《ま》っていてくれたのがわかる冷《ひ》え切《き》った手《て》で、佐倉先生《さくらせんせい》が理衣沙《りいさ》の手《て》を握《にぎ》りしめる。先生《せんせい》の元気《げんき》が伝《つた》わってきて、どんどん気持《きも》ちが軽《かる》くなっていく。

「よし！　今日《きょう》も、思《おも》いっ切《き》り、が……ん……」

　なにか言《い》いかけて、いったん口《くち》をつぐんだ先生《せんせい》は、笑顔《えがお》で言《い》い直《なお》した。

「ベストを、尽《つ》くせますよう……！」

　大丈夫《だいじょうぶ》！　私《わたし》、がんばる！　がんばれるよ、佐倉《さくら》ちゃん！

　言葉《ことば》にすると泣《な》いちゃいそうで照《て》れくさかったので、理衣沙《りいさ》は大《おお》きくうなずいてみせた。

　試験《しけん》は、ちゃんと解《と》き方《かた》がわかって答《こた》えた問題《もんだい》がいくつもあって、これまでとちがい、はっきりと手応《てごた》えがあった。

手《て》が出《で》ない複雑《ふくざつ》な問題《もんだい》が少《すく》なかったからということもあるけれど、気持《きも》ちの問題《もんだい》も大《おお》きかったと思《おも》う。落《お》ち着《つ》いて正確《せいかく》に解《と》くことができたから……。

だから、待合室《まちあいしつ》になっている礼拝堂《れいはいどう》へも、胸《むね》を張《は》って向《む》かうことができた。

「どうだった？」

疲《つか》れきった顔《かお》のママに聞《き》かれて、理衣沙《りいさ》は笑顔《えがお》でうなずいた。

「わかんない。でも……ママ、受《う》けさせてくれてありがとう。結果《けっか》は怖《こわ》がらずにいっしょに見《み》るから」


そして、その日《ひ》の夜《よる》――。

「時間《じかん》だよ、ママ」

「う、うん。そうね」

理衣沙《りいさ》に急《せ》かされて、ママがノートパソコンを立《た》ち上《あ》げた。

聖《せい》カサブランカの合格発表《ごうかくはっぴょう》ページを開《ひら》いたあとは、理衣沙《りいさ》が自分《じぶん》で受験番号《じゅけんばんごう》を入力《にゅうりょく》する。

大丈夫《だいじょうぶ》、今度《こんど》こそ、絶対《ぜったい》に合格《ごうかく》する……！

祈《いの》るのではなく、静《しず》かな自信《じしん》を持《も》って、理衣沙《りいさ》は入力《にゅうりょく》のボタンをクリックした。

結果《けっか》は——。

【今川理衣沙《いまがわりいさ》さん　合格《ごうかく》　しました。おめでとうございます】

「やった！　やったわ、理衣沙《りいさ》！」

「うん……」

こうして、理衣沙《りいさ》の長《なが》かった二月《にがつ》の戦《たたか》いが終《お》わった……。

＊　＊　＊

受験《じゅけん》のことを思《おも》い出《だ》している間《あいだ》に、テレビのバレンタイン特集《とくしゅう》はとっくに終《お》わっていた。

理衣沙《りいさ》はソファにもたれ、ふう～っと長《なが》いため息《いき》をついた。

パパとママの話《はなし》は、小学校《しょうがっこう》の卒業式《そつぎょうしき》の予定《よてい》から、聖《せい》カサブランカの入学式《にゅうがくしき》に移《うつ》っている。

もし「全落《ぜんお》ち」だったら、家族《かぞく》でこんなのんびりとした気持《きも》ちではいられなかっただろう。

四月《しがつ》からは、今日《きょう》注文《ちゅうもん》したあの可愛《かわい》い制服《せいふく》で聖《せい》カサブランカに通《かよ》うのだ。

そっか、もう桜花《おうか》ゼミに行くことは二度《にど》とないんだ……。

「だったら今日《きょう》の『卒塾《そつじゅく》の会《かい》』、ちゃんと行《い》っとけばよかったかもな……」

理衣沙《りいさ》がぽつりとつぶやくと、ママがふり返《かえ》った。

「なにか言《い》った？」

「ううん、なんでもなーい」

「塾《じゅく》、とか言《い》ってなかった？」

「もう行《い》かなくていいんだな、って」

「そりゃそうでしょ」

ママはそう言《い》って笑《わら》ったが、理衣沙《りいさ》は心残《こころのこ》りだった。

佐倉《さくら》ちゃんと桂先生《かつらせんせい》には、お礼《れい》ぐらい言《い》いたかったな……。

佐倉《さくら》のレポート28

押忍《おす》!! 佐倉麻衣《さくらまい》です!

卒塾《そつじゅく》の会《かい》も無事《ぶじ》に終《お》わり、その翌々日《よくよくじつ》、私《わたし》は一日《いちにち》だけお休《やす》みがとれました。

次《つぎ》の受験生《じゅけんせい》のガイダンスが始《はじ》まるので、講師陣《こうしじん》が交代《こうたい》でお休《やす》みをとったのです。

大晦日《おおみそか》ごろ、桂先生《かつらせんせい》に「我々《われわれ》のお正月《しょうがつ》は五月《ごがつ》あたりに来《く》る」なんて言《い》われましたが、本当《ほんとう》にそんな感覚《かんかく》です。

この貴重《きちょう》な休日《きゅうじつ》を使《つか》って、私《わたし》は半年《はんとし》ぶりに、日帰《ひがえ》りで山梨《やまなし》の実家《じっか》に行《い》きました。

大好《だいす》きな祖母《そぼ》に、どうしても話《はな》したいことがあったので……。

私《わたし》の祖母《そぼ》は退職《たいしょく》するまで学校《がっこう》の教師《きょうし》をしていて、「塾《じゅく》が嫌《きら》いだ」とよく話《はな》していました。

だから、私《わたし》は自分《じぶん》が塾講師《じゅくこうし》になったことを話《はな》せず、この一年《いちねん》、「学校《がっこう》の先生《せんせい》になった」と祖母《そぼ》に嘘《うそ》をついてきたのです。

今日《きょう》こそは打《う》ち明《あ》けよう——と決心《けっしん》してはいましたが、久《ひさ》しぶりに会《あ》って、祖母《そぼ》があまりに嬉《うれ》しそうにしていたので、なかなか切《き》り出《だ》せなくて……。それで、まずは「どうして塾《じゅく》が嫌《きら》いなのか」を聞《き》いてみることにしました。

祖母《そぼ》の答《こた》えは……。

【塾《じゅく》はテストの点《てん》を取《と》る技術《ぎじゅつ》を教《おし》えるところ。勉強本来《べんきょうほんらい》の楽《たの》しさを教《おし》えていない】

【塾《じゅく》は子《こ》どもが子《こ》どもらしく遊《あそ》べる放課後《ほうかご》の時間《じかん》を奪《うば》っている】

【塾《じゅく》に通《かよ》える子《こ》ばかりではないのに、通《かよ》える子《こ》だけ抜《ぬ》け駆《が》けして勉強《べんきょう》ができるようになるのはよくない。教育《きょういく》は公平《こうへい》で平等《びょうどう》であるべきだ】

たしかに祖母《そぼ》の言《い》うことは間違《まちが》っていません。でも、塾《じゅく》には別《べつ》の面《めん》もあります。実際《じっさい》に塾《じゅく》講師《こうし》になって知《し》ったことを、私《わたし》は祖母《そぼ》に伝《つた》えました。

【学歴重視《がくれきじゅうし》の社会《しゃかい》があるかぎり、我《わ》が子《こ》の幸《しあわ》せを願《ねが》う親《おや》は『生《い》きやすい場所《ばしょ》』を求《もと》め、塾《じゅく》はその親心《おやごころ》を食《く》い物《もの》にしている面《めん》はたしかにあるけれど……】

【それでも、塾《じゅく》にだって、子《こ》どもたちに楽《たの》しく学《まな》んでほしいと願《ねが》い、楽《たの》しく豊《ゆた》かな知識《ちしき》や考《かんが》え方《かた》を身《み》につけられるよう力強《ちからづよ》く導《みちび》こうとがんばっている講師《こうし》はたくさんいる！】

熱《あつ》く語《かた》った私《わたし》は、自分《じぶん》が嘘《うそ》をついていたことを祖母《そぼ》に謝《あやま》りました。

「私《わたし》は、中学受験塾《ちゅうがくじゅけんじゅく》・桜花《おうか》ゼミナールで受験指導《じゅけんしどう》をする塾《じゅく》の講師《こうし》、がんばる子《こ》どもたちを応《おう》援《えん》するお仕事《しごと》――この仕事《しごと》を誇《ほこ》りに思《おも》う」と。

祖母《そぼ》は「その気持《きも》ちがあれば、どこでも教育者《きょういくしゃ》でいられるね」と笑《わら》って許《ゆる》してくれました。

受験指導《じゅけんしどう》の講師《こうし》を続《つづ》ける決心《けっしん》は、黒木先生《くろきせんせい》に言《い》われた「新事業《しんじぎょう》である『無料塾《むりょうじゅく》』に移《うつ》るか、このまま受験専門塾《じゅけんせんもんじゅく》の『桜花《おうか》ゼミ』の講師《こうし》をするか？」の答《こた》えでもありました。

桜花《おうか》が新《あたら》しく始《はじ》める「無料塾《むりょうじゅく》」、とは――経済的《けいざいてき》な事情《じじょう》や家庭《かてい》の問題《もんだい》で塾《じゅく》に通《かよ》いたくても通《かよ》えない子《こ》どもたちが、無料《むりょう》で勉強《べんきょう》を教《おそ》われるサービスのことです。

この「無料塾《むりょうじゅく》」には、黒木先生《くろきせんせい》のやってきたあるボランティア活動《かつどう》が関係《かんけい》していました。

黒木先生《くろきせんせい》は、フェニックスの講師《こうし》のころから、親友《しんゆう》と「スターフィッシュ」という無料教《むりょうきょう》室《しつ》を立《た》ち上《あ》げ、二人《ふたり》で活動《かつどう》してきたのだそうです。

そう、「お金《かね》で進路《しんろ》が自由《じゆう》に選《えら》べなくなっている子《こ》どもたちを一人《ひとり》でもいいから減《へ》らそう」と誓《ちか》った、あの親友《しんゆう》と二人《ふたり》でです。

先生《せんせい》の自宅《じたく》を教室代《きょうしつが》わりに始《はじ》めたスターフィッシュは、人伝《ひとづて》に生徒《せいと》を増《ふ》やし、ボランティ

ア の講師《こうし》の参加《さんか》も増《ふ》えて、今《いま》は公民館《こうみんかん》などを借《か》りて開《ひら》かれています。

私《わたし》は偶然《ぐうぜん》、生徒《せいと》に開放《かいほう》している黒木先生《くろきせんせい》の自宅《じたく》に行《い》ってしまったり、あちらの生徒《せいと》さんの勘違《かんちが》いで彼《かれ》らのクリスマス会《かい》に招《まね》かれたりして、たまたまスターフィッシュの存在《そんざい》を知《し》ることになったのですが……。

黒木先生《くろきせんせい》に「絶対《ぜったい》に口外《こうがい》するな」と固《かた》く口止《くちど》めされたので、桜花《おうか》ゼミの先生《せんせい》に話《はな》したこともなかったし、今《いま》までこのレポートにも書《か》いてこなかったのです。

一方《いっぽう》、桜花《おうか》の「無料塾《むりょうじゅく》」は、地方自治体《ちほうじちたい》（東京《とうきょう》だと都《と》や区《く》や市《し》）に依頼《いらい》された福祉事業《ふくしじぎょう》で、立《た》ち上《あ》げに黒木先生《くろきせんせい》が協力《きょうりょく》し、スターフィッシュを参考《さんこう》にしていたようです。

このへんの事情《じじょう》は私《わたし》もよく知《し》らないのですが、桜花《おうか》ゼミの社長《しゃちょう》はスターフィッシュも支援《しえん》しているみたいで、黒木先生《くろきせんせい》がフェニックスから桜花《おうか》ゼミに転職《てんしょく》したこととも関係《かんけい》があるのでしょうけれど……。

ともかく！

私《わたし》はこのまま桜花《おうか》ゼミに残《のこ》って、中学受験《ちゅうがくじゅけん》をがんばる子《こ》どもたちの応援《おうえん》を続《つづ》けます！

そんな、有意義《ゆういぎ》な休日《きゅうじつ》を終《お》えた翌日《よくじつ》――。

山梨土産《やまなしみやげ》の信玄餅《しんげんもち》を持《も》って塾《じゅく》に出勤《しゅっきん》した私《わたし》を、「驚《おどろ》きのニュース」が待《ま》っていました。

なんと、私《わたし》が休《やす》んだ日《ひ》に、桂先生《かつらせんせい》たちがお寿司《すし》を食《た》べていたのです。

高《たか》い出前《でまえ》のお寿司《すし》ですよ！

塾《じゅく》でのお寿司《すし》――は、一週間前《いっしゅうかんまえ》、二月五日《にがついつか》に「御三家《ごさんけ》」の開成中《かいせいちゅう》に島津《しまづ》くんが合格《ごうかく》したお祝《いわ》いに、みんなでごちそうになりました。しかし、昨日はもう十二日です。

生徒《せいと》たちの合格発表《ごうかくはっぴょう》なんてほとんど終《お》わったのに、いったい、なんのお祝《いわ》い⁉

「なぜお寿司《すし》を食《た》べたのか、理由《りゆう》は後《うし》ろをごらんください♪」

桂先生《かつらせんせい》に言《い》われてふり返《かえ》った私《わたし》は、ずらっと並《なら》んだ「合格短冊《ごうかくたんざく》」の中《なか》にある、直江樹里《なおえじゅり》さんの新《あたら》しい短冊《たんざく》に気《き》づきました。

それこそが、真《しん》の「驚《おどろ》きのニュース」だったのです！

第《だい》三《さん》章《しょう》 新《あたら》しい世界《せかい》へ向《む》けて

直江《なおえ》樹里《じゅり》と柴田《しばた》まるみの場合《ばあい》

卒塾《そつじゅく》の会《かい》から二日《ふつか》が過《す》ぎた、二月十二日《にがつじゅうににち》――。

「ただいま～！」

美容院《びよういん》の扉《とびら》を開《あ》けた樹里《じゅり》は、顔《かお》なじみのお客《きゃく》さんに「ハロー！」とあいさつした。

軽《かる》い足取《あしど》りで地下室《ちかしつ》への階段《かいだん》を下《お》りていくと、お客《きゃく》さん用《よう》の個室《こしつ》サロンのソファに、ぽんとランドセルを置《お》いた。

樹里《じゅり》のパパとママは美容師《びようし》で、一階《いっかい》と地下《ちか》のある美容院《びよういん》『acvii《アクビ》』を経営《けいえい》している。一階《いっかい》にはセットチェアが並《なら》び、地下《ちか》は子連《こづ》れのお客《きゃく》さんがゆっくりできるよう、個室《こしつ》のサロンになっている。

お客《きゃく》さんがいないときは、地下《ちか》の個室《こしつ》は樹里《じゅり》の勉強部屋《べんきょうべや》みたいなものだった。家《いえ》まで帰《かえ》って自分《じぶん》の部屋《へや》に行《い》ってもいいけど、こっちのほうが早《はや》いから……。

もちろん、今日《きょう》は勉強《べんきょう》はなし。樹里《じゅり》は、いそいそとスマートフォンを取《と》り出《だ》した。

連絡《れんらく》や防犯《ぼうはん》のため学校《がっこう》にも持《も》っていくが、校内《こうない》で使《つか》ってはいけないきまりなので、帰《かえ》ってきてすぐに親友《しんゆう》のまるみにメッセージを送《おく》るのが最近《さいきん》の習慣《しゅうかん》になっていた。

まるみとは小学校《しょうがっこう》がちがう。塾《じゅく》でしか会《あ》えない塾友《じゅくとも》だ。この地下室《ちかしつ》で二人《ふたり》で勉強《べんきょう》したこともあったけれど、今《いま》は塾《じゅく》に行《い》かなくなったから毎日《まいにち》のようには会《あ》えない。

まるみが合格祝《ごうかくいわ》いにスマートフォンを買《か》ってもらってからは、メッセージアプリでのやりとりが多《おお》くなっていた。

タタタッと素早《すばや》くメッセージを入力《にゅうりょく》しながら、樹里《じゅり》は微笑《ほほえ》んだ。

〈ハロー、まるみ！〉

まあ、四月《しがつ》からは毎日会《まいにちあ》えるんだけどね！

〈今学校《いまがっこう》から帰《かえ》ったとこだよ。そっちは？　卒塾《そつじゅく》の会《かい》でも話《はな》したけど、どの部活《ぶかつ》に入《はい》るとか、もう決《き》めた？〉

送信《そうしん》するとすぐ、ブブッ！　とスマートフォンが震《ふる》えて、返事《へんじ》が来《き》た。

〈ハロー、ジュリ！　もう帰《かえ》ってたんだ！　私《わたし》は今《いま》おやつを食《た》べています。部活《ぶかつ》はまだ考《かんが》え中《ちゅう》。吉女《きちじょ》って書道部《しょどうぶ》があるよね。ちょっと興味《きょうみ》あるかも。ジュリは？〉

「書道部《しょどうぶ》かあ」

まるみは小《ちい》さいころから書道《しょどう》を習《なら》ってて字《じ》がきれいだからいいけど……。

〈軽音部《けいおんぶ》いいなーって思《おも》ったんだけど、あそこは高等部《こうとうぶ》からなんだよね。書道《しょどう》は、毛筆《もうひつ》が苦手《にがて》だから私《わたし》はどうかなー〉

〈ううん。書道部《しょどうぶ》って最近《さいきん》はパフォーマンスがすごいんだよ！「書道甲子園《しょどうこうしえん》」って知《し》ってる？　音楽《おんがく》に合《あ》わせて、大勢《おおぜい》で踊《おど》るみたいにして、大《おお》きな紙《かみ》に字《じ》を書《か》くやつ。ジュリのほうが、私《わたし》より向《む》いてる気《き》がするよ。〉

あっ！　なんか見《み》たことある！　歌《うた》と踊《おど》りだったら好《す》きかも……。

〈そっかあ！　いいかもね！　じゃ、私《わたし》も候補《こうほ》にしとく〉

〈やった！　嬉《うれ》しい!!　入学《にゅうがく》したら、いっしょに見学《けんがく》に行《い》こうよ！〉

〈オッケー！〉

一階《いっかい》で仕事《しごと》をしているパパとママが、バタバタと階段《かいだん》を下《お》りてきたのはそのときだった。

「樹里《じゅり》！　大変《たいへん》だよっ！」

二人《ふたり》して仕事《しごと》の途中《とちゅう》で下《お》りてきたらしい。ママはぬれた手《て》でスマートフォンを持《も》っているし、パパなんか理容《りよう》バサミをつかんだままだ。

「どうしたの？」

「合格《ごうかく》だって！　合格《ごうかく》したのよ！　繰《く》り上《あ》げだよっ！」

「えーっ⁉」


「おめでとうございます、直江《なおえ》さん。こちらをどうぞ」

桜花《おうか》ゼミで黒木先生《くろきせんせい》に合格短冊《ごうかくたんざく》を差《さ》し出《だ》されたとき、樹里《じゅり》はまだボーッとしていた。

パパとママと弟《おとうと》と家族《かぞく》そろって塾《じゅく》まで歩《ある》いていくときも、大喜《おおよろこ》びしたい気持《きも》ちと泣《な》き出《だ》してしまいそうな気持《きも》ちとがまざり合《あ》い、ずっとモヤモヤしていたのだ。

受《う》け取《と》った短冊《たんざく》には、【祝合格《しゅくごうかく》　女子学院中学校《じょしがくいんちゅうがっこう》　直江樹里《なおえじゅり》】と書《か》かれている。

樹里《じゅり》の第一志望《だいいちしぼう》だった、女子御三家《じょしごさんけ》のひとつ。女子学院《JG》──。

自己採点《じこさいてん》の結果《けっか》から考《かんが》えて一《いち》、二点差《にてんさ》のラインで涙《なみだ》をのんだ不合格《ふごうかく》でしょう——と、そのとき黒木先生《くろきせんせい》に言《い》われていた。それが、受験《じゅけん》から十二日《じゅうににち》も経《た》って繰《く》り上《あ》げ合格《ごうかく》なんて！

JG《ジェイジー》は、樹里《じゅり》が四年生《よねんせい》のときに知《し》って、中学受験《ちゅうがくじゅけん》を目指《めざ》すきっかけとなった学校《がっこう》だ。合格《ごうかく》と聞《き》いて、当然《とうぜん》、樹里《じゅり》はソファから飛《と》び上《あ》がって喜《よろこ》んだ。でも、すぐに全力《ぜんりょく》では喜《よろこ》べないことに気《き》づいてしまった。

まるみと二人《ふたり》してJG《ジェイジー》を目指《めざ》し、二人《ふたり》とも落《お》ちてしまって……。

樹里《じゅり》だけが、第二志望《だいにしぼう》の吉女《きちじょ》に受《う》かって……。

同《おな》じ中学《ちゅうがく》に通《かよ》えないと思《おも》っていたら、まるみが吉女《きちじょ》を繰《く》り上《あ》げ合格《ごうかく》になって……。

この一週間《いっしゅうかん》、二人《ふたり》して吉女《きちじょ》での中学校生活《ちゅうがっこうせいかつ》を楽《たの》しみにしてきたのだ。

「……どうしました？」

黒木先生《くろきせんせい》に言《い》われ、ハッと我《われ》に返《かえ》る。

「いえ、ありがとうございます」

ペコッとお辞儀《じぎ》をした樹里《じゅり》は、壁《かべ》に掲《かか》げられた台紙《だいし》の最上段《さいじょうだん》、まだ空《あ》いている場所《ばしょ》に、合格短冊《ごうかくたんざく》を貼《は》り付《つ》けた。

先生《せんせい》たちの拍手《はくしゅ》が湧《わ》き起《お》こる。

みんなが口々《くちぐち》に、「おめでとう！」とか「よかったな！」と祝福《しゅくふく》してくれたが、樹里《じゅり》はどうしても心《こころ》からの笑顔《えがお》にはなれなかった。

だって……。

まるみになんて伝《つた》えたらいいの？

塾《じゅく》を出《で》て、家族《かぞく》でお祝《いわ》いの外食《がいしょく》に行《い》く途中《とちゅう》、ポケットに入《い》れていたスマートフォンが、ブブッと震《ふる》えた。

まるみからのメッセージだった。

〈ハロー、ジュリ！　書道部《しょどうぶ》のこと調《しら》べてみたよ。やっぱり、パフォーマンスもやってるみたい。見学《けんがく》、楽《たの》しみだね！〉

〈ごめん、まるみ。今《いま》、ちょっと家族《かぞく》で出《で》かけてて…〉

〈そうなんだ！　じゃあ、また明日《あした》ね！〉

〈うん、ごめんね…〉

〈いいよ〜〉

結局《けっきょく》、この日《ひ》はそれっきり返信《へんしん》をしなかった。

次《つぎ》の日《ひ》になっても、送《おく》れないでいた。学校《がっこう》にいる間《あいだ》はスマートフォンを使《つか》えないから——と、自分《じぶん》で自分《じぶん》に言《い》い訳《わけ》してたけれど。家《いえ》に帰《かえ》ったら連絡《れんらく》しないわけにはいかない。

「ただいま……」

うなだれて美容院《びよういん》に入《はい》ってきた樹里《じゅり》は、とぼとぼと階段《かいだん》を下《お》り、ソファでひざを抱《かか》えてうずくまった。

なんて連絡《れんらく》したらいい？

「繰《く》り上《あ》げ合格《ごうかく》したんで私《わたし》はＪＧ《ジェイジー》に行《い》くことになったよ」って？

もちろん、まるみは「おめでとう!」って言《い》ってくれる。そんなのわかってる。

でも、がっかりするだろうな……。

あきらめがついたと思《おも》ってたのに、どうして繰《く》り上《あ》げ合格《ごうかく》しちゃったの?

ちがうちがう! JG《ジェイジー》に受《う》かったのは嬉《うれ》しいの! だけど、こんなに苦《くる》しいなんて……。


待《ま》ち遠《どお》しいな〜。ジュリからの返信《へんしん》、早《はや》く来《こ》ないかな……。

今日《きょう》も忙《いそが》しいのかな? 昨日《きのう》までは、学校《がっこう》から帰《かえ》ってすぐ届《とど》いてたのにね……。

まるみは勉強机《べんきょうづくえ》にひじをついて、じーっとスマートフォンの画面《がめん》を見続《みつづ》けていた。

どうしたんだろ?

家族《かぞく》と出《で》かけてるって、もしかして泊《とま》りがけ? 今日《きょう》、学校休《がっこうやす》んだとか?

こっちからメッセージ送《おく》ったら、なんか催促《さいそく》してるみたいで悪《わる》いかなあ。

見《み》つめている自分自身《じぶんじしん》が、待機状態《たいきじょうたい》のスマートフォンになったみたいだ。

買《か》ってもらってまだ一週間《いっしゅうかん》なのに、ジュリとのやりとりが楽《たの》しくてしょうがなかった。

スマートフォンを手放《てばな》せない若者《わかもの》が多《おお》い——なんてエッセイを、国語《こくご》の問題《もんだい》の長文《ちょうぶん》で読《よ》んだことあるけど、ほんとに夢中《むちゅう》になっちゃうんだね。

まあ、相手《あいて》がジュリだからだけど——と、まるみは微笑《ほほえ》んだ。

塾《じゅく》でしか話《はな》せなかったのが、こうしていつでも親友《しんゆう》と話《はな》せるのは最高《さいこう》だった。自分《じぶん》にはないジュリの弾《はじ》けるような発想《はっそう》やポジティブな考《かんが》え方《かた》に触《ふ》れられるのは、本当《ほんとう》に楽《たの》しい。

中学《ちゅうがく》に入《はい》ったら、毎日《まいにち》がもっと楽《たの》しいんだろうな……。

「まるみ、お部屋《へや》にいるの？　ちょっと来《き》てくれる？」

リビングから聞《き》こえたママの声《こえ》に、「はーい」と答《こた》え、まるみは部屋《へや》を出《で》た。


樹里《じゅり》はまだソファでクッションを抱《かか》え、うつむいたままでいた。

リュックにぶら下《さ》げたモコモコちゃんが、舌《した》を出《だ》して、じーっとこっちを見《み》ている。

スマートフォンが震《ふる》え出《だ》したのは、そのときだった。止《と》まらずにブブッブブッと震《ふる》えているのでメールではない。

「あ、樹里《じゅり》、電話《でんわ》だよ」

心配《しんぱい》して見守《みまも》っていたママが、樹里《じゅり》のスマートフォンを手《て》に取《と》る。

ママが差《さ》し出《だ》した画面《がめん》に表示《ひょうじ》された名前《なまえ》は――「柴田《しばた》まるみ」だった。

えっ、まるみから電話《でんわ》⁉

「出《で》れない……」

つぶやいただけで、涙《なみだ》があふれてしまう。

両腕《りょううで》でひざを抱《かか》えたまま、樹里《じゅり》は首《くび》をふった。

「出《で》て……なにを……っ、どう話《はな》せばいいのかわかんない……！」

うつむいて泣《な》いていると、呼《よ》び出《だ》し音《おん》は止《や》んでしまった。

ママが手《て》にしたままのスマートフォンが、もう一度《いちど》ブブッと短《みじか》く振動《しんどう》した。

「……メッセが来《き》たよ」

ちらっと確認《かくにん》したママが、画面《がめん》が見《み》えるように樹里《じゅり》に差《さ》し出《だ》した。

「せめて……見《み》てあげたらどうかな？」

だって！　今《いま》、まるみからのメールを見《み》たって、私《わたし》にできることなんか――。

そう思《おも》いながらメールの文面《ぶんめん》に目《め》をやった樹里《じゅり》は、目《め》を見開《みひら》いた。

〈ハロー、ジュリ！　ちょうど今桜花《いまおうか》に電話《でんわ》したら、ジュリが女子学院《じょしがくいん》に繰《く》り上《あ》げ合格《ごうかく》って

ハロー、ジュリ！
ちょうど今桜花に電話
したら、ジュリが女子学院
に繰り上げ合格って聞き
ました。実は…私もさっき
繰り上げ合格の連絡！
きたんだよ!!!!!
ウソみたい…!!!
一緒に女子学院に
通おうね！
よろしくね。

聞《き》きました。実《じつ》は……私《わたし》もさっき繰《く》り上《あ》げ合格《ごうかく》の連絡《れんらく》！　きたんだよ！！！！！　ウソみたい……！！！　一緒《いっしょ》に女子学院《じょしがくいん》に通《かよ》おうね！　よろしくね。〉

すごい!!　よかった！　本当《ほんとう》によかった……！

樹里《じゅり》は、声《こえ》を上《あ》げて泣《な》き出《だ》していた。

リビングでメッセージを打《う》ち終《お》えた、まるみも同《おな》じ……。

びっくりしたのと嬉《うれ》しいのとで肩《かた》を震《ふる》わせて泣《な》いていた。

昨日《きのう》からジュリの返信《へんしん》が来《こ》なかった理由《りゆう》が、やっとわかったからだ。

ジュリはきっと、JG《ジェイジー》に合格《ごうかく》したのを私《わたし》にどう話《はな》すかで悩《なや》んでたんだ……。

ついさっき、繰《く》り上《あ》げ合格《ごうかく》を知《し》った自分《じぶん》も、ジュリにどう話《はな》そう、って考《かんが》えたもの……。

四月《しがつ》から同《おな》じ学校《がっこう》に通《かよ》えるのは変《か》わらない。

ただ、通《かよ》う学校《がっこう》が変《か》わっただけ。それも、二人《ふたり》で目指《めざ》した第一志望《だいいちしぼう》の学校《がっこう》に！

JG《ジェイジー》に入《はい》りたい――そう思《おも》ってたあのとき、一歩《いっぽ》を踏《ふ》み出《だ》して、本当《ほんとう》によかった！

こんな奇跡《きせき》が起《お》こるなんて!!

〈ハロー、まるみ！　メールありがとう!!　女子学院《じょしがくいん》、一緒《いっしょ》に行《い》こうね！〉

〈うん！　よろしくジュリ！　JG《ジェイジー》ならモコモコちゃん、使《つか》えるね！〉

〈部活《ぶかつ》も入《はい》ろう！　書道部《しょどうぶ》あるかな？〉

〈書道部《しょどうぶ》じゃなくてもいいよ。なにがあるか調《しら》べてみようよ。〉

元気《げんき》を取《と》り戻《もど》した二人《ふたり》のメールは、なかなか終《お》わりそうになかった。

山《やま》本《もと》佳《か》苗《なえ》の場《ば》合《あい》

「待《ま》ってよ佳苗《かなえ》、スカートはひとつでいいんじゃない？」

「でも～。柄《がら》がちがうんだよ。ベストも二《ふた》つ買《か》ったし、組《く》み合《あ》わせられるでしょ」

鈴蘭女子《すずらんじょし》のスカートを二《ふた》つ――かわるがわる腰《こし》に当《あ》て、佳苗《かなえ》は鏡《かがみ》をのぞきこむ。

制服《せいふく》のスカートはどちらもタータンチェックだが、落《お》ち着《つ》いた色合《いろあ》いと、少《すこ》し明《あか》るめのものとでは雰囲気《ふんいき》がちがっていた。

ベストも二種類《にしゅるい》買《か》ったばかりなので、大《おお》きな鏡《かがみ》の奥《おく》でママが渋《しぶ》い顔《かお》をしているのが見《み》えた。

卒塾《そつじゅく》の会《かい》が終《お》わって間《ま》もない、日曜日《にちようび》――。

佳苗《かなえ》は、ママと二人《ふたり》で鈴蘭女子《すずらんじょし》に制服《せいふく》の注文《ちゅうもん》に来《き》ていた。

鈴蘭《すずらん》を訪《おとず》れたのは、十日《とおか》ぶりぐらいだ。四月《しがつ》からは定期券《ていきけん》を買《か》って一人《ひとり》で通《かよ》うことになるから、電車《でんしゃ》を乗《の》り継《つ》ぐ練習《れんしゅう》も兼《か》ねている。

このあいだは試験会場《しけんかいじょう》だった教室《きょうしつ》が、今日《きょう》は「新入生《しんにゅうせい》の制服採寸会場《せいふくさいすんかいじょう》」になっていた。

壁際《かべぎわ》に、冬用《ふゆよう》のジャケットや、スカートにベスト、ブラウスなどを吊《つ》るした長《なが》いラックが並《なら》んでいて、部屋《へや》の隅《すみ》には試着室《しちゃくしつ》もある。まるでデパートの洋服《ようふく》売《う》り場《ば》みたいだ。

佳苗《かなえ》たちの他《ほか》にも、四月《しがつ》から同級生《どうきゅうせい》になる子《こ》たちが大勢《おおぜい》いて、制服《せいふく》を試着《しちゃく》したり、丈《たけ》を測《はか》ってもらったりしては母親《ははおや》とあれこれ相談《そうだん》している。

去年《きょねん》、文化祭《ぶんかさい》に来《き》たとき、あそこで初《はじ》めて鈴蘭《すずらん》の制服《せいふく》に着替《きが》えたっけな……と佳苗《かなえ》は思《おも》った。

「正装用《せいそうよう》のスカートは、こちらとなっております」

落《お》ち着《つ》いた色合《いろあ》いのスカートを指《さ》して、女性《じょせい》の販売員《はんばいいん》さんが言《い》った。胸《むね》に一流《いちりゅう》デパートの名札《なふだ》をつけていて、つきっきりで説明《せつめい》してくれている。

ママが深々《ふかぶか》とうなずいた。

「ほ～ら、正装用《せいそうよう》があれば十分《じゅうぶん》よ」

「だ～け～ど～、バージョンちがいのほうが可愛《かわい》いんだもん！」

ていうか、文化祭《ぶんかさい》で試着《しちゃく》したのはこっちの明《あか》るいほうのスカートだった――。そうなると、佳苗《かなえ》としては、こっちも外《はず》せない。

二《ふた》つのスカートをギュッと胸《むね》に抱《だ》きかかえて、ママを見上《みあ》げる佳苗《かなえ》――。

ママが、ため息《いき》まじりにうなずく。

「しかたないか、受験《じゅけん》がんばったもんね」

ジャケットにベストとスカートも注文《ちゅうもん》したし、ブラウスはともかく、これで終了《しゅうりょう》よね――

と、ママがそんな顔《かお》をしたとき、販売員《はんばいいん》さんが言《い》った。

「では、最後《さいご》にネクタイですが……」

「そ、そうでした」

まだあったか～と、ママが肩《かた》を落《お》とす。

ネクタイには紫《むらさき》と赤《あか》があって、それとは別《べつ》にリボンも柄《がら》ちがいが二《ふた》つ……。

佳苗《かなえ》は、明《あか》るい色《いろ》のリボンを手《て》に取《と》って目《め》を輝《かがや》かせた。

「ねえママ！　ネクタイとリボン、どっちもほしい！」

「ちょっと待《ま》って！　両方《りょうほう》二柄《にがら》ずつ、四種類《よんしゅるい》も買《か》う必要《ひつよう》ある⁉」

「ちなみに、こちらの紺色《こんいろ》ネクタイが正装用《せいそうよう》でございます」と、販売員《はんばいいん》さん。

新入生
制服採寸会場
ねえ
ママ！
ネクタイとリボン、
どっちも欲しい！
ちょっと待って！
両方二柄ずつ
四種類も買う
必要ある⁉

佳苗《かなえ》が言《い》った。

「全部買《ぜんぶか》うのダメ？」

「あなた、さっきそう言《い》って、ベストもスカートも二種類《にしゅるい》ずつ買《か》うって言《い》うし、キリがないじゃない！」

悲鳴《ひめい》を上《あ》げるママに、佳苗《かなえ》は不満《ふまん》げに頰《ほお》をふくらませた。

だ〜って！　ベストとスカートの組《く》み合《あ》わせが2×2×4、16パターンに広《ひろ》がるから！

あっ、これって算数《さんすう》の「場合《ばあい》の数《かず》」だ。そっかあ。こういうときに使《つか》えるんだ……。

「とりあえず必要最低限《ひつようさいていげん》をそろえて、あとから様子《ようす》を見《み》て追加購入《ついかこうにゅう》される方《かた》が多《おお》いですよ」

「そうそう、そうしましょ。ネクタイとリボンを一《ひと》つずつ、ね？」

販売員《はんばいいん》さんの言葉《ことば》に助《たす》けられ、ママの必死《ひっし》の説得《せっとく》で、しかたなく佳苗《かなえ》はネクタイとリボンはひとつずつであきらめた。

今度《こんど》こそ終《お》わった——と、ホッとするママ。

ところが。たった今《いま》、助《たす》け船《ぶね》を出《だ》してくれた販売員《はんばいいん》さんがとんでもないことを言《い》い出《だ》した。

「そういえば、スラックスはどうされますか？」

笑顔《えがお》で続《つづ》ける販売員《はんばいいん》さん……。

「生徒《せいと》さん方《がた》が三年前《さんねんまえ》に声《こえ》を上《あ》げて採用《さいよう》されて、ご好評《こうひょう》でございます」

「多様性《たようせい》!!」と、ママは頬《ほお》を引《ひ》きつらせた。

一方《いっぽう》、佳苗《かなえ》はキラキラと目《め》を輝《かがや》かせる。

たしかに、スカートとは別《べつ》にスラックスが吊《つ》るしてあった。「女子校《じょしこう》なのになんで?」と思《おも》っていたけど、そっか、これをはいてもいいんだ! かっこいいかも!

結局《けっきょく》――スラックスまで買《か》って、カードでの「お支払《しはら》い」を終《お》え、採寸会場《さいすんかいじょう》を後《あと》にしたときには、ママは予想外《よそうがい》の出費《しゅっぴ》に、ふらついていた。

「選択肢《せんたくし》が多《おお》い……って、罪《つみ》だわ……」

「ママ、ありがと～♡」

元気《げんき》いっぱいの足取《あしど》りの佳苗《かなえ》は、ウキウキしながら「入学式《にゅうがくしき》はどの組《く》み合《あ》わせにしよっかな」などと考《かんが》えていた。

そうそう、それに、入学式《にゅうがくしき》より前《まえ》に……。

制服《せいふく》が届《とど》いたら桜花《おうか》に着《き》ていって、佐倉《さくら》ちゃんにも見《み》てもらわなきゃね!

加《か》藤《とう》匠《たくみ》の場《ば》合《あい》

同《おな》じく春休《はるやす》み、日曜《にちよう》日《び》の早朝《そうちょう》、午前五時《ごぜんごじ》――。

お父《とう》さんの運転《うんてん》する車《くるま》が三鷹駅《みたかえき》のロータリーに停《と》まると、後《うし》ろの席《せき》にいた匠《たくみ》は、シートベルトを外《はず》してリュックを背負《せお》った。

もう春《はる》とはいえまだ肌寒《はださむ》い。日曜《にちよう》の早朝《そうちょう》だから、駅前《えきまえ》はあまり人気《ひとけ》がなかった。

お母《かあ》さんが作《つく》ってくれた朝食《ちょうしょく》のサンドイッチと、昼食《ちゅうしょく》のおにぎり弁当《べんとう》で、リュックは大《おお》きくふくらんでいる。二回分《にかいぶん》の弁当《べんとう》はけっこうかさばるが、テキストをぎっしり詰《つ》めていた塾通《じゅくがよ》いのときと比《くら》べたら、ぜんぜん軽《かる》い。

ドアを開《あ》けたところで、助手席《じょしゅせき》にいるお母《かあ》さんが心配《しんぱい》そうにふり返《かえ》った。

「匠《たくみ》、ほんとに一人《ひとり》で大丈夫《だいじょうぶ》?」

お母《かあ》さん、そればっかり。朝《あさ》から五回目《ごかいめ》だよ……と思《おも》いながら、匠《たくみ》は笑《わら》ってうなずく。

「平気《へいき》だって。中学生《ちゅうがくせい》になる前《まえ》に、大回《おおまわ》りに挑戦《ちょうせん》したくて詳《くわ》しく調《しら》べたから」

「でも、せめてお兄《にい》ちゃんが春休《はるやす》みになるのを待《ま》って、二人《ふたり》で行《い》くとか……」

「まあまあ、母《かあ》さん。自分《じぶん》で計画《けいかく》したんだし、匠《たくみ》の意思《いし》を尊重《そんちょう》しようよ」

「それは、わかるけど……」

心配《しんぱい》そうなお母《かあ》さんにわからないよう、バックミラー越《ご》しにお父《とう》さんが口《くち》をパクパクさせて「がんばれよ！」と応援《おうえん》してくれた。

東央中《とうおうちゅう》に合格《ごうかく》し、塾《じゅく》の合格短冊《ごうかくたんざく》を貼《は》ったあと、匠《たくみ》は「ごほうびに、春休《はるやす》みに一人《ひとり》で鉄道旅《てつどうりょ》行《こう》がしてみたい」と両親《りょうしん》に頼《たの》んでいた。

今日《きょう》は、いよいよその鉄道《てつどう》の旅《たび》に出《で》るのだ。

日帰《ひがえ》りだけど、たった一人《ひとり》で何時間《なんじかん》も電車《でんしゃ》に乗《の》り続《つづ》ける、冒険《ぼうけん》の旅《たび》に――。

お父《とう》さんが言《い》った。

「なにか困《こま》ったら車掌《しゃしょう》さんや駅員《えきいん》さんに相談《そうだん》する。乗《の》り換《か》えのときはうちに電話《でんわ》をする。それと、もし事故《じこ》などでダイヤが狂《くる》ったら、あきらめて引《ひ》き返《かえ》すこと」

「はい、お父《とう》さん」

素直《すなお》に返事《へんじ》をする匠《たくみ》。でも、お母《かあ》さんはまだ心配《しんぱい》みたいだった。

「お弁当《べんとう》を食《た》べるときも、ずっと電車《でんしゃ》の中《なか》なんでしょ。トイレはどうするの？」

「今日《きょう》乗《の》る電車《でんしゃ》は、だいたいトイレ付《つ》き車両《しゃりょう》だよ」

「帰《かえ》りは？　何時《なんじ》にここに迎《むか》えに来《く》ればいいの？」

「大回《おおまわ》りだから三鷹《みたか》には戻《もど》らない。暗《くら》くなる前《まえ》に吉祥寺《きちじょうじ》に着《つ》くから、家《いえ》まで歩《ある》いて帰《かえ》るよ」

お母《かあ》さんの質問《しつもん》に全部《ぜんぶ》つき合《あ》っていたら、電車《でんしゃ》に乗《の》り遅《おく》れそうだ。

「もう時間《じかん》だから行《い》かないと！　それじゃ、いってきます！」

バタンと勢《いきお》いよくドアを閉《し》めると、匠《たくみ》は駅《えき》の階段《かいだん》をかけあがった。

三鷹《みたか》は吉祥寺《きちじょうじ》の隣《となり》の駅《えき》だ。中央線《ちゅうおうせん》と中央本線《ちゅうおうほんせん》が通《とお》るだけでなく、総武線《そうぶせん》の起点《きてん》と終点《しゅうてん》で、駅《えき》ナカにはいくつもお店《みせ》がある大《おお》きな駅《えき》だった。

家《いえ》からの最寄《もよ》り駅《えき》は吉祥寺駅《きちじょうじえき》だから、匠《たくみ》は普段《ふだん》、三鷹駅《みたかえき》は使《つか》わない。

でも、今日《きょう》はどうしてもここからスタートする必要《ひつよう》があった。それで、わざわざ車《くるま》で送《おく》ってもらったのだ。

まずは吉祥寺《きちじょうじ》までの乗車券《じょうしゃけん》を買《か》う。いつもなら、カードでピッと改札《かいさつ》を通《とお》るけれど、今日《きょう》はきっぷのほうが都合《つごう》がいいからだ。

ひと駅分《えきぶん》の運賃《うんちん》は七十円《ななじゅうえん》――。今月《こんげつ》は匠《たくみ》が子《こ》ども料金《りょうきん》で電車《でんしゃ》に乗《の》れる最後《さいご》のチャンスだった。四月《しがつ》からは中学生《ちゅうがくせい》なので大人料金《おとなりょうきん》になってしまう。

金額《きんがく》と駅名《えきめい》が印刷《いんさつ》された小《ち》さなきっぷで自動改札《じどうかいさつ》を通《とお》り、機械《きかい》の反対側《はんたいがわ》から出《で》てきたそれを、「卒塾《そつじゅく》の会《かい》」でもらった定期入《ていきい》れにしまって首《くび》にかける。

「よーし、吉祥寺駅《きちじょうじえき》まで『大回《おおまわ》り』だ！」

ホームへの階段《かいだん》を下《お》りた匠《たくみ》は、時間通《じかんどお》りに来《き》た八王子《はちおうじ》・高尾方面《たかおほうめん》の快速電車《かいそくでんしゃ》に乗《の》りこんだ。

車内《しゃない》は、高尾山《たかおさん》に行《い》く登山客《とざんきゃく》がまばらに乗《の》っているだけで、意外《いがい》と空《す》いていた。

先頭《せんとう》まで歩《ある》いて運転席《うんてんせき》を見学《けんがく》していると、窓《まど》の外《そと》を特急《とっきゅう》「あずさ」が追《お》いぬいていく。

匠《たくみ》は思《おも》わず「おーっ！」と声《こえ》を上《あ》げた。去年《きょねん》の今《いま》ごろ、塾《じゅく》の授業《じゅぎょう》についていけなくて、毎《まい》日《にち》すぐ下《した》を通《とお》り過《す》ぎる「あずさ」を眺《なが》めてばかりいたのを思《おも》い出《だ》す。

あそこで受験《じゅけん》をあきらめないで、鉄道研究同好会《てつどうけんきゅうどうこうかい》のある東央中《とうおうちゅう》に入《はい》れてよかった。中学生《ちゅうがくせい》になったら、あの「あずさ」にも終点《しゅうてん》まで乗《の》ってみたいな……。

走《はし》り始《はじ》めて数分《すうふん》ですっかり興奮《こうふん》してしまったが、まだまだ何時間《なんじかん》も乗《の》るんだから飛《と》ばしすぎてると後半《こうはん》バテるな——と思《おも》い直《なお》し、座席《ざせき》について一息《ひといき》つく。

しばらくすると電車《でんしゃ》は、東央中《とうおうちゅう》のある駅《えき》に停車《ていしゃ》した。

「四月《しがつ》からは毎日《まいにち》この駅《えき》に通《かよ》うんだな。乗《の》り換《か》えなしで残念《ざんねん》だけど、定期《ていき》を使《つか》うの楽《たの》しみ～」

もちろん、今日《きょう》はここでは降《お》りない。

吉祥寺《きちじょうじ》とは反対方向《はんたいほうこう》の電車《でんしゃ》に乗《の》ったのは、「大回《おおまわ》り乗車《じょうしゃ》」をするためだった。

大都市近郊《だいとしきんこう》の決《き》まった範囲内《はんいない》では、出発《しゅっぱつ》した駅《えき》から目的地《もくてきち》の駅《えき》まで路線《ろせん》が重《かさ》ならないよう一筆書《ひとふでが》きで乗《の》れば、どんなに大回《おおまわ》りのルートでも、運賃《うんちん》は最《もっと》も安《やす》い経路《けいろ》で計算《けいさん》される——というJR《ジェイアール》のルールがある。

ただし、乗《の》り換《か》えのために降《お》りたときも改札《かいさつ》の外《そと》へは出《で》られない。出《で》るにはそこまでの運賃《うんちん》をはらわないといけないし、同《おな》じルートを二回通《にかいとお》ってしまった場合《ばあい》も、そこまで乗《の》った分《ぶん》の運賃《うんちん》が必要《ひつよう》になる。でも、ルールを守《まも》っていれば、七十円《ななじゅうえん》で何時間《なんじかん》も電車《でんしゃ》の旅《たび》ができるのだ。

鉄道好《てつどうず》きの間《あいだ》ではよく知《し》られたルールで、いろいろな駅《えき》から何通《なんとお》りもの「大回《おおまわ》り」を楽《たの》しめるし、独自《どくじ》のルートを考《かんが》えるのも楽《たの》しい。

匠《たくみ》は、自分《じぶん》で考《かんが》えたルートで三鷹《みたか》から吉祥寺《きちじょうじ》までの「大回《おおまわ》り」に挑戦中《ちょうせんちゅう》なのだ。

七《なな》つくらいの路線《ろせん》を乗《の》り継《つ》いで、埼玉《さいたま》、群馬《ぐんま》、栃木《とちぎ》、茨城《いばらき》、千葉《ちば》と一都五県《いっとごけん》を巡《めぐ》って反対《はんたい》方向《ほうこう》から吉祥寺《きちじょうじ》まで戻《もど》ってくる。関東《かんとう》の北部《ほくぶ》を大回《おおまわ》りする十一時間《じゅういちじかん》近《ちか》い大冒険《だいぼうけん》だ。

途中《とちゅう》、珍《めずら》しい列車《れっしゃ》が見《み》られる駅《えき》で降《お》りたりして、次《つぎ》の電車《でんしゃ》が来《く》るまで楽《たの》しむ予定《よてい》も盛《も》りこんでいる。

先《さき》の予定《よてい》を確認《かくにん》しているうちに、電車《でんしゃ》が八王子駅《はちおうじえき》に到着《とうちゃく》した。

ここで最初《さいしょ》の乗《の》り換《か》えをして、八高線《はちこうせん》で高麗川《こまがわ》へと向《む》かう。

「八高線《はちこうせん》は南《みなみ》は電化《でんか》されて209系《けい》とE《イー》231系《けい》、北《きた》からはキハ110系《けい》が見《み》られる……」

たったの七十円《ななじゅうえん》で、関東近郊《かんとうきんこう》のいろいろな路線《ろせん》の電車《でんしゃ》を見《み》ながら一日過《いちにちす》ごせると思《おも》うと、ワクワクしてくる。「東央中《とうおうちゅう》の鉄研《てつけん》に入《はい》るんだし、大回《おおまわ》りぐらい経験《けいけん》しておこう」と思《おも》ったのが、この旅《たび》のきっかけだった。

八高線《はちこうせん》のホームに移動《いどう》した匠《たくみ》は、四両編成《よんりょうへんせい》の短《みじか》い電車《でんしゃ》に乗《の》りこんだ。

乗客《じょうきゃく》が少《すく》なかったので、また先頭《せんとう》の車両《しゃりょう》に陣取《じんど》ることにした。

八王子《はちおうじ》に停車《ていしゃ》している他《ほか》の車両《しゃりょう》を眺《なが》めているうちに、ドアが閉《し》まり、電車《でんしゃ》が出発《しゅっぱつ》する。

高麗川《こまがわ》までこれに乗《の》って、そこから気動車《きどうしゃ》の車両《しゃりょう》に乗《の》り換《か》え、群馬県《ぐんまけん》の高崎《たかさき》へ。

高崎《たかさき》からは、両毛線《りょうもうせん》で栃木県《とちぎけん》の小山《おやま》まで。そこからは、水戸線《みとせん》で茨城《いばらき》の友部《ともべ》へ——。

この一年《いちねん》で地理《ちり》が得意科目《とくいかもく》になった匠《たくみ》の頭《あたま》には、路線図《ろせんず》だけでなく、関東《かんとう》の地図《ちず》もしっかりと浮《う》かんでいた。

緑《みどり》の多《おお》い外《そと》の景色《けしき》を楽《たの》しみながら、朝《あさ》ご飯《はん》にしようとサンドイッチと保温水筒《ほおんすいとう》を取《と》り出《だ》す。

塾通《じゅくがよ》いでお弁当《べんとう》には慣《な》れている匠《たくみ》でも、電車《でんしゃ》の中《なか》で朝《あさ》ご飯《はん》を食《た》べるのは初《はじ》めてだ。大好《だいす》きな、お母《かあ》さんの作《つく》った玉子《たまご》サンドとハムサンドが、いつも以上《いじょう》においしくて——。

車掌《しゃしょう》さんに話《はな》しかけられたのは、そのときだった。

「すみません、きっぷを拝見《はいけん》します。どちらからのご乗車《じょうしゃ》ですか？」

「あ、はい！」

来《き》た｜。検札《けんさつ》だ～！　この旅《たび》のどこかで聞《き》かれるとは思《おも》っていたが、もうくるとは！

べつに悪《わる》いことはしていないけれど、「きちんと説明《せつめい》しなきゃ！」と思《おも》うと、ちょっとドキドキしてしまう。

玉子《たまご》サンドのかけらをゴクンと飲《の》みこむと、匠《たくみ》は定期《ていき》入《い》れに入《はい》った七十円《ななじゅうえん》のきっぷを見《み》せた。

「えっと、三鷹《みたか》からです。吉祥寺《きちじょうじ》までの大回《おおまわ》り乗車中《じょうしゃちゅう》です」

「はい、確認《かくにん》しました」

「ありがとうございます」

匠《たくみ》がお辞儀《じぎ》をすると、車掌《しゃしょう》さんはにっこり笑《わら》った。

「この時期《じき》に子《こ》ども料金《りょうきん》ってことは、小学校《しょうがっこう》の卒業旅行《そつぎょうりょこう》で大回《おおまわ》り？　かっこいいね！　小山《おやま》から大宮方面《おおみやほうめん》かな？」

「あ、えっと、友部《ともべ》まで行《い》って常磐線《じょうばんせん》を考《かんが》えています」

「そりゃすごい。先《さき》は長《なが》いぞ、がんばって」

「はい！」

鉄道《てつどう》のプロにほめられて、なんだかくすぐったい気持《きも》ちでうなずく。

去《さ》っていく車掌《しゃしょう》さんの背中《せなか》を見《み》ながら、匠《たくみ》は満面《まんめん》の笑《え》みを浮《う》かべていた。

ずっと電車《でんしゃ》に乗《の》っていられる至福《しふく》の時《とき》が、ゆっくりと過《す》ぎていく……。
もう一人《ひとり》でどこまででも行《い》ける——。
匠《たくみ》は、そんな自信《じしん》が胸《むね》の中《なか》に広《ひろ》がっていくのを感《かん》じていた。

上《うえ》杉《すぎ》海《かい》斗《と》と島《しま》津《づ》順《じゅん》の場《ば》合《あい》

「あのさあ、海斗《かいと》。今日《きょう》は『釣《つ》り』に行《い》くんだぜ。マジでそのかっこでいいの？」

待《ま》ち合《あ》わせた吉祥寺駅《きちじょうじえき》で会《あ》うなり、順《じゅん》にそう言《い》われて、海斗《かいと》はきょとんとした顔《かお》で首《くび》をかしげた。

「えっ？　なんか、まずかった？」

「いや、川《かわ》に行《い》くから汚《よご》れるかもしれないし、普段着《ふだんぎ》でよくね？」

「そっか……」

順《じゅん》のかっこうを見《み》て、海斗《かいと》はうなずいた。

いつもの上着《うわぎ》にジーパン、靴《くつ》も普段履《ふだんば》きの順《じゅん》に対《たい》し、海斗《かいと》はというと真新《まあたら》しいダウンジャケットに、厚手《あつで》の生地《きじ》のズボンや白《しろ》いスニーカーも進学《しんがく》に備《そな》えて最近買《さいきんか》った新品《しんぴん》だ。

ママに「塾《じゅく》の友《とも》だちと電車《でんしゃ》に乗《の》って少《すこ》し遠《とお》くへ遊《あそ》びに行《い》く」と話《はな》して、ＯＫ《オーケー》をもらった。

それで、「お友達《ともだち》とお出《で》かけするなら、こっちにしたら？」と、ママによそ行《い》きを用意《ようい》され、そのまま着《き》てきてしまったのだが……。

「言《い》われてみれば、たしかに……」

「まあ、べつにいいけど」

「で、どこまで行《い》くの？」

「多摩川《たまがわ》。武蔵境《むさしさかい》で乗《の》り換《か》えて、是政《これまさ》ってとこで降《お》りるから」

「僕《ぼく》、釣《つ》り道具《どうぐ》とか持《も》ってないからね」

「わかってるって。昨日《きのう》、うちから釣《つ》り竿《ざお》を二《ふた》つ取《と》ってきた。仕掛《しか》けもあるし……」

リュックとは別《べつ》に肩《かた》にかけた長《なが》いケースを指《ゆび》さして、順《じゅん》はニヤッと笑《わら》った。

「ちゃ～んと、エサの虫《むし》も買《か》っといたからな」

吉祥寺《きちじょうじ》から電車《でんしゃ》に乗《の》って二駅《ふたえき》で私鉄《してつ》に乗《の》り換《か》え、その路線《ろせん》の終点《しゅうてん》で降《お》りる――。

改札《かいさつ》を出《で》ると、多摩川《たまがわ》はすぐそこだ。

「へ～え。この路線《ろせん》って、こんなとこに通《つう》じてたんだ……」

順《じゅん》の後《あと》を歩《ある》きながら、海斗《かいと》は珍《めずら》しそうに辺《あた》りを見回《みまわ》した。

だだっ広《ぴろ》い河川敷《かせんしき》に沿《そ》って道路《どうろ》が走《はし》り、高《たか》い建物《たてもの》はそんなにない。

見上《みあ》げれば青空《あおぞら》が広《ひろ》がり、開放感《かいほうかん》がすごい。視界《しかい》をさえぎるのは多摩川《たまがわ》にかかっている大《おお》きな鉄橋《てっきょう》——是政橋《これまさばし》くらいだった。

川幅《かわはば》は三百《さんびゃく》メートル以上《いじょう》あるが、今《いま》は流《なが》れる水《みず》の量《りょう》は多《おお》くない。野球場《やきゅうじょう》や運動場《うんどうじょう》になっている河川敷《かせんしき》の斜面《しゃめん》を下《お》りると、その先《さき》には草原《そうげん》や河原《かわら》が広《ひろ》がっていた。

「橋《はし》の下《した》で釣《つ》ろう。昔《むかし》、あそこでよく釣《つ》れたから」

先《さき》に立《た》って歩《ある》く順《じゅん》は、鉄橋《てっきょう》の下《した》へと向《む》かっていく。

「この辺《へん》は多摩川《たまがわ》の中流域《ちゅうりゅういき》なんだ」

「ふうん。じゃあ、問題《もんだい》。【河川《かせん》の中流《ちゅうりゅう》でよく見《み》られる地形《ちけい》は？】」

「相変《あいか》わらず、ぬるいな。答《こた》えは『河岸段丘《かがんだんきゅう》』。たった今《いま》、下《お》りてるここがそうじゃん」

「正解《せいかい》。さすが、ししょー」

「だったら、【この川《かわ》の河口付近《かこうふきん》にある工業地帯《こうぎょうちたい》の名前《なまえ》と、その特徴《とくちょう》を三《みっ》つ答《こた》えよ】」

「えーっと、名前《なまえ》は『京浜工業地帯《けいひんこうぎょうちたい》』。特徴《とくちょう》は『海辺《うみべ》なので輸入《ゆにゅう》した原材料《げんざいりょう》を運《はこ》びやすい』、『大都市《だいとし》が近《ちか》いから製品《せいひん》を届《とど》けやすい』、あとなんだっけ……」

「後半《こうはん》は部分点《ぶぶんてん》だな。いくつかあるけど、他《ほか》には『輸出用《ゆしゅつよう》の機械工業《きかいこうぎょう》が盛《さか》ん』とか？」

「それか〜」

テストに出《で》る〜と、メモでもしそうな顔《かお》をする海斗《かいと》。

「って、なんで問題出《もんだいだ》し合《あ》ってんだ！　もう受験《じゅけん》は終《お》わったっつーの！」

と、順《じゅん》がつっこみ、二人《ふたり》はゲラゲラと笑《わら》った。

「べつにいいじゃん！　面白《おもしろ》いし」

海斗《かいと》は、わりと本気《ほんき》でそう思《おも》っていた。

夏休《なつやす》みの終《お》わりごろ仲良《なかよ》くなってから、島津《しまづ》しょーとは遊《あそ》び感覚《かんかく》で理科《りか》や社会《しゃかい》の問題《もんだい》を出《だ》し合《あ》ってきた。だから、つい思《おも》いつくと問題《もんだい》を出《だ》してしまう。

笑《わら》っているうちに、二人《ふたり》は川岸《かわぎし》までたどりついていた。

順《じゅん》が釣《つ》り竿《ざお》と仕掛《しか》けの準備《じゅんび》をする間《あいだ》に、海斗《かいと》は川《かわ》の中《なか》をのぞきこむ。

水《みず》はかなりきれいで澄《す》んでいる。目《め》を凝《こ》らすと小《ちい》さな魚《さかな》が何匹《なんびき》も泳《およ》いでいるのが見《み》えた。

「今日《きょう》のターゲットはオイカワだ。浮《う》きが動《うご》いたらパッと合《あ》わせるんだ」

「しょーって、釣《つ》りも詳《くわ》しいんだね」

「あ〜、いや。正直《しょうじき》言《い》うと、小《ちい》さいころ親父《おやじ》と何度《なんど》かここで釣《つ》っただけ。でも、おれはそのときだってエサはちゃんと自分《じぶん》でつけたぜ。ほらこれ――」

順《じゅん》が、おがくずの入《はい》った小《ちい》さなビニル袋《ぶくろ》を取《と》り出《だ》す。

のぞきこんだ海斗《かいと》は、粉《こな》の中《なか》でウニウニとうごめいているウジ虫《むし》を見《み》て「うひーっ!」と悲鳴《ひめい》を上《あ》げた。

「ダメダメダメ! 絶《ぜっ》っ対《たい》、無理《むり》っ!」

「おれでさえできるのに? 空手《からて》で優勝《ゆうしょう》したほどのやつが虫《むし》にビビるの?」

「それとこれとは関係《かんけい》が……」

「ほらこうして……」

順《じゅん》は細長《ほそなが》い虫《むし》をつまんで釣《つ》り針《ばり》にひっかけると、ハサミで半分《はんぶん》くらいにカットしてみせた。

「うわっ、エグっ!」

うひゃーっと震《ふる》え上《あ》がりながらも、海斗《かいと》はなぜか順《じゅん》の手元《てもと》から目《め》が離《はな》せなかった。最後《さいご》まで食《く》い入《い》るように見《み》つめてしまう。

「海斗《かいと》も、やってみなよ」

「いやいやいや！　ハードル高《たか》すぎだって！」

「医者《いしゃ》になるんだろ？」

「うっ……あ～もう！　わかった！　やるよ！」

海斗《かいと》は覚悟《かくご》を決《き》めて、仕掛《しか》けを手《て》に取《と》った。

数十分後《すうじっぷんご》――。

「おおおっ！　またまたヒット！」

海斗《かいと》が上《あ》げた竿《さお》の先《さき》で、十《じっ》センチより少《すこ》し大《おお》きい魚《さかな》がキラキラと身《み》を躍《おど》らせていた。

すごっ！　今《いま》までで一番大《いちばんおお》きい！

魚《さかな》を引《ひ》き寄《よ》せた海斗《かいと》は、糸《いと》を掲《かか》げて順《じゅん》に見《み》せた。

「さっきのウグイとはちがうぞ。ししょー、これは?!」

「ついにやったじゃん。それが本日《ほんじつ》のターゲット、オイカワでーっす！」

「よっしゃ！」

目《め》を輝《かがや》かせて、海斗《かいと》は虹色《にじいろ》に光《ひか》る小魚《こざかな》を見《み》つめた。

こいつを、もう一匹《いっぴき》釣《つ》ってみたい！

エサのビニル袋《ぶくろ》をとって、海斗《かいと》はしゃがみこんだ。釣《つ》りは思《おも》ったよりずっと楽《たの》しかった。

触《さわ》るのも無理《むり》と思《おも》っていたエサの虫《むし》だって、おっかなびっくりではあるけれど、いつの間《ま》にかつけられるようになっていた。

すぐにエサを取《と》られたり、針《はり》を外《はず》されたりもしたけれど、もともと運動神経《うんどうしんけい》がよいので、合《あ》わせのタイミングもすぐにコツをつかんだ。

釣《つ》れるようになると、ますます楽《たの》しくなってきて……。

苦手《にがて》だったぬるぬるの魚《さかな》も、平気《へいき》で手《て》づかみして針《はり》を外《はず》し、川《かわ》に入《い》れた網《あみ》に投《な》げ入《い》れるのにも、すっかり慣《な》れてしまった。

夢中《むちゅう》で釣《つ》り糸《いと》を垂《た》らしているうち、時間《じかん》はあっという間《ま》に過《す》ぎて――。

「そろそろ、帰《かえ》るか」

釣《つ》り糸《いと》を垂《た》らしたまま、順《じゅん》が言《い》った。

気《き》がつくと、もうだいぶ日《ひ》が傾《かたむ》いてきている。

「えーっ！　もうこんな時間《じかん》⁉」と海斗《かいと》。

「オイカワにウグイにモロコか……けっこう釣《つ》れたな。どうする？」

「どうするって？」

「一応《いちおう》どれも、天《てん》ぷらや塩焼《しおや》きで食《た》べられるから、持《も》って帰《かえ》るかって話《はなし》」

「ああ～」

食《た》べてみたい気《き》もするけど、持《も》って帰《かえ》ったらママが困《こま》るかな……と、海斗《かいと》は思《おも》った。

「かわいそうだし、逃《に》がしてあげよう」

「だな。リリース、リリース」

今日《きょう》の釣果《ちょうか》をしばらく満足気《まんぞくげ》に眺《なが》めてから川《かわ》に放《はな》すと、帰《かえ》り支度《じたく》にとりかかる。駅《えき》に着《つ》いたころには、日《ひ》はだいぶ西《にし》に傾《かたむ》いていた。

帰《かえ》りの電車《でんしゃ》で座席《ざせき》に並《なら》んで腰掛《こしか》けてから、順《じゅん》がぽつりとつぶやいた。

「来月《らいげつ》からは中学生《ちゅうがくせい》か……」

「そうだな……」

と、うなずく海斗《かいと》。

今日《きょう》は、ししょーと話《はな》す機会《きかい》がいくらでもあったけど、なぜ開成《かいせい》を辞退《じたい》したのか理由《りゆう》は聞《き》けなかった。まあ、開成《かいせい》でも都立大石山《とりつおおいしやま》でも、海斗《かいと》の通《かよ》う東央中《とうおうちゅう》とは反対方向《はんたいほうこう》の電車通学《でんしゃつうがく》だから、四月《しがつ》からは会《あ》いにくくなる。

勉強《べんきょう》は山《やま》ほどいっしょにやったけど、遊《あそ》んだのはこれが初《はじ》めてで面白《おもしろ》かった。次《つぎ》は自分《じぶん》が得意《とくい》なことに、ししょーを連《つ》れ出《だ》したいけど……。

順《じゅん》が言《い》った。

「あのさ、海斗《かいと》は中学《ちゅうがく》の部活《ぶかつ》とかもう決《き》めた？」

海斗《かいと》は首《くび》をふる。

「空手《からて》を続《つづ》けるとしたら、あんまり忙《いそが》しいやつは無理《むり》かな」

「生物部《せいぶつぶ》とか？　今日《きょう》の調子《ちょうし》なら、苦手《にがて》は克服《こくふく》できたじゃん」

「うーん。そ~れはど~だかな~。っていうか、ししょーはどうなの、部活《ぶかつ》」

「歴史研《れきしけん》とか……でも、自分《じぶん》からふっといてなんだけど、おれ、部活《ぶかつ》あんまり興味《きょうみ》ねーわ」

「物知《ものし》りなんだから、クイズ研究会《けんきゅうかい》とか入《はい》れば？」

「それありかも。でも、今《いま》ちょっと興味《きょうみ》あるのは……生徒会活動《せいとかいかつどう》かな……」

「へえ！　ししょーが生徒会《せいとかい》？　意外《いがい》だな～」

「そ、そうか？」

なぜか照《て》れくさそうにする順《じゅん》。

海斗《かいと》は、うーんと伸《の》びをすると言《い》った。

「なんにしても、四月《しがつ》からはこうして遊《あそ》んだりはできないな……」

「なんで？　今日《きょう》すげー楽《たの》しかったし、また遊《あそ》ぶ計画立《けいかくた》てようぜ」

順《じゅん》にそう言《い》われると嬉《うれ》しいが、実際《じっさい》には難《むずか》しいと海斗《かいと》は思《おも》っていた。

「お互《たが》いに電車通学《でんしゃつうがく》だし、忙《いそが》しくなるんじゃない？」

海斗《かいと》が言《い》うと、順《じゅん》も残念《ざんねん》そうに「たしかに」とつぶやき、うつむいてしまう。

しばらく、窓《まど》から見《み》える夕日《ゆうひ》を見《み》つめて、二人《ふたり》は黙《だま》りこくっていた。

やがて、終点《しゅうてん》の武蔵境《むさしさかい》のホームへと電車《でんしゃ》が滑《すべ》りこむ――。

停車寸前《ていしゃすんぜん》に「そうだ！」と順《じゅん》が声《こえ》を上《あ》げた。

「じゃあさ、『桜花《おうか》ゼミ』で会《あ》おうぜ」

「はあっ？　えっ？　塾《じゅく》で？　だって、もう僕《ぼく》たち中学生《ちゅうがくせい》だよ。どーいうこと？」

「くろっきーたち、卒塾《そつじゅく》の会《かい》のときに『いつでも遊《あそ》びにおいで』みたいなこと言《い》ってたろ」

「ああ～。黒木先生《くろきせんせい》は覚《おぼ》えてないけど、帰《かえ》り際《ぎわ》に佐倉先生《さくらせんせい》がそんなこと言《い》ってたかも」

でも、あれは「社交辞令《しゃこうじれい》」ってやつだろ。本当《ほんとう》に行《い》ったら迷惑《めいわく》なんじゃ……？

海斗《かいと》はそう思《おも》ったが、順《じゅん》は気《き》にしてないみたいだった。というより、「本当《ほんとう》に行《い》くと先生《せんせい》たちが困《こま》るのなら、それはそれで面白《おもしろ》いから行《い》ってやろうぜ」って顔《かお》だ。

「行《い》こうぜ、あっちが言《い》い出《だ》したんだから問題《もんだい》ないって。俺《おれ》たち二人《ふたり》とも吉祥寺駅《きちじょうじえき》を使《つか》うんだから、適当《てきとう》に日《ひ》を決《き》めて『顔《かお》を見《み》せに来《き》た』って口実《こうじつ》で……」

しっしょー、頭《あたま》よすぎ！

「なるほど……いいかも！」

「だろ？　これだとファストフードで会《あ》うより金使《かねつか》わないで済《す》むし」

「えーっ！　狙《ねら》いはそこなの?!　せこっ！」

二人《ふたり》は、顔《かお》を見合《みあ》わせてゲラゲラと笑《わら》った。

佐倉《さくら》のレポート29

押忍《おす》‼　佐倉麻衣《さくらまい》です！

やりました！　樹里《じゅり》&《アンド》まるみ……二人《ふたり》そろって女子学院《JG》合格《ごうかく》です！

仲良《なかよ》しのあの二人《ふたり》が、同《おな》じ中学《ちゅうがく》に行《い》けて本当《ほんとう》によかった……おめでとう！

黒木先生《くろきせんせい》も「こんなことはめったにありません。直江《なおえ》さんは予想《よそう》してましたが、柴田《しばた》さんまでが繰《く》り上《あ》げとは奇跡《きせき》としか言《い》いようがない」と驚《おどろ》いていました。

また、柴田《しばた》さんは合格《ごうかく》の奇跡《きせき》の前《まえ》に、不登校《ふとうこう》を克服《こくふく》する一歩《いっぽ》を踏《ふ》み出《だ》せた時点《じてん》で、「特別《とくべつ》」で「ユニーク」なのだ——とも言《い》っていました。

こんな奇跡《きせき》が起《お》こるのは、マンガやドラマなどのフィクションだけと思《おも》ったほうがいいくらいありえない。だから、一歩《いっぽ》を踏《ふ》み出《だ》せなかった子《こ》、奇跡《きせき》の合格《ごうかく》ができなかった子《こ》を、否定《ひてい》することがあってはならないのです。だれも負《ま》けてなんかいないのだから……。

それでも黒木先生《くろきせんせい》は、「この奇跡《きせき》、また見《み》てみたいと思《おも》いませんか？」とも言《い》っていました。私《わたし》もそう願《ねが》っています。子《こ》どもたちの輝《かがや》く笑顔《えがお》を見《み》たいから……。

さて、二人《ふたり》の奇跡《きせき》を喜《よろこ》んだのもつかの間《ま》、新学年《しんがくねん》の授業《じゅぎょう》が始《はじ》まりました。

今年度《こんねんど》から急《きゅう》に、桜花《おうか》ゼミには「低学年《ていがくねん》クラス」が新設《しんせつ》され、私《わたし》たち講師陣《こうしじん》は大忙《おおいそが》しです。

進学塾《しんがくじゅく》では新四年生《しんよねんせい》からの入塾《にゅうじゅく》が普通《ふつう》ですが、新三年生《しんさんねんせい》から生徒《せいと》を募集《ぼしゅう》し始《はじ》めたのです。

まだ小学二年生《しょうがくにねんせい》の子《こ》に、中学受験《ちゅうがくじゅけん》に備《そな》えた授業《じゅぎょう》を⁉

最近《さいきん》は、そういう塾《じゅく》が増《ふ》えているのだとか……。

「経営的《けいえいてき》には賛同《さんどう》せざるをえない」と言《い》う黒木先生《くろきせんせい》でさえ、これには異《い》を唱《とな》えていました。

【低学年《ていがくねん》からの入塾《にゅうじゅく》は必要《ひつよう》ない。単《たん》なる「青田買《あおたが》い」だ】

【低学年《ていがくねん》の子《こ》は、「家族《かぞく》」で「たっぷり遊《あそ》ぶ」ことが大事《だいじ》】

【例《たと》えば電車旅行《でんしゃりょこう》で一緒《いっしょ》に計画《けいかく》を立《た》てたり、キャンプで火《ひ》を起《お》こしたり星《ほし》を見《み》たり……】

【買《か》い物《もの》に行《い》って食材《しょくざい》を知《し》ったり、予算《よさん》を決《き》めてお菓子《かし》を選《えら》んだり……】

「遊《あそ》び」の例《れい》では、桂先生《かつらせんせい》や橘先生《たちばなせんせい》からも「一緒《いっしょ》に料理《りょうり》をするのもいいね」という意見《いけん》もありました。

【生活《せいかつ》の中《なか》のちょっとしたことでいい。その時《とき》その時《ときかん》感じたことがそのまま、生《い》きる営《いとな》みのすべてが「学《まな》びの種《たね》」になる】

【その種《たね》が、後《のち》に実際《じっさい》の学習《がくしゅう》と突然結《とつぜんむす》びつく瞬間《しゅんかん》が来《く》る】

【見守《みまも》られて育《そだ》つ温《あたた》かさが、いざという時《とき》にがんばれる力《ちから》にもなる】

それでも黒木先生《くろきせんせい》は……。

「せっかく縁《えん》あって桜花《おうか》の門《もん》をくぐった生徒《せいと》ですから、『教室《ここ》』に来《き》たからには楽《たの》しく学《まな》んでいただきます」と、自《みずか》ら新三年生《しんさんねんせい》の初回《しょかい》の授業《じゅぎょう》を受《う》け持《も》ったのです。

しかも、前《まえ》から私《わたし》がお願《ねが》いしていた、「授業参観《じゅぎょうさんかん》」のお誘《さそ》いも!

六年生相手《ろくねんせいあいて》のキレッキレの授業《じゅぎょう》とはちがうけれど、「本質《ほんしつ》」は同《おな》じなので、しっかりと授《じゅ》業《ぎょう》を見学《けんがく》して見抜《みぬ》いてほしい――と。

そして、授業当日《じゅぎょうとうじつ》――。

緊張《きんちょう》しまくって固《かた》くなっている八歳《はっさい》の子《こ》どもたち十人《じゅうにん》を前《まえ》に、「テキストを配《くば》る前《まえ》にお話《はなし》をしましょう」と切《き》り出《だ》した黒木先生《くろきせんせい》は、女《おんな》の子《こ》が持《も》っていたキリンのマスコットをきっかけに「キリンの話《はなし》」を始《はじ》めました。

「キリンをどうやって海外《かいがい》から輸送《ゆそう》するか?」と聞《き》いて子《こ》どもたちの興味《きょうみ》を引《ひ》き……。

「折《お》り曲《ま》げてオリに入《い》れる!」とか「寝《ね》かせて平《たい》らにのばす!」といった、突拍子《とっぴょうし》もない発《はっ》想《そう》の意見《いけん》を聞《き》いては、それをふくらませるように次《つぎ》の質問《しつもん》をして……。

「キリンの謎《なぞ》」に始《はじ》まって、先生《せんせい》は授業時間《じゅぎょうじかん》のすべてを使《つか》って、鉄道《てつどう》の話《はなし》、競馬《けいば》のしくみ、バレンタインのチョコの作《つく》り方《かた》……と、彼《かれ》らが興味《きょうみ》を示《しめ》した話題《わだい》を拾《ひろ》いまくり、質問攻《しつもんぜ》めにしていったのです。

この授業《じゅぎょう》で私《わたし》が気《き》づいたこと。

それは――。

教室《きょうしつ》の片付《かたづ》けをしながら、私《わたし》は黒木先生《くろきせんせい》にこうたずねました。

「あれだけの質問《しつもん》を出《だ》しておきながら、答《こた》えは一切教《いっさいおし》えてませんでしたけど……」

「そうです。なぜかわかりますか?」

「それって……さっきおっしゃってた、黒木先生《くろきせんせい》の授業《じゅぎょう》の『本質《ほんしつ》』……」

私《わたし》は、ようやく「それ」をつかんだ気《き》がしました。

大切《たいせつ》なこと、それは……。

「自分《じぶん》の頭《あたま》で考《かんが》える」

私《わたし》の答《こた》えに、黒木先生《くろきせんせい》は満足《まんぞく》そうに少《すこ》しだけ笑《わら》ったように見《み》えました。

そして、この授業《じゅぎょう》を最後《さいご》に、先生《せんせい》は桜花《おうか》ゼミナールを去《さ》っていったのです。

「いつか、どこかでまた会《あ》いましょう」

桜花《おうか》ゼミで子《こ》どもたちを応援《おうえん》する道《みち》を選《えら》んだ私《わたし》にそう言《い》って、一本《いっぽん》のミサンガを残《のこ》して。

あっ、それともう一《ひと》つ。

黒木先生《くろきせんせい》は「宿題《しゅくだい》を持《も》ってくる生徒《せいと》がいるかもしれない」と言《い》い残《のこ》してもいました。

その子《こ》がきたら、あることをしてほしいと頼《たの》まれたのです。

宿題《しゅくだい》を持《も》って現《あらわ》れたのが、あの「桜花《おうか》の女王《じょおう》」だったのは、意外《いがい》でしたが……。

第《だい》四《よん》章《しょう》　前田花恋《まえだかれん》の宿題《しゅくだい》

最強《さいきょう》の女王《じょおう》

「受験《じゅけん》に来《き》たときにも話《はな》したけど……」

水道橋駅《すいどうばしえき》の手前《てまえ》、大《おお》きな通《とお》りで信号待《しんごうま》ちしているときに、パパが話《はな》しかけてきた。

花恋《かれん》が通《かよ》うことになる桜蔭学園《おういんがくえん》は、都心《としん》に近《ちか》い文京区《ぶんきょうく》にある。

入学式《にゅうがくしき》は四月《しがつ》だが、今日《きょう》は新入生《しんにゅうせい》向《む》けの説明会《せつめいかい》があったのだ。

だから、パパとママといっしょに中学校《ちゅうがっこう》を訪《おとず》れた。

四月《しがつ》からの予定《よてい》と新入生《しんにゅうせい》の心構《こころがま》えを聞《き》いて、「入学《にゅうがく》までにやっておくように」とたくさんの課題《かだい》を配布《はいふ》され、少《すこ》しげんなりもしたけれど——。

あらためて、桜蔭《おういん》の一員《いちいん》としての誇《ほこ》らしい気持《きも》ちに包《つつ》まれた。

その帰《かえ》り道《みち》のことだった。

「桜蔭《おういん》は吉祥寺《きちじょうじ》から中央線《ちゅうおうせん》一本《いっぽん》だから、通学《つうがく》はすぐに慣《な》れそうだね」

「……うん」

「パパは入学式《にゅうがくしき》が終《お》わったらアメリカに戻《もど》るけど、花恋《かれん》の新生活《しんせいかつ》を応援《おうえん》しているよ」

「ありがと……」

花恋《かれん》はうつむき加減《かげん》で答《こた》えた。

「どうした花恋《かれん》？　元気《げんき》ないね」

「ううん、そんなことないよ。四月《しがつ》から学校通《がっこうかよ》うの楽《たの》しみだよ！」

花恋《かれん》はあわてて答《こた》えた。

楽《たの》しみなのは本当《ほんとう》だ。中学生活《ちゅうがくせいかつ》は思《おも》いっ切《き》り楽《たの》しむつもり。

ただ、ちょっと考《かんが》え事《ごと》してただけで……。

「ならよかった。実《じつ》は、パパとママから寄《よ》り道《みち》の提案《ていあん》があります」

「え？　どこに寄《よ》るの？」

お昼《ひる》は食《た》べてきたし、夕食《ゆうしょく》には早《はや》すぎない？

ママが優《やさ》しい声《こえ》で言《い》った。

「ホテルの最上階《さいじょうかい》のラウンジで、ひと休《やす》みしていこうかな～って」

「あ……」

なんとなく、二人《ふたり》の考《かんが》えていることがわかってしまった。

あれだ。幕張《まくはり》のホテルで食《た》べられなかった、アフタヌーン・ティー――。

それは花恋《かれん》の唯一《ゆいいつ》の黒星《くろぼし》、千葉《ちば》での前受《まえう》けで落《お》ちた新宿学園海浜《しんじゅくがくえんかいひん》の苦《にが》い記憶《きおく》だ。

パパもママも言葉《ことば》にはしなかったけれど、たぶん、ラウンジのメニューにはアフタヌーン・ティーがあるのだろう。

パパが微笑《ほほえ》んで言《い》った。

「もしいやだったら真《ま》っ直《す》ぐ帰《かえ》るけど、どう？」

一瞬迷《いっしゅんまよ》ってから、花恋《かれん》は力強《ちからづよ》くうなずいた。

「いいね、行《い》こう！」


でも、結局《けっきょく》、花恋《かれん》はアフタヌーン・ティーを頼《たの》まなかった。

なんか負《ま》けたくなくてさ～。無難《ぶなん》なミックスサンドを頼《たの》んじゃったな～。

帰《かえ》ってからリビングのソファにくつろいで、花恋《かれん》は、ラウンジでのお茶《ちゃ》を思《おも》い返《かえ》していた。

水道橋《すいどうばし》の豪華《ごうか》なホテルラウンジでの本格的《ほんかくてき》なアフタヌーン・ティー……。

そうね。隣《となり》の席《せき》の人《ひと》たちが食《た》べているのをちらっと見《み》て、「むむっ！」とは思《おも》ったけどね。

小《ちい》さくて可愛《かわい》くって美味《おい》しそうなお菓子《かし》を、ちょっとずつ好《す》きなだけ選《えら》んでたね。

アフタヌーン・ティーかあ……。ま、そのうち食《た》べてやってもいいけど。

「今日《きょう》のお茶《ちゃ》、どうだった？　サンドイッチでよかったの？」

パパに聞《き》かれて、花恋《かれん》はとぼけてみせた。

「そうだね。次《つぎ》はちがうのにしよっかな～」

「おやおや、うちの子《こ》は、また高級《こうきゅう》ラウンジに行《い》く気《き》だよ。ママ、どうする？」

「いいんじゃない？　パパのおごりで、三人《さんにん》で行《い》くなら」

「え～ほんと？　じゃあパパ、すぐ日本《にほん》に戻《もど》ってきてよ！」

軽口《かるくち》をたたいて、花恋《かれん》は楽《たの》しそうに笑《わら》った。

うん。いい感《かん》じ。ほら。やっぱり不安《ふあん》なんてなにもない。これでいいんだ。

アフタヌーン・ティーだって、そのうちリベンジする。

だって、だって……。

「もしかして、私《わたし》の人生《じんせい》って、既《すで》に最強《さいきょう》じゃない？」

そうつぶやいた花恋《かれん》は、パパとママが「え？」と聞《き》きとがめたのに気《き》づかなかった。

花恋《かれん》の家《いえ》はタワーマンションの最上階《さいじょうかい》だから、大《おお》きな窓《まど》に面《めん》したリビングは見晴《みは》らしがいい。外《そと》の景色《けしき》を眺《なが》めたままで、花恋《かれん》は続《つづ》けた。

「そりゃ、全勝《ぜんしょう》ってわけじゃなか

ったけど、ほら、コンディションとか、本調子《ほんちょうし》じゃなかったとか、あるから。結果《けっか》、桜蔭《おういん》も準御三家《じゅんごさんけ》クラスも総《そう》ナメだったんだから」

「……花恋《かれん》!!」

ママの険《けわ》しい声《こえ》に驚《おどろ》いて、花恋《かれん》はふり向《む》いた。

「それ、本気《ほんき》で言《い》ってるの？」

え？　ママ怒《おこ》ってる？　だって、私《わたし》……。

「なんで？　私《わたし》がいっぱいいっぱい努力《どりょく》して、合格《ごうかく》を勝《か》ち取《と》ったのはほんとでしょ」

「うん。花恋《かれん》がものすごくがんばったのは、ママが一番《いちばん》知《し》ってるよ。心《こころ》から誇《ほこ》りに思《おも》ってる。だけどね、本気《ほんき》で今《いま》みたいに思《おも》ってるとしたら、それはどーかしてる」

「よくわかんないよ。ほめてるの？　怒《おこ》ってるの？　どっち!?」

「怒《おこ》ってはいない。調子《ちょうし》に乗《の》りすぎるのはよくない、って注意《ちゅうい》してる」

「なにそれ！　もういい！」

花恋《かれん》はソファから飛《と》び出《だ》すと、自分《じぶん》の部屋《へや》にかけこんでバタンとドアを閉《し》めた。

せっかく、忘《わす》れかけてたのに！

夕食《ゆうしょく》のときだけ顔《かお》を出《だ》して一言《ひとこと》も話《はな》さずご飯《はん》を食《た》べると、花恋《かれん》はすぐまた部屋《へや》にこもった。

ドアには「ノックすること!!」と書《か》いた紙《かみ》を貼《は》ってある。

寝《ね》るには少《すこ》し早《はや》い時間《じかん》。

メガネも外《はず》して、ベッドに仰向《あおむ》けに寝転《ねころ》がっていたけれど、ちっとも眠《ねむ》くなかった。

「私《わたし》は、すごい。すごいんだ……」

天井《てんじょう》を見《み》つめ、小《ちい》さな声《こえ》でつぶやいて自分《じぶん》に言《い》い聞《き》かせる……。

「……だって、あの戦場《せんじょう》を勝《か》ちぬいた」

定員《ていいん》の何倍《なんばい》もの人数《にんずう》が押《お》し寄《よ》せた受験会場《じゅけんかいじょう》——。

二月《にがつ》の決戦《けっせん》までの日々《ひび》——。

「私《わたし》は、最強《さいきょう》。絶対《ぜったい》に」

あえて口《くち》にしたのは、調子《ちょうし》に乗《の》っているからじゃなかった。

そうしていないと、不安《ふあん》や迷《まよ》いが押《お》し寄《よ》せてくるから……。

昼間《ひるま》、桜蔭《おういん》の入学説明会《にゅうがくせつめいかい》を終《お》えて「ついに戦《たたか》いが終《お》わった！　勝《か》ったんだ！」と、誇《ほこ》らしい気持《きも》ちで歩《ある》き出《だ》したそのとき——。

大学受験《だいがくじゅけん》の予備校《よびこう》のビラを手渡《てわた》されて、怖《こわ》くなったのだ。

そうだ。次《つぎ》は大学受験《だいがくじゅけん》なんだ……と。

終《お》わったんじゃない、また「始《はじ》まってる」んだから、休《やす》む暇《ひま》なんてない——。

走《はし》り続《つづ》けなきゃ——。

【どこへ？】

だれかに、そう聞《き》かれたような気《き》がした。

いや、「だれか」じゃない。こんな意地悪《いじわる》なこと聞《き》いてくるのは、「あの人《ひと》」しかいない。

たぶん、あいつはこっちが聞《き》いても「自分《じぶん》の頭《あたま》で考《かんが》えろ」って言《い》うだろう。

【どこへ？】

また、「始まってる」んだから、
休む暇なんてない、
走り続けなきゃ。

「わかんない、でも。どうせこの先《さき》も、ずっと、闘《たたか》いなんでしょ？　違《ちが》うの？」

違《ちが》うのなら、どこへ行《い》けばいいのか教《おし》えてよ、くろっきー、くろっきー!!

でも、私《わたし》はもう桜花《おうか》を卒塾《そつじゅく》しちゃった。くろっきーには聞《き》けない。自分《じぶん》で言《い》うのもなんだけど、「女王《じょおう》」がこんな弱音《よわね》を吐《は》きに、のこのこ古巣《ふるす》に戻《もど》るわけには……。

わかんない、でも。
どうせ この先も、ずっと、闘いなんでしょ？
違うの？
違うのなら、

「あ……」

最初《さいしょ》に「女王《じょおう》」と呼《よ》ばれたときのことを思《おも》い出《だ》した花恋《かれん》は、もうひとつ、忘《わす》れていたことを思《おも》い出《だ》した。一年前《いちねんまえ》に出《だ》された「宿題《しゅくだい》」のことを。

「行《い》く口実《こうじつ》、あったじゃん」

花恋《かれん》はホッとしたようにつぶやいた。

あの宿題《しゅくだい》の答《こた》えなら、もう見《み》つけていたから……。

スターフィッシュ

「あのー」

何年《なんねん》も通《かよ》ってきた塾《じゅく》のドアをそうっと開《あ》けて、花恋《かれん》は中《なか》をのぞきこんだ。

先月《せんげつ》までは自分《じぶん》の家《いえ》みたいに出入《でい》りしていた場所《ばしょ》なのに、なんだか気後《きおく》れしてしまう。

「ちょっと、出《だ》し忘《わす》れたものがあったので来《き》ちゃいました」

「前田《まえだ》さん！」

佐倉先生《さくらせんせい》と桂先生《かつらせんせい》が、はずんだ声《こえ》をハモらせて出迎《でむか》えてくれた。

「わー！　いらっしゃい！」

「すみません、卒塾《そつじゅく》したのに来《き》ちゃって――」

などと言《い》い訳《わけ》してる間《あいだ》に、先生《せんせい》たちは「さあさあ！」と椅子《いす》を用意《ようい》してくれて、「ほら、座《すわ》って座《すわ》って！」と、花恋《かれん》を事務机《じむづくえ》の並《なら》んだスペースに招《まね》き入《い》れた。

え……っと、もしかして私《わたし》、歓迎《かんげい》されてる？

とまどいながら、花恋《かれん》は室内《しつない》を見回《みまわ》した。春休《はるやす》みなのはまだ卒業生《そつぎょうせい》だけだから、昼間《ひるま》の塾《じゅく》には先生《せんせい》たちしかいないとわかってたけど……。

「あの、くろっきーいますか？」

花恋《かれん》が聞《き》くと、先生《せんせい》たちは困《こま》ったように顔《かお》を見合《みあ》わせた。

「えっ⁉」

二人《ふたり》が教《おし》えてくれたのは、驚《おどろ》きのニュースだった。

「やめちゃったんですか⁉」

くろっきーが桜花《おうか》をやめた？　去年《きょねん》フェニックスから転職《てんしょく》したばかりで、もう？

「そんな急《きゅう》に、全然《ぜんぜん》、知《し》らなかった……」

「そうなの、新学期《しんがっき》が始《はじ》まった初日《しょにち》に」と桂先生《かつらせんせい》。

先生《せんせい》たちも、新三年生《しんさんねんせい》の初回授業《しょかいじゅぎょう》を終《お》えたあと、黒木先生《くろきせんせい》から退職《たいしょく》すると知《し》らされたらしい。

「はい、お茶《ちゃ》どうぞ～。新校長《しんこうちょう》の枝野《えだの》です。きみが噂《うわさ》の前田《まえだ》さん？　いや～、最強《さいきょう》の卒塾生《そつじゅくせい》に訪問《ほうもん》してもらえて光栄《こうえい》だよ～」

わかりやすく現《あらわ》れた新顔《しんがお》のおじさん校長先生《こうちょうせんせい》が、いそいそと三人分《さんにんぶん》のお茶《ちゃ》をいれてくれたが、花恋《かれん》も先生《せんせい》たちも適当《てきとう》にお礼《れい》を言《い》って、かまわずおしゃべりを続《つづ》ける。

桂先生《かつらせんせい》が言《い》った。

「そのつもりだったから、いつも三月末《さんがつまつ》の卒塾会《そつじゅくかい》を早《はや》めにやったのかもね」

「そんなの、ひどい！」

私《わたし》に断《ことわ》りもなしにいなくなるなんて！

これじゃ、聞《き》けないじゃん、とは言《い》えないから……。

「せっかく『宿題《しゅくだい》』持《も》ってきたのに！」

「宿題《しゅくだい》？」

桂先生《かつらせんせい》に聞《き》き返《かえ》され、花恋《かれん》は赤《あか》くなって黙《だま》りこむ。しまった。宿題《しゅくだい》のこと、他《ほか》の先生《せんせい》は知《し》らないか――。

ところが、佐倉先生《さくらせんせい》はわけ知《し》り顔《がお》でうなずいた。

「あの、実《じつ》は、前田《まえだ》さんかどうかは聞《き》いてなかったんだけど、黒木先生《くろきせんせい》から、『もしかしたら『宿題《しゅくだい》』を持《も》ってくる生徒《せいと》さんがいるかもしれないから』って聞《き》いてて――」

うそっ⁉ あのときのこと、くろっきーも覚《おぼ》えてたってこと？

花恋《かれん》が驚《おどろ》いている間《あいだ》に、佐倉先生《さくらせんせい》がさらに意外《いがい》なことを言《い》い出《だ》した。

「その生徒《せいと》さんを、『ある場所《ばしょ》に連《つ》れてってほしい』と頼《たの》まれてます」

「それって、どういう……？」

さっぱり話《はなし》が見《み》えてこない。でも――。

「あらためて、時間《じかん》を作《つく》ってもらってもいいかな？」

先生《せんせい》に聞《き》かれて、花恋《かれん》はこっくりとうなずいた。

そして、時間《じかん》と場所《ばしょ》を決《き》め、塾《じゅく》の外《そと》で会《あ》う約束《やくそく》をした。

自分《じぶん》の探《さが》していた「答《こた》え」がある保証《ほしょう》はないけれど……。

ただ、くろっきーが言《い》い残《のこ》した場所《ばしょ》なら、何《なに》かが見《み》つかるような気《き》がしたのだ。


数日後《すうじつご》——。

駅《えき》で待《ま》ち合《あ》わせた花恋《かれん》は、佐倉先生《さくらせんせい》に連《つ》れられて吉祥寺《きちじょうじ》の住宅街《じゅうたくがい》を歩《ある》いていた。

家《いえ》とも小学校《しょうがっこう》ともちがう方向《ほうこう》なので、よく知《し》らない地域《ちいき》だ。

「これ、どこへ向《む》かってるんですか？」

「着《つ》いたらわかるけど……。まあざっくり言《い》えば、黒木先生《くろきせんせい》のおうち……かな？　つい最近《さいきん》、駅前《えきまえ》から引《ひ》っ越《こ》したばっかりなんだ」

「えーっ！　くろっきーの自宅《じたく》!?」

ちょっと、ドキドキする花恋《かれん》。

「残念《ざんねん》ながら、今《いま》は黒木先生《くろきせんせい》、住《す》んでないんだけどね」

「そう……なんだ……」

桜花《おうか》をやめてから、どこかに「学《まな》び直《なお》し」の旅《たび》に出《で》た――としか、佐倉先生《さくらせんせい》も知《し》らないらしい。

着《つ》いた先《さき》は、二階建《にかいだ》ての一戸建《いっこだ》て住宅《じゅうたく》だった。

一階《いっかい》は店舗《てんぽ》で、入《い》り口《ぐち》はシャッターが閉《し》まる大《おお》きなガラス戸《ど》だ。二階《にかい》はお店《みせ》の看板《かんばん》にもなる四角《しかく》い外壁《がいへき》で隠《かく》され、正面《しょうめん》から見《み》ると二階建《にかいだ》てのビルみたいに四角《しかく》く見《み》える。たしか、「看板建築《かんばんけんちく》」とかいうやつだ。ただし二階《にかい》の「看板《かんばん》」は空白《くうはく》になっていた。

入口《いりぐち》のカーテンのかかったガラス戸《ど》に【STARFISH《スターフィッシュ》】とロゴが印刷《いんさつ》された紙《かみ》が貼《は》られていた。

スターフィッシュ？　どういう意味《いみ》？　星《ほし》の魚《さかな》？

「これってお店《みせ》ですか？　くろっきー、商売《しょうばい》してるの？　ていうか、留守《るす》なのに来《き》たの？」

「まああ、話《はなし》は入《はい》ってから……」

よく来《く》るのか、佐倉先生《さくらせんせい》は慣《な》れた手《て》つきでガラス戸《ど》を開《あ》けた。

一階《いっかい》は、だだっ広《ぴろ》いフローリングの部屋《へや》だ。

勧《すす》められるままに、花恋《かれん》も靴《くつ》を脱《ぬ》いで上《あ》がる。

壁《かべ》には、本棚《ほんだな》とカウンターテーブルや椅子《いす》が並《なら》んでいる。部屋《へや》の真《ま》ん中《なか》に、床《ゆか》に座《すわ》って使《つか》う低《ひく》い長机《ながづくえ》がいくつかあって、座布団《ざぶとん》もある。部屋《へや》の奥《おく》にトイレやお風呂《ふろ》に通《つう》じるドアや、二階《にかい》への階段《かいだん》が……。

やっぱりわからない。ここって、何《なに》？

「佐倉《さくら》センセ、いらっしゃい！　お待《ま》ちしてましたよ」

出迎《でむか》えに現《あらわ》れたのは、長《なが》い髪《かみ》をラフにまとめた、すらっと背《せ》の高《たか》い青年《せいねん》だった。

その人《ひと》が、面白《おもしろ》そうにチラッと花恋《かれん》を見《み》やってから佐倉先生《さくらせんせい》に聞《き》いた。

「この子《こ》が例《れい》の……？」

「はい。前田花恋《まえだかれん》さんです。『宿題《しゅくだい》』、彼女《かのじょ》に出《だ》してたみたい」

「はじめまして！　黒木《くろき》センセの舎弟《しゃてい》のショーマです。よろしく！」

舎弟《しゃてい》？　なんか見《み》た感《かん》じもチャラいし、あいさつもチャラいんだけど……。

大学生《だいがくせい》？　だとしても、どうせろくな大学《だいがく》じゃないんだろな～。

と、かなりの学力重視《がくりょくじゅうし》女子《じょし》である花恋《かれん》が引《ひ》き気味《ぎみ》に見《み》ていると、ショーマが続《つづ》けて言《い》った。

「OK大《オーケーだい》の三年生《さんねんせい》です」

うっそ⁉ 私大《しだい》トップ2《ツー》のひとつ、OK大《オーケーだい》⁉

そっかあ、じゃ、このチャラさは「トップの余裕《よゆう》」ってことか。

「前田《まえだ》です、よろしくお願《ねが》いします」

コロッと態度《たいど》を変《か》えて、花恋《かれん》は行儀《ぎょうぎ》よくお辞儀《じぎ》をした。

OK大《オーケーだい》はともかく、その舎弟《しゃてい》とやらが、くろっきーんちで何《なに》をしてるの？

花恋《かれん》の怪訝《けげん》そうな顔《かお》に気《き》づいたのか、ショーマが部屋《へや》をぐるっと見回《みまわ》して言《い》った。

「ここは『スターフィッシュ』という、黒木《くろき》センセがプライベートで運営《うんえい》してた『塾《じゅく》』です。センセはしばらく不在《ふざい》なので、その間《あいだ》はぼくが任《まか》されてます」

花恋《かれん》はあらためて室内《しつない》を見回《みまわ》した。

「塾《じゅく》？　っていうより寺子屋《てらこや》？　みたいな？」

言《い》われてみれば、本棚《ほんだな》に並《なら》んでいる本《ほん》は、辞書《じしょ》や参考書《さんこうしょ》、特《とく》に高校入試《こうこうにゅうし》の問題集《もんだいしゅう》が多《おお》い。

「高校受験《こうこうじゅけん》？　でも、子供向《こどもむ》けのみたいなのもあるし……」

どういう塾《じゅく》？　ていうか、くろっきーの個人的《こじんてき》な塾《じゅく》って、フェニックスや桜花《おうか》で講師《こうし》をしながら経営《けいえい》してたってこと？　それって、アリなの⁇　疑問《ぎもん》は増《ま》すばかりだ。

「ぼくからは、君《きみ》にここの説明《せつめい》をするよう、センセに頼《たの》まれてます。センセからのメッセージを伝《つた》えるね」

そう言《い》ってショーマはスマートフォンを操作《そうさ》し、黒木先生《くろきせんせい》からのメールを読《よ》み上《あ》げた。

〈きっと君《きみ》は、これから新《あたら》しい学校生活《がっこうせいかつ》でとても忙《いそが》しくなるだろうから、そっちに集中《しゅうちゅう》して、いい青春《せいしゅん》を送《おく》ってください。その過程《かてい》でも、一息《ひといき》ついて余裕《よゆう》が出《で》たときでもいいから、もし、『スターフィッシュ』の存在《そんざい》を思《おも》い出《だ》すことがあったら、気《き》まぐれにでも良《よ》いので、立《た》ち寄《よ》ってもらえますか？〉

私《わたし》に、この塾《じゅく》に来《き》てほしいの？　どうして？　説明《せつめい》を聞《き》いたらわかるのかな……。

花恋《かれん》は、とまどいながら言《い》った。

「よくわかんないけど、私《わたし》、くろっきーに宿題《しゅくだい》を出《だ》しに来《き》ただけだから、『宿題《しゅくだい》』の答《こた》えをくろっきーに伝《つた》えてくれるなら、『ここ』の説明《せつめい》、聞《き》いていってもいいです」

「うん、もちろん！　伝《つた》えるよ。ありがとう！」

ショーマが、笑《わら》ってうなずく。

「えと……じゃあ……今《いま》から言《い》うこと、伝《つた》えてください」

花恋《かれん》は赤《あか》くなって言《い》い淀《よど》んだ。

宿題《しゅくだい》というのは、一年前《いちねんまえ》、黒木先生《くろきせんせい》と初《はじ》めて出会《であ》ったときに出《だ》されたものだ。

くろっきーは教室《きょうしつ》に来《く》るなり、「１００％《パーセント》と言《い》い切《き》れる事象《じしょう》は少《すく》ない」という話《はなし》をして、あの島津順《しまづじゅん》を理屈《りくつ》で黙《だま》らせた。

花恋《かれん》が「理屈《りくつ》っぽい男《おとこ》はモテない」とからかったら、くろっきーに「モテないのは困《こま》るから、モテそうな言《い》い方《かた》になるよう考《かんが》えてください。今《いま》のは宿題《しゅくだい》です」と言《い》われた——。

それっきりになっていたけれど、実《じつ》は、答《こた》えはとっくに見《み》つけていた。

花恋《かれん》には、フェニックスに転塾《てんじゅく》するか迷《まよ》っていた時期《じき》があった。体験入塾《たいけんにゅうじゅく》でフェニックスの空気《くうき》にのまれ、一位《いちい》になろうと無理《むり》をしすぎて体調《たいちょう》を崩《くず》して……。

夜《よる》の吉祥寺《きちじょうじ》で倒《たお》れかけ、黒木先生《くろきせんせい》に助《たす》けられた。「桜花《おうか》の女王《じょおう》」って呼《よ》ばれたのもそのときで、花恋《かれん》は桜花《おうか》ゼミに戻《もど》ることになった。だから、宿題《しゅくだい》の答《こた》えは、あのとき不覚《ふかく》にも泣《な》いてしまった花恋《かれん》に、黒木先生《くろきせんせい》がしてくれたこと……。

「な、泣《な》いている女《おんな》の子《こ》がいたら、ティッシュを渡《わた》してあげる」

これなら、100%《パーセント》モテるって言《い》い切《き》れるから——。

事情《じじょう》がわからない佐倉先生《さくらせんせい》は、きょとんとしていた。

ショーマはスマートフォンに花恋《かれん》の答《こた》えを打《う》ちこむと、画面《がめん》を見《み》せてくれた。

「ありがとう。ちゃんとこの通《とお》り、センセに伝《つた》えるからね」

「あ、やっぱ今《いま》のナシ」

花恋《かれん》は、真《ま》っ赤《か》になってうつむいた。


「パパとママに話《はなし》があります――」

スターフィッシュから帰《かえ》った日《ひ》の夜《よる》、夕食《ゆうしょく》のときに、花恋《かれん》はパパとママに「最強《さいきょう》は、ちょっと勘違《かんちが》いしてた……かも」と告《つ》げた。

「だから……その……ごめん」

花恋《かれん》が言《い》うと、両親《りょうしん》は「よかった」というように目配《めくば》せしてから、笑《わら》ってうなずいた。

「高《たか》みを目指《めざ》してがんばれる強《つよ》さがあなたの素晴《すば》らしさだってこと、ママはわかってるから」

「大丈夫《だいじょうぶ》。私《わたし》たちは、いつだって君《きみ》の味方《みかた》だからね」

「うん、ありがとう、ママ……パパ……。いただきます！」

安心感《あんしんかん》に包《つつ》まれながら、大好《だいす》きなママの料理《りょうり》に箸《はし》を伸《の》ばす。

パパがアメリカに帰《かえ》っちゃう前《まえ》に仲直《なかなお》りできてよかった……。

「あ、そうだ――」

ご飯《はん》を食《た》べる手《て》を止《と》めて、花恋《かれん》はパパに聞《き》いた。

「パパ、『スターフィッシュ』って、日本語《にほんご》の意味《いみ》わかる?」

「スターフィッシュ? たしか『ヒトデ』のことだと思《おも》うけど」

「ふ~ん……そっかヒトデか。でも、なんでヒトデなんだろ……」

「スターフィッシュが、どうかしたのかい?」

「ううん、なんでもなーい。ちょっとね」

宿題《しゅくだい》の答《こた》えを伝《つた》えたあと、花恋《かれん》は約束通《やくそくどお》りショーマから無料塾《むりょうじゅく》の説明《せつめい》を受《う》けた。

「いろいろ理由《りゆう》があって塾《じゅく》に行《い》けない子《こ》に勉強《べんきょう》を教《おし》えるところ」ということは理解《りかい》したが、ボランティアはあまり気乗《きの》りしなかった。

ただ、なぜ自分《じぶん》に来《く》るように言《い》ったのかは、ずっと気《き》になっている。あの宿題《しゅくだい》を覚《おぼ》えていたくろっきーからのメッセージなのだ。なにか意味《いみ》があるはず……と。

結局《けっきょく》、「どこへ走《はし》り続《つづ》けたらいいか」の答《こた》えも見《み》つからなかった。

でも、モヤモヤした気持《きも》ちは薄《うす》れていた。今《いま》の自分《じぶん》は、答《こた》えを探《さが》してどこへだって走《はし》れると気《き》づいたから。

まずは、くろっきーのアドバイス通《どお》り、「いい青春《せいしゅん》」を送《おく》ろう。

もちろん、受験《じゅけん》のために青鋼塾《せいこうじゅく》に入《はい》ってトップも目指《めざ》すけど、学校生活《がっこうせいかつ》だって思《おも》いっきり楽《たの》しんでやる。

すべては、これからなのだから！

佐倉《さくら》のレポート30

押忍《おす》!!　佐倉麻衣《さくらまい》です！

四月《しがつ》になりました。卒塾生《そつじゅくせい》たちは、それぞれの中学《ちゅうがく》に入学《にゅうがく》し、がんばっているようです。

塾《じゅく》に来《こ》なくなった生徒《せいと》のその後《ご》は、なかなかわからないものですが……。

なんだかんだで、塾《じゅく》に顔《かお》を出《だ》してくれる卒塾生《そつじゅくせい》も何人《なんにん》かいます。

制服《せいふく》を見《み》せに来《き》てから、しょっちゅう顔《かお》を出《だ》すようになったり――。

鉄道《てつどう》での大冒険《だいぼうけん》の報告《ほうこく》をしに訪《おとず》れてくれたり――。

お茶《ちゃ》飲《の》めるからと卒塾生同士《そつじゅくせいどうし》で待《ま》ち合《あ》わせたり――。

彼《かれ》らから他《ほか》の子《こ》の近況《きんきょう》を聞《き》けたり、顔《かお》を出《だ》してる子《こ》がいると聞《き》いて「佐倉《さくら》ちゃん！　私《わたし》も来《き》ちゃった～」なんて、寄《よ》ってくれる子《こ》がいたり……。

そうそう、卒塾《そつじゅく》の会《かい》で会《あ》えなかった今川理衣沙《いまがわりいさ》さんとも、会《あ》うことができました！

聖《せい》カサブランカの制服《せいふく》を着《き》た彼女《かのじょ》を駅《えき》で見《み》かけて、声《こえ》をかけたら飛《と》び上《あ》がって喜《よろこ》んでくれて。

「ほんとは、佐倉《さくら》ちゃんや桂先生《かつらせんせい》にお礼《れい》に行《い》きたかったんだけどね～」とか言《い》われて。

コンビニのカフェスペースで、カフェラテをおごってあげて……。

「元気《げんき》してる？　学校《がっこう》どう？」って聞《き》いたら、「学校《がっこう》？　うん、悪《わる》くないよ。制服可愛《せいふくかわい》いし」と、少《すこ》し照《て》れながら答《こた》えてくれました。

高等部《こうとうぶ》からは制服《せいふく》がブレザーになるので、今《いま》からそれが楽《たの》しみなんだとか……。

「スカートのウエストをぐるぐる巻《ま》いてスカート丈《たけ》を短《みじか》くしてたら先生《せんせい》に注意《ちゅうい》されちゃった」なんて、今川《いまがわ》さん、舌《した》を出《だ》してニヤッと笑《わら》って……。

中学校生活《ちゅうがっこうせいかつ》を、今川《いまがわ》さんらしく元気《げんき》に楽《たの》しめているみたいで、本当《ほんとう》によかった……。


それから、黒木先生《くろきせんせい》に託《たく》された「宿題《しゅくだい》」の件《けん》です。

半信半疑《はんしんはんぎ》でしたが、本当《ほんとう》に宿題《しゅくだい》を持《も》ってきた生徒《せいと》がいて驚《おどろ》きました。

しかもそれが、あの前田《まえだ》さんだったとは！

どうして黒木先生《くろきせんせい》は、彼女《かのじょ》をスターフィッシュに呼《よ》んだんだろう？

この私《わたし》の疑問《ぎもん》には、ショーマさんが答《こた》えてくれました。

彼《かれ》の答《こた》えは、「自分《じぶん》と同《おな》じく『持《も》っている者《もの》』の傲慢《ごうまん》さのようなものが、彼女《かのじょ》にもあったのかも」というもの。

ショーマさんは、かつてフェニックスで黒木先生《くろきせんせい》に教《おそ》わっていた生徒《せいと》なのです。成績優秀《せいせきゆうしゅう》でOK大《オーケーだい》の付属中学《ふぞくちゅうがく》に合格《ごうかく》し、チャラチャラした高校生活《こうこうせいかつ》を送《おく》っていたときに、黒木先生《くろきせんせい》に「ボランティアに興味《きょうみ》ある?」と誘《さそ》われたそうです。

その後《ご》、スターフィッシュで、「学習《がくしゅう》する環境《かんきょう》は、自分《じぶん》を認《みと》めてくれるという安心感《あんしんかん》がなければ整《ととの》わない」と思《おも》い知《し》らされた。その安心感《あんしんかん》を、最初《さいしょ》から持《も》っている自分《じぶん》は「恵《めぐ》まれている」のだ——と。

ショーマさんや前田《まえだ》さんだけではなく、学習塾《がくしゅうじゅく》に通《かよ》えて自分《じぶん》から学習《がくしゅう》できる家庭《かてい》の子《こ》は、たしかに恵《めぐ》まれている……。

ただ、ショーマさんは「ボランティアを大学三年生《だいがくさんねんせい》の今《いま》まで続《つづ》けているのは、自分《じぶん》が楽《たの》しいからだ」とも言《い》っていました。

楽《たの》しくなければ続《つづ》かない……。本当《ほんとう》にそうです。

子《こ》どもたちと学《まな》ぶのが大好《だいす》きで、私《わたし》はこの道《みち》を選《えら》んだ。黒木先生《くろきせんせい》と出会《であ》ったこの一年《いちねん》で、あらためてそのことに気《き》づかされたから——。

黒木先生《くろきせんせい》、今《いま》はどこにいるんだろう……。

そう思《おも》って、先生《せんせい》と連絡《れんらく》を取《と》っているショーマさんからメールを見《み》せてもらったら、イギリスの有名《ゆうめい》な時計塔《とけいとう》「ビッグベン」の写真《しゃしん》が添付《てんぷ》されていました。

まさか！　学《まな》び直《なお》しって、イギリスに留学《りゅうがく》⁉

本当《ほんとう》にあの人《ひと》には驚《おどろ》かされっぱなしです……。

終章《しゅうしょう》　六年後《ろくねんご》の再会《さいかい》

　あれから六年《ろくねん》。

　全員合格《ぜんいんごうかく》を果《は》たした桜花《おうか》ゼミナール吉祥寺校《きちじょうじこう》の受験生《じゅけんせい》たちが、高校《こうこう》を卒業《そつぎょう》して、新《あたら》しい門《かど》出《で》を迎《むか》えた四月《しがつ》。

　十八歳《じゅうはっさい》になった花恋《かれん》は、スターフィッシュにいた——。


「ねえ、お嬢《じょう》、みんなでお花見《はなみ》行《い》くのって明後日《あさって》だよね。桜《さくら》って、散《ち》っちゃわないかな？」

　中学一年生《ちゅうがくいちねんせい》のマサキが、皮《かわ》むき器《き》で器用《きよう》にジャガイモの皮《かわ》をむきながら言《い》った。

　マサキは、仕事《しごと》が忙《いそが》しい母《はは》に代《か》わって家《いえ》では家事《かじ》をこなしている。料理《りょうり》にも慣《な》れていて、しゃべりながらも、ジャガイモは次々《つぎつぎ》と白《しろ》くむかれていく。

「ん……井《い》の頭公園《かしらこうえん》は……今日《きょう》あたり満開《まんかい》だし……まだ平気《へいき》……でしょ……」

「おれ、シート敷《し》いてみんなでお弁当《べんとう》食《た》べるお花見《はなみ》なんて初《はじ》めてだからさ、楽《たの》しみだな」

「楽《たの》しいよ～。けど……今《いま》、話《はな》しかけないで……皮《かわ》……むいてる……から」

答《こた》えている花恋《かれん》は、包丁《ほうちょう》を手《て》にジャガイモと悪戦苦闘中《あくせんくとうちゅう》だった。

こちらは不器用《ぶきよう》すぎて、「皮《かわ》をむく」というより「ジャガイモを凸凹《でこぼこ》にする斬新《ざんしん》な現代《げんだい》アートに挑戦《ちょうせん》している」といった感《かん》じだ。

「お嬢《じょう》に包丁《ほうちょう》は、まだ早《はや》いって～」

三月《さんがつ》に女子高《じょしこう》に合格《ごうかく》して、高校生《こうこうせい》になったばかりのミドリが、慣《な》れた包丁《ほうちょう》さばきでニンジンを銀杏切《いちょうぎ》りにしながらケタケタ笑《わら》う。

「お嬢《じょう》」というのは、スターフィッシュでの花恋《かれん》のニックネームだ。

中三《ちゅうさん》の夏《なつ》にボランティアを始《はじ》めたころ、なにかというとショーマに「さすがは桜花《おうか》の女《じょ》王《おう》!」とからかわれたせいで、ついたあだ名《な》が「女王《じょおう》」だった。それが三年半《さんねんはん》の間《あいだ》に変化《へんか》して、今《いま》は「お嬢《じょう》」になっている。

まあ「女王《じょおう》」よりはよっぽどまし……と、花恋《かれん》は思《おも》っている。

水中《すいちゅう》メガネをつけて、玉《たま》ねぎをスライサーでスライスしている中学二年生《ちゅうがくにねんせい》のヨウコが言《い》った。

「ピーラーとかスライサーとかさ、便利《べんり》な道具《どうぐ》があるんだから。お嬢《じょう》も使《つか》えばいいんだよ」

わかってる。効率重視《こうりつじゅうし》ならその通《とお》りだが、性格的《せいかくてき》にそこは絶対《ぜったい》に譲《ゆず》れない。

「やだ！　包丁《ほうちょう》でやるの。使《つか》わないで……いたら……絶対《ぜったい》……上手《うま》く……なれないでしょ」

「まあ、そうだけどさ～。お嬢《じょう》って、ほんと負《ま》けず嫌《ぎら》いだよね～」

「もしかして、それって『苦手《にがて》なものも、挑戦《ちょうせん》すれば良《よ》さがわかる』みたいな？」

「その通《とお》り！」

思《おも》わず手《て》を止《と》めて、微笑《ほほえ》む花恋《かれん》。

「マサキ、いいこと言《い》うじゃん。私《わたし》の姿《すがた》を見《み》て『数学《すうがく》がんばろう』って気《き》になった？」

「ちがうちがう、おれさ、ここでカレー食《た》べてて苦手《にがて》なニンジンが好《す》きになったっしょ」

「食《く》い物《もの》の好《す》き嫌《きら》いか～い！」

花恋《かれん》がツッコむと、教室《きょうしつ》に笑《わら》いが起《お》こった。

部屋《へや》の片隅《かたすみ》にあるキッチンスペースでは、大《おお》きめの炊飯器《すいはんき》から湯気《ゆげ》が上《あ》がっている。

あとは鍋《なべ》で野菜《やさい》と鶏肉《とりにく》をいためて、煮《に》てからルーを入《い》れれば完成《かんせい》だ。

今日《きょう》は、月《つき》に一度《いちど》の「カレーの日《ひ》」――。

一軒家《いっけんや》に移《うつ》ったスターフィッシュには、ちゃんとしたキッチンがあるし、フードバンクや近隣《きんりん》の人《ひと》たちの寄付《きふ》などで調達《ちょうたつ》した食材《しょくざい》で、みんなでご飯《はん》を作《つく》って食《た》べるイベントをやりたい——去年《きょねん》の秋《あき》、花恋《かれん》が提案《ていあん》し、自分《じぶん》で計画《けいかく》を立《た》てて実現《じつげん》させた催《もよお》しだった。冬休《ふゆやす》みや春休《はるやす》みなど、学校《がっこう》が長期《ちょうき》の休《やす》みにやると決《き》めてから、まだ四回目《よんかいめ》……。

カレーができるころには他《ほか》の生徒《せいと》や講師《こうし》も来《き》て、食《た》べてから勉強会《べんきょうかい》——という流《なが》れだ。今《いま》いる手伝《てつだ》いを買《か》って出《で》た生徒《せいと》たちには、料理《りょうり》が上手《うま》い子《こ》もいれば、下手《へた》な子《こ》もいる。まあ、一番下手《いちばんへた》なのは講師《こうし》の花恋《かれん》なのだが。

刻《きざ》んだ野菜《やさい》と鶏肉《とりにく》は、もう鍋《なべ》の中《なか》だった。

そろそろ行《い》かなきゃ。今日《きょう》は、みんなと食《た》べてる暇《ひま》がないから……。

花恋《かれん》がスターフィッシュのボランティアに来《き》たのは中三《ちゅうさん》の夏休《なつやす》みからだった。学校《がっこう》の課題《かだい》に地域《ちいき》ボランティアへの参加《さんか》というのがあって、「そういや私《わたし》、無料塾《むりょうじゅく》にコネあったわ〜」と、軽《かる》い気持《きも》ちで、二年《にねん》ぶりくらいに足《あし》を運《はこ》んだのがきっかけだ。

初《はじ》めは、自分《じぶん》が「当《あ》たり前《まえ》」と思《おも》っていたことを、まったく知《し》らない子《こ》どもたちがいることに驚《おどろ》かされた。勉強《べんきょう》を教《おし》えることの難《むずか》しさも思《おも》い知《し》らされた。でも、それ以上《いじょう》に感《かん》じたのは、生徒《せいと》もボランティアの人《ひと》も、みんなが楽《たの》しそうだってこと……。

課題《かだい》だけやってやめるつもりだった花恋《かれん》も、すっかりその楽《たの》しさにハマり、高校《こうこう》の三年間《さんねんかん》、このボランティアを続《つづ》けてきた。

もちろん、ボランティアだけにかまけている元《もと》「桜花《おうか》の女王《じょおう》」ではない。

その三年間《さんねんかん》で大学受験《だいがくじゅけん》という「戦《たたか》い」にもがっつり向《む》き合《あ》い、三月《さんがつ》の勝者《しょうしゃ》になっていた。

数日後《すうじつご》の入学式《にゅうがくしき》で、この春《はる》からは晴《は》れてOK大生《オーケーだいせい》になる。

学部《がくぶ》は、なんと医学部《いがくぶ》……！　医師《いし》になろうという気持《きも》ちが固《かた》まったのは、尊敬《そんけい》する父《ちち》が、「国境《こっきょう》なき医師団《いしだん》」に参加《さんか》したことに感銘《かんめい》を受《う》けたからだ。

世界《せかい》を飛《と》び回《まわ》ってるパパにはますます会《あ》えなくなっちゃったけど、私《わたし》も医師《いし》を目指《めざ》す……。

「自分《じぶん》の夢《ゆめ》が世《よ》の中《なか》の役《やく》に立《た》つことなら一石二鳥《いっせきにちょう》だもんね」

「……お嬢《じょう》、なんか言《い》った？」

おたまで器用《きよう》に鍋《なべ》のアクを取《と》りながら、マサキが言《い》った。

なんでもない——と首《くび》を横《よこ》に振《ふ》りかけて、花恋《かれん》は「あっ」と思《おも》い出《だ》した。

「そうだった、この間《あいだ》、マサキに聞《き》かれた『合法的《ごうほうてき》に百四十円《ひゃくよんじゅうえん》で何時間《なんじかん》も電車《でんしゃ》に乗《の》れるライフハック的《てき》なやつ』だけど……」

「ああ、『大回り《おおまわ》』ってやつ?」

「そうそう、それ!」

マサキは鉄道《てつどう》に興味《きょうみ》があるので、勉強《べんきょう》につなげられるといいな……と、花恋《かれん》は思《おも》っていた。

ここで会《あ》ってよく話《はな》す佐倉《さくら》ちゃんから、花恋《かれん》たちが塾《じゅく》に通《かよ》っていたころの「よく似《に》た話《はなし》」を聞《き》いていたから……。

「私《わたし》が小学生《しょうがくせい》んときの塾《じゅく》の同期《どうき》に、高校《こうこう》の鉄研《てつけん》で全国大会《ぜんこくたいかい》とかですっごい賞取《しょうと》った鉄《てつ》オタがいるんだよね。今日《きょう》、そいつとも会《あ》うから、詳《くわ》しく聞《き》いといてあげる」

「すげー! マジで!?」

今日《きょう》の集《あつ》まり、たぶん加藤匠《かとうたくみ》も来《く》るから……って、あいつ、まだ私《わたし》のこと怖《こわ》がってて近寄《ちかよ》るとビクッてするから、こっちから話《はな》しかけるの小《こ》っ恥《ぱ》ずかしいんですけど!

あと、R《アール》の子《こ》は半分以上《はんぶんいじょう》来《く》るんだろうなあ。佐倉《さくら》ちゃんて、何気《なにげ》に人望《じんぼう》あるからね……。

マサキが言《い》った。

「ありがたいけどさ、もっと早《はや》く知《し》りたかったなー。先月《せんげつ》なら、おれ、運賃半額《うんちんはんがく》だったのに」

「無茶言《むちゃい》わないの。先月《せんげつ》まで私《わたし》ら高三《こうさん》は、みんな大変《たいへん》だったんだから」

Ω《オメガ》の子《こ》は、何人来《なんにんく》るかな？　まちがいなく、あの二人《ふたり》は来《く》ると思《おも》うけど。

それにしてもティアラちゃん遅《おそ》いな……。そろそろ出《で》ないと、集《あつ》まりに遅《おく》れちゃう。

ま、ここから桜花《おうか》ゼミまでは、大《たい》してかからないけど……。

「お嬢《じょう》、今日《きょう》はカレー食《た》べないで行《い》っちゃうんだっけ？」

箱《はこ》を開《あ》けてカレーのルーを用意《ようい》しながら、ヨウコが聞《き》いた。

「うん。ちょっと用事《ようじ》があって。ティアラちゃんが来《き》たら入《い》れ替《か》わりに出《で》るから――」

花恋《かれん》がそう言《い》ったとき、ちょうど入口《いりぐち》の戸《と》が開《ひら》いた。

「カレンちゃん、遅《おく》れてごめ～ん！」

バタバタと入《はい》ってきたのは、ギャルっぽい大学生《だいがくせい》のティアラだった。

「ティアラが来《き》た～！」

「おかえり！　ティアラちゃん！」

などと、生徒《せいと》たちの歓声《かんせい》が上《あ》がる。

最近《さいきん》はたまにしか来《こ》られないが、ティアラ先生《せんせい》は一番人気《いちばんにんき》の講師《こうし》だ。特《とく》に女子《じょし》からは崇拝《すうはい》されていると言《い》ってもいいくらい。もちろん、花恋《かれん》も大《だい》の仲良《なかよ》しだった。

まだ花恋《かれん》が中学受験《ちゅうがくじゅけん》をしているとき、高校生《こうこうせい》だったティアラは、このスターフィッシュで、黒木先生《くろきせんせい》やショーマたちに教《おそ》わっていたらしい。一浪《いちろう》のうえ、今《いま》はTG大《ティージーだい》の二年生《にねんせい》で、教育《きょういく》関係《かんけい》の仕事《しごと》を目指《めざ》している。

「桜花《おうか》に行《い》くんでしょ、あとは私《わたし》が見《み》るから大丈夫《だいじょうぶ》だよ～」

「ありがと、ティアラさん！　お願《ねが》いします」

「で、カレーは……っと。なんだ、あとはルー入《い》れるだけじゃん」

「それでも、仕上《しあ》げはお嬢《じょう》よりティアラ先生《せんせい》のほうが断然安心《だんぜんあんしん》だけどね～」

「マサキ、言《い》ったな～！」

「ほらほら、お嬢《じょう》、遅刻《ちこく》しちゃうから早《はや》く行《い》きなよ～」

「まったくもう！」

生徒《せいと》たちにからかわれながら、花恋《かれん》は戸口《とぐち》へと向《む》かう。

ティアラが笑《わら》って手《て》をふった。

「いってらっしゃーい！　佐倉《さくら》ちゃんに、よろしくね！」

満開《まんかい》の桜《さくら》の下《した》、のんびりと散歩《さんぽ》をする人《ひと》、ベンチに座《すわ》って花見《はなみ》を楽《たの》しむ人《ひと》――。

ぽかぽか陽気《ようき》につられ、井《い》の頭公園《かしらこうえん》はかなりの人出《ひとで》だ。

その合間《あいま》をすりぬけるようにして、花恋《かれん》は池《いけ》の畔《ほとり》を急《いそ》いで歩《ある》いていた。

桜蔭《おういん》に入学《にゅうがく》する前《まえ》、佐倉《さくら》ちゃんに連《つ》れられて「スターフィッシュ」を訪《おとず》れたあの日《ひ》も、公《こう》園《えん》の桜《さくら》が満開《まんかい》だった。あれから六年《ろくねん》……。

あのときは、くろっきーがどうして「スターフィッシュ」なんて名前《なまえ》をつけたのか、不思《ふし》議《ぎ》に思《おも》ったっけ……。

今《いま》はもう、理由《りゆう》はわかっている。

『星投げ人《ほしなげびと》』――科学《かがく》ライターのローレン・アイズリーが書《か》いた、エッセイだ。

海岸《かいがん》に打《う》ち上《あ》げられ、干《ひ》からびて死《し》んでしまう大量《たいりょう》のヒトデ――。

それを、一匹《いっぴき》ずつ拾《ひろ》って海《うみ》に投《な》げている少年《しょうねん》――。

すべてのヒトデを救《すく》うことはできないけれど、だからって無意味《むいみ》なんかじゃない――。

投《な》げられたひとつひとつのヒトデにとっては、十分《じゅうぶん》に意味《いみ》があるのだから――。

そんなお話《はなし》だ。

くろっきーはきっと、この作品《さくひん》から塾《じゅく》の名前《なまえ》をつけたにちがいない。『星投《ほしな》げ人《びと》』という作品《さくひん》に出会《であ》ったとき、花恋《かれん》はそう思《おも》った。スターフィッシュのだれかに聞《き》いたのではなく、自分《じぶん》の頭《あたま》で考《かんが》えてこの答《こた》えにたどり着《つ》いたのだ。

あとで佐倉先生《さくらせんせい》に聞《き》いて、それが正解《せいかい》だとわかったときには、Ω《オメガ》クラスで黒木先生《くろきせんせい》に教《おそ》わったことを実践《じっせん》できた気《き》がして、少《すこ》し誇《ほこ》らしい気持《きも》ちになった。

だから今《いま》は、私《わたし》も私《わたし》なりのやり方《かた》で「星《ほし》」を投《な》げてるつもり――。

それに、最近《さいきん》こんな風《ふう》にも思《おも》うのだ。

もしかして、くろっきーにとっては私《わたし》もそんな「星《ほし》」のひとつだったのかな――って。

「な〜んてね。直接《ちょくせつ》くろっきーに問《と》いただしてみたいけど、卒塾《そつじゅく》してから一度《いちど》も会《あ》えてないし。まったく、どこでどうしてんだか……」

スマートフォンがブルルッと震《ふる》えたのはそのときだった。

公園《こうえん》の池《いけ》にかかっている橋《はし》の真《ま》ん中《なか》で立《た》ち止《ど》まり、花恋《かれん》は画面《がめん》を確認《かくにん》した。

「あの子《こ》たち」からのメッセージだった。二人《ふたり》のメッセージがほぼ同時《どうじ》に届《とど》いている。

〈ハロー、花恋《かれん》！　早《はや》く桜花《おうか》に来《き》なよ！　すっごいことになってるよ－！－！〉

〈ハロー、前田《まえだ》さん！　久《ひさ》しぶり、まるみです。大《だい》ニュースだよ!!　すぐにチャット見《み》て－！〉

「今日《きょう》、樹里《じゅり》とまるみも来《き》てるのか～。あの二人《ふたり》、大学《だいがく》も同《おな》じとこ受《う》かったんだよね。相変《あいか》わらず仲《なか》いいな～。でも大《だい》ニュースってなに？　島津《しまづ》かだれか東大《とうだい》でも受《う》かった？」

首《くび》をかしげていた花恋《かれん》は、別《べつ》の通知《つうち》に気《き》づいた。

いつもは静《しず》かな「桜花吉祥寺校《おうかきちじょうじこう》・同期《どうき》」のグループチャットが、沸《わ》きに沸《わ》いている……？

〈山本《やまもと》：えーっ⁉　佐倉《さくら》ちゃん、それほんと⁉　すぐ行《い》く!!〉

〈上杉《うえすぎ》：ししょーは、もう桜花《おうか》に着《つ》いてんだよね！　本当《ほんとう》に黒木先生《くろきせんせい》いるの⁉〉

〈島津《しまづ》：いるいる！　くろっきー、生《い》きてやんの！　ずっと海外《かいがい》にいたんだってよ！〉

「えっ！　ええっ⁉　くろっきーが⁉」

思《おも》わず声《こえ》を上《あ》げた花恋《かれん》は、少《すこ》し前《まえ》の書《か》きこみを探《さぐ》ろうとあわててチャットをさかのぼった。

最初《さいしょ》の書《か》きこみは、佐倉先生《さくらせんせい》が十数分前《じゅうすうふんまえ》に投稿《とうこう》した画像《がぞう》付《つ》きのやつ――。

画像《がぞう》は、いま花恋《かれん》が立《た》っている橋《はし》の上《うえ》で撮《と》ったものだ。

佐倉《さくら》ちゃんの自撮《じど》りに、ぐいっと引《ひ》っ張《ぱ》られてフレームインしている黒《くろ》いスーツ姿《すがた》――。

髪《かみ》の毛《け》はボサボサで整《ととの》えていないままの黒木先生《くろっきー》だった。

さっきまで、くろっきーたちがここに？

〈佐倉《さくら》：ジャジャジャジャーン！　本日《ほんじつ》のスペシャルゲストは、イギリスから帰国《きこく》したばかりの黒木先生《くろきせんせい》だよー!!　嫌《いや》だと言《い》っても桜花《おうか》まで連行《れんこう》するからね！　みんなで歓迎《かんげい》しよう!!〉

〈今川《いまがわ》：マジで、くろっきーじゃん!!　懐《なつ》かしい～〉

〈佐倉《さくら》：あのね理衣沙《りいさ》、黒木先生《くろきせんせい》も、あなたにネイルやってもらいたいって！〉

〈今川《いまがわ》：うわ。ハズい！　いきなりくろっきーに私《わたし》の話《はなし》するとか、イミフだし！〉

……。

そこから先《さき》も、チャットはくろっきーの話題《わだい》でぎっしりだ。

花恋《かれん》は、あふれんばかりの笑《え》みを浮《う》かべて走《はし》り出《だ》していた。

桜花《おうか》でまた、くろっきーに会《あ》える！

Shogakukan Junior Bunko

★小学館ジュニア文庫★

小説 二月の勝者 —絶対合格の教室— 未来への一歩

2025年 4 月23日 初版第1刷発行

著／伊豆平成
原作・イラスト／高瀬志帆

発行人／畑中雅美
編集人／杉浦宏依
編集／伊藤 澄

発行所／株式会社 小学館
〒101-8001 東京都千代田区一ツ橋2－3－1
電話／編集 03-3230-5105
販売 03-5281-3555

印刷・製本／中央精版印刷株式会社

デザイン／黒木香＋ベイブリッジ・スタジオ

 ISBN 978-4-09-231507-5

関する現在まで続く責任などはちゃんと学んだ記憶はない。

水面／23歳／女性

10 日韓の課題はいつの世代まで続くのだろう

1

私は現在韓国在住なので、戦争というと今は「日韓の関係について」を思い浮かべます。具体的な例を挙げると、サッカーの試合です。韓国人の友人が韓国を応援している中、私は日本人ですので、日本と韓国どちらを応援していいかわからなくなります。日韓対決のスポーツにはどうしても過去の日韓関係が背景についてきてしまい、勝ち負けを決めるとなると、とても気まずいです。日韓の色々な課題がスポーツなどにも結びついてしまうこの現状は、いつの世代まで続くのでしょうか。

2

正直、現実味があまりなくて覚えていません。しかしショッキングではっきり覚えているのは「広島での原爆投下」です。小学生や中学生の頃、漫画やアニメ、ドラマ等で見た記憶があります。アニメで見たピカっと光って人々が粉々に消えていく様子は今でも忘れられません。あの頃、私と同じように日々を送っていた人たちがその瞬間から先に進めなくなってしまった未来があることをこれからも私は忘れません。

山下睦乃／23歳／女

11 自分たちも加害者と気づいた時の衝撃

1 最初に浮かぶのは武器。戦車や爆弾など人間の力以上に大きな被害を与えてしまう道具への嫌悪感。ベトナムで戦争跡地を訪れた際、銃の射撃場があり観光客が体験できるようになっていたことを思い出す。耳を塞がなければ耐えられない射撃音が響き渡り、ベトナムでのそれは勝利を誇り、当時の功績を残していくものだった。「戦争とはもう絶対に起こしてはいけないと反対するもの」。これは戦争に〝負けた〟日本で跡地などを訪れるとほとんど必ず目にするメッセージだが、これこそ声に出して言い続けなければいけないのだと改めて思い直す。

2 正直なところ、真摯に学びを受けてこなかった気がする。機会がありながらも学ばなかった自身の姿勢を反省しながら、その中で「戦争」について記憶していることを思い出してみる。まず、すべての戦争に対して実感が湧いておらず、ただ遠くで起きている出来事と捉えていた。歴史上のそれらは馬に乗って剣で戦うようなイメージで、その印象が現代における戦争とリンクしないような感覚もあった。日本が朝鮮半島と台湾を植民地化していたことを学んだのはよく憶えている。離れた場所で起きていると思っていた戦争が、急に近づいてきて、自分たちも加害者なのだと理解した時には大きな衝撃を受けた。

nanami／23歳／ノンバイナリー

12

戦争は歴史で学ぶ過去のものという認識

1

歴史という単語が思い浮かびます。
戦争とは私自身が関わったりするものではなく、歴史で学ぶ過去のものという認識が強いです。今もなお現在進行形で戦争が起こっていることは知っていますが、どうしてもじぶんごと、として捉えることは難しいと感じます。また、現在戦争が起こっていることが私の生活に大きな影響を及ぼす、という局面がないためそのように感じるのかもしれません。

2

正直なところ、あまり記憶にないです。日本史にせよ、世界史にせよ、フィクションのような印象でしたし、興味も湧きませんでした。今思うと文字と写真を追う形が合っていなかったのだと思います。大学生以降の方が、自分から興味のある事柄について学ぶことができることや、映像や再現映像を通して情報を得ることができたため、記憶していることが多いと感じます。ただ、高校生の時にアウシュヴィッツ収容所について衝撃を受けた記憶があります。しかしこれも物語を読んでいる感覚で、自身の人生と結びつけて考えることはありませんでした。

匿名／23歳／女

13

沖縄に行ったのに十分に学べなかった

1

原爆や沖縄戦についての漫画、絵画の情景を思い浮かべます。小学校の図書室にあった『はだしのゲン』や、中高生の頃に読んだ今日マチ子さんの『cocoon』、丸木位里さんと丸木俊さんによる《沖縄戦の図》など。

2

原子爆弾の投下や東京大空襲については教科書の本文で扱われていたのに対し、日本軍による性奴隷制（「慰安婦」制度）や虐殺への言及はほとんどないか、資料集の小さなコラム程度の扱いだったことが印象に残っています。

また、高校の修学旅行でひめゆり平和祈念資料館を訪れた際、短すぎる滞在時間のせいで語り部の方のお話を最後まで聞けなかったほか、展示も十分に見ることができず、何のために来たんだ……？　と疑問に思ったことを覚えています。

吉元咲／23歳／女性

14

戦争に対する想像力が持てない

1 自発的に聴収していないのもあるが、日常を生きていて経験者から話を聞くことがないため戦争に対する解像度が低い。土地や資源を奪い合って人が死ぬ行為、ぐらいの想像力しか持てない。

ネット記事で戦争を知るのは難しい。

2 学校教育での知識ではないが、小学生の頃家族と沖縄旅行でひめゆり平和祈念資料館に行った際に学徒隊や集団自決の資料を見て子どもながらにその惨さには衝撃を受けた。

シンタロー／24歳／男

15 出来事を覚えるだけの授業だった

1 身近に情報に触れているものとしてウクライナ侵攻、ガザへの攻撃、第二次世界大戦。祖父が第二次世界大戦を経験しており、空襲を逃れて移住した体験談の印象。

2 授業で戦争が取り扱われた時の印象として、戦争で日本が受けた被害の印象は強くても加害の印象はほとんどない。
また、世界大戦に限らずどんなものでも戦争は人が起こしたものである以上、起こした人や民族や思想が存在するはずなのにそういったことに触れられることがなく、「〜年に〇〇戦争が起こった」ということを覚えるように教わることに違和感を覚えていたことが印象に残ってる。

げぢまる／24歳

16

あくまで「平和学習」として学んだ

1 死、怖い。

2 小学校での原爆の勉強。中学校での沖縄戦の勉強。歴史の勉強の中でも、人類はずっと戦争をしてきたんだなぁと思った。戦争で利益を得る人がいることや、戦争があったからこそ発展したことは、学校では習わなかった。あくまで、「平和学習」としてしか戦争を学ばなかったため、今になってネット等でそういったことを知り、戦争を別の角度から見るようになった。

匿名／24歳／女

17 戦争は日常でも形を変えて起こっている

1 まず思い浮かぶのは国同士の闘いです。国民国家がその一貫性を求めたり、さらに領地や資源を求めたりして攻め込むことを思い浮かべます。しかし、核問題をはじめとした「平和」について取り組んできて2年経ち、それだけではないのだろうと強く感じはじめました。国同士だけでなく、国が国民や少数民族を抑圧する構造や、外交や貿易を通して私たちが他国の戦争を間接的に支援していること、もっと言えば、私たちの日常でも、いじめやハラスメント、自分自身との闘いなど、形を変えて戦争は起きていると感じます。

2 被害国の戦中・戦後における視覚的イメージが印象に残っています。例えば、アメリカの日本への原爆投下の惨禍、カンボジアの地雷被害によって四肢を失った人、ホロコーストの犠牲者などです。戦争の悲惨さを伝える目的が強かったんだと感じます。しかし、じゃあどうしたらいいかという話になると、「他者を理解しよう」とか「思いやりを持とう」とか、一気に道徳的になり、個人化されてしまうのがもどかしかったです。ナチスの蛮行は一般の人々によって遂行されたという「凡庸な悪」にあるように、戦争を止められるかどうかは、権力の暴走を止められる制度やマインドセットがあるかどうかなのだと思います。その部分は、一方向的な教室の権力構造の中で語られることはありませんでした。

加美山紗里／24歳／女性

18 複雑さに対する傲慢さ、加害者意識の麻痺

1 複雑さをなかったことにする傲慢さと、加害意識の麻痺、のようなことを思います。ひとりの人生が、ただの「1」という数的情報になり、戦争の被害を受けた人数の多さで「まだよかった」とか、「あまりにも酷い」などと評価されていく印象があります。本当はひとりの命が救われなかっただけでも、あまりにも酷いことなのに、その感覚が「戦争」という場に立つと、どんどん麻痺していく感じがしています。

2 高校の修学旅行で、広島の原爆ドームや平和記念資料館に研修に行った時のことをよく覚えています。感情的に二度とこの土地で起きてはならない出来事だし、それは世界中どこであっても変わらないと感じたけれど、ではなぜそのようなことが起こってしまったのか？どうすれば誰も戦争をせずに暮らしていけるのか？ということは、あまりにも残虐な歴史や人々の記憶を前にした時に理解する余裕が頭になかった感じがしています。自分にあるのは平和への祈りや願いだけで、実際ある知識は希薄だったし、どう行動

に移していけば良いのかは、学生時代もいまでも、腑に落ちる形では学べぬまま来てしまいました。

餅／25歳／女性

19 断片的にしか捉えていないことが表れている

1 連日SNS等で目にするガザの悲惨な映像や、ドキュメンタリー、戦争をモチーフにした映画（アニメ）の1シーン、政治家たちの顔、ゲームのプレイ画面、重火器や戦車・戦闘機・米軍基地・自衛隊基地の様子などなど、記憶の中にあるいろんな映像や写真がランダムで現れる感覚です。
これが自分の中で戦争というものを断片的にしか捉えていない、感じていない、何か軸や意識を持って学べていないということの表れだと思います。

2 祖父の戦闘当時のお話です。祖父も僕も沖縄県の離島出身なので、当時は空襲のみ体験したそうですが、末の子ながら母や兄に心配をかけないようにひとりででも走って逃げていた、瓦礫や薬莢などを拾って遊んでいたそう。日常的に日本兵の遺体を近所の畑で火葬していたとも聞きました。
また、高校生の時に読んだ『夜と霧』や、修学旅行で訪れた沖縄県南部にある施設「平和の礎」も心に残っています。夥しい数の戦死者の名前が刻まれた石碑と強い日差し、青い空と海、平和記念公園の独特な静寂さを今でも思い出すことができます。本企画や昨今の状況、映画『骨を掘る男』に影響され8月中旬に再び「平和の礎」と「沖縄県平和祈念資料館」に行きました。沖縄戦を日本・沖縄・諸外国の視点で分析しており学びが多かったです。

タイラ／25歳／男

20 資料館や戦跡での体験が印象的だった

1 沖縄戦、原爆、特攻隊。
イメージとしては「怖い」「むごい」「悲しい」。

2 広島の平和記念資料館で見た被爆した方の皮膚に着物の跡が焼き付いた写真や、皮膚が垂れ下がった人形。
沖縄のひめゆり学徒隊の話や、ガマの中に入った時の怖く、冷たく、真っ暗だった印象。

匿名／25歳／女

21 温度感を持って知る機会はほとんどなかった

1 思い浮かべるのは、声を聞かれずに苦しみ続ける市民と、彼らの失った「日常」と、自らは戦線に立つこともなく経済や権威ばかりを気にする権力者のことだ。小学生の時に読んだ『はだしのゲン』の描写は今でも強烈に残っている。原爆の爆風により溶け落ちた皮膚や身体中に刺さったガラスの破片、腐りかけた体に群がるウジ虫の描写など、目を背けたくなるような光景。また、今日ではSNSで共有される現場の人々の叫びや変わり果てた景色にも触れ続けている。今も昔も地続きで、現実なのだと思い知らされる。

2 人を殺すことや殺されること、生活を、大切な人を失うことなどを温度感を持って知る機会はほとんどなかったように思う。大抵は暗記的作業に意識と時間を費やし、そこで失われゆく命一つひとつの声にはほとんど耳を傾ける機会がなかった。もしくは、私自身がその事象の背景を知ることを意識していなかったのかもしれない。高校2年の九州への学習旅行にて、水俣病や長崎の原爆などについて当事者の方の話を聞く機会があり、今思えばとても貴重な時間だった。当時の自分は、戦争はどこか遠い話で、自分に関係のあることとは思えずにいた。そんな姿勢のままに当事者の方のお話を伺ったことを今は大変恥ずかしく思うが、そのような姿勢を形作った大きな要因の一つは教育では、とも思わずにはいられない。

あおか／25歳／女

22
戦争＝第二次世界大戦と捉えてしまっていた

1 第二次世界大戦、広島、核。ガザ地区やウクライナへの侵攻。過去に日本で起こった戦争と、いま起きている2つの戦争を思い浮かべました。

2 小学生の時、課外授業として地域の戦争体験者のお話を聞く機会があり、自分たちが何気なく暮らす地域にもたしかに戦争の影響があったことを実感することができました。それをきっかけとして、戦争を経験した祖父にもそういった体験について尋ねて当時の暮らしや徴兵など色々と教えてもらいました。いま生きている自分とははるか遠いものとして捉えていた戦争がもう少し近いものに感じられました。
一方、中学校や高校では歴史を俯瞰して学んだように思います。小学校までは第二次世界大戦＝「戦争」と捉えてしまっていたように思います。そうではなく、あくまで日本で何度も行われてきた戦争の最後であり、戦争は世界各地で行われてきたということを学びました。

野瀬晃平／25歳／男

23 今の戦争を、未来の人はどう見るのだろう

1 一番最初に思い浮かぶのは、銃や爆弾を撃ち合ったりという、いわゆる「熱い戦争」です。

2 高校で世界史を勉強していた時に、時代区分で「近代」と呼ばれる頃の戦争と比べ、それよりももっと昔の、例えばペルシア戦争や三国志や、日本の戦国時代などは、どこか御伽噺の中のようで、痛みを感じずに扱うことができたことをぼんやりと不思議に思っていました。それは私の想像力が乏しいからか。規模が小さかったからか。市民まで巻き込まれていなかったからか。写真が現存していないからか。語り部の声が届かないからか。戦争で失われることになった一つひとつの命は同じはずなのに、どうしてなのかと思います。当時の人々は戦争をどのように捉え、語っていたのでしょうか。今起きていることは、1000年後からどう見えるでしょうか。

久世哲郎／26歳／男性

24 受験のために覚えるもののひとつだった

1

現代の日本も戦争とはまったく無縁ではないと思うのですが、第二次世界大戦や中東での紛争など、時代的・地理的にどこか遠いものであるという印象があります。また、誕生日が8月9日ということもあり、幼少期には誕生日はテレビで戦争の映像ばかりやっているから退屈だと思っていたところがありました。ここ数年はその日のある種の特別感が薄れ、8月6日や8月9日が戦争を思い出す日ではなくなってきたような気もしています。

2

恥ずかしいほど記憶していることが少ないのですが、中学校の社会科の先生のイメージが一番大きいです。授業で「ハゲワシと少女」の写真を見せられたことも鮮烈でしたし、他にも個人的にも懇意にしてくださり、報道写真雑誌の写真展に誘われて行ったりと、視覚的に戦争の残酷さを教えられました。一方、高校時代には修学旅行で広島平和記念資料館に行ったこともありましたが、授業内では史実のひとつとして教えられるもの、受験のために覚えるためのものというイメージが強く、その悲惨さや非人道性を強調された記憶はあまりありません。

イシグロ　カツヤ／26歳／男性

25 「慰安婦」は教科書に書かれていなかった

1 毎日インスタを開くたびにフィードに流れてくるガザの映像や写真。瓦礫にされた街、ちぎれた子どもの足、焼かれたテントと、殺された女性の下着を被ってふざけるイスラエル兵たち。破壊されたイラク、シリア、アフガニスタン、イエメンの街と、9・11を口実に世界中で大量虐殺を続けるアメリカ。南京大虐殺、731部隊の人体実験、性奴隷制、強制連行、マニラ大虐殺、沖縄戦と、植民地主義と戦争加害を忘却してなかったことにしようとする日本。

2 学校で習ったもので覚えているのは、ヒロシマとナガサキの原爆被害くらい。「慰安婦」という言葉は教科書にも書かれていなかったし、聞いたこともなかったと思う。祖父が少年時代に東京大空襲を経験していて、焼けた家の間を歩くと遺体が転がっていたという話を聞いた気がする。その後、東京から北海道に向かう船の上で玉音放送を聞いたと言っていた。祖父たちが乗っていた船の前と後ろの船がソ連の魚雷に沈められたとも聞いた。日本の戦争に関する情報は被害のことしか覚えていない。高校生の時、社会の先生がガザのドキュメンタリーを見せてくれた記憶がある。

げじま／26歳／なんでもいい。クィア✌

26

日本が負けていれば今がないかもしれない

1

私は戦争から死、破壊、富などが思い浮かぶ。戦争では相手に対して攻撃を行うため人が死ぬ。また戦場になった場所は空襲や銃撃戦等で破壊される。一方で戦争はお金を稼ぎ富を築く。日本は朝鮮戦争の際に、アメリカ軍から発注された武器を作ることで戦後の不況を脱し、高度経済成長に向かったと聞く。

2

印象に残っていることはあまりない。強いて言えば日本は日清戦争、日露戦争を行い勝利していること。戦争を行ったことはいいか・悪いかは別として、日本のために戦ってくれた日本人に感謝している。なぜなら負けていた場合、住む場所、食べることに困らない当たり前の暮らしを享受できていない可能性があるから。

りょうた／26歳／男

27

命や人権が蔑ろにされること

1 憎しみや強欲によって動機づけられた、身体的・構造的な暴力。植民地主義や資本主義などの抑圧構造が絡まりながら、権力を持つ人・組織の利益が最重視され、命や人権が蔑ろにされる状態。

2 修学旅行で広島や長崎を訪問して原爆の恐ろしさを再認識し、「こんなことは二度と起こってはならない」と思ったことを覚えています。その一方で、高校までの教育を振り返ると、日本の加害国としての歴史（先住民族であるアイヌや琉球の人たちへの暴力、戦時中の近隣国の植民地化など）については深く教わる機会が少なかったと感じます。また、高校では国際科に所属していたこともあり、日系カナダ人が第二次世界大戦期にカナダで強制収容されていた歴史、カンボジアで紛争中に埋められた地雷がまだ多く残っており現在も撤去活動が続けられていることなど、世界の戦争の爪痕について考える機会がありました。

りほ／26歳／she/her

28

絶対に戦争に行きたくない

1 武器、殺人、政治家、自分だったら絶対に行きたくない。

2 広島の平和記念資料館に行ったこと。
学校というより、元兵隊の親を持つ祖父や、実際に行った曽祖父からのリアルな話を聞いた時に「絶対にやってはいけない」と思ったこと。

匿名／26歳／男

29 高校卒業以来、受動的に学ぶことが減った

1 だれかにとって正義でも、誰かにとっては悪となって、だれかにとって悪でも、誰かにとっては正義となること。パレスチナ問題のデモ活動に参加する友人たちと話をする機会があり、この視点が芽生えました。

2 小学校の修学旅行で広島・原爆ドームを訪れ、現地の方から当時のお話を聞いたことがずっと心に残っています。戦争について教科書では数ページにしか載っていなくて、自分とは遠い話に感じていたことを、当時を体験した人に現地で話を聞くことで気づきました。ただ、高校を卒業してからはテレビニュースを見る時間や受動的に学ぶことも少なくなって、祖父母に会って話せる時間も減っているので存在がまた遠くなっているのも事実です。

花／26歳／女

30

戦争体験者の語りを思い浮かべる

1

小中学校の歴史で習うような戦争（明治から昭和にかけて日本が関わった戦争）を思い浮かべました。特に「太平洋戦争」に関しては、祖父母の体験談を聞いていたこともあり、最も強く思い浮かべました。また、ここ数年は、世界各地で起きている「戦争」についても、より身に迫った出来事として思い浮かべるようになりました。

2

小学校の平和学習の時間に、語り部の方がお越しになり、戦時中の様子を聞かせてくれたことを記憶しています。その時間は、いつも賑やかな生徒たちも含め、クラス全員がとても静かに聞き入っていたのが印象的でした。また、学校での学びとは異なるのですが、祖母から聞いた戦争の体験談（当時日本領だった南洋の島で暮らしていた話、そこから船で引き揚げてきた話など）が印象に残っています。

匿名／26歳／男性

31

なぜ人々が武力行使をするのかを考えている

1

「戦争」と聞いて思い浮かぶのは、「合理性」「理不尽」「復讐心」です。理由や背景を抱えて戦う者たちがいる一方で、その合理性の中で理不尽に被害を受ける子どもたちがいます。彼らが復讐心を抱き、再び暴力の連鎖に巻き込まれることを想像すると、悲しみが募ります。武力行使は絶対にあってはならない行為ですが、なぜ人々がその最終手段に至るのか、その理由を考えます。

2

私が育った大分県では、夏休み中の8月6日に平和学習が行われ、黙祷を捧げるために登校しました。この日は、戦争で命を落とした子どもたちが、自分たちと同じように遊びや好物を持っていたことを伝えられ、当時の凄惨な写真も見せられました。自分も含め、友人たちは嫌々登校していましたが、帰り道には皆が思案に暮れていたのを覚えています。

この平和学習を通して感じたのは、戦争の悲惨さを伝えることが、復讐心の連鎖を抑止する力になるということです。

しかし、日本における一般的な戦争教育では、この点があまり強調されていなかったように感じます。

安部 和音／26歳／男

32 南京大虐殺を初めて知った時の衝撃

1 湿ったリヤカー。祖母は父を戦争で亡くして親族の家に行くもいじめられ、仕方なく屋外にあるリヤカーの上に生活用品を置いて、リヤカーの下で寝泊まりしていたという話を繰り返し聞いてきたからです。祖母は弟も栄養失調で亡くし、母は酒乱となり、最後、長崎で被爆しました。祖母もまた栄養失調で視力がとても悪く、じゃがいもばかり食べていたから肥満体型だったと聞いています。リヤカーは雨をたいして凌げず、木箱はじっとりカビていたと聞いています。

2 南京大虐殺を初めて知った時の衝撃を今でも覚えています。被害の歴史ばかりが注目され、コンテンツ化され、疑問に思わず消費してきていたため、「日本に加害の歴史は、あまりないだろう」と思い込んでいたんです。しかも、加害の詳細には触れず、不自然に授業が上滑りして進んだことも衝撃的でした。

なりさ／26歳／she/her

33 むしろ「学ばなかったこと」が印象深い

1 暗闇と爆撃と飢餓。ひとの命や尊厳を軽んじること。大学生の時に読んだ／観た大岡昇平の小説『野火』と、塚本晋也監督による映画版から受けたイメージが強いです。

2 むしろ「学ばなかったこと」のほうが印象深いかもしれません。わたしは1997年生まれで、中学〜高校時代は安倍政権下で教科書から「慰安婦」の記述が削除されていた世代にあたります。歴史の授業で教わる範囲内のことに加え、『火垂るの墓』や『はだしのゲン』、夏休みにNHKで放送される番組、原民喜の詩などの作品から、「戦争」の被害者、被爆地としての日本という印象を強く持っていました。その後、大学の授業で「慰安婦」問題や（「戦争」からやや外れるかもしれませんが）関東大震災時の朝鮮人虐殺について学び、戦時下での日本の残虐な行いをそれまでまったく教えられず、知ろうともせずに生きてきたことに衝撃を受けました。

根岸夢子／26歳／女性

34 SNSで残虐な光景を目にすることに慣れてしまった

1 近年、私が「戦争」を耳にする、というか目にする媒体は、もっぱらSNS上。ガザのあまりにも残虐な日々が綴られる投稿は、友達が海に遊びに行った投稿や、美味しそうなご飯の投稿に挟まれている。小さな画面の中にある切実な投稿にもこの数ヶ月間で慣れてしまい、結局なにもできない自分の免罪符としていいねを押すような日常がある。もはや戦争をどのように思い浮かべればいいのかわからなくなっている。

2 高校1年生の頃、3年生が沖縄の戦争の歴史を学ぶ修学旅行から帰ってきて、その報告会を行った。そこで先輩たちは、沖縄戦で市民たちが「鬼畜米英」に残虐に殺されることに恐怖し、ガマの中で集団自決するに至った状況を劇にして発表していた。寮生活で寝食をともに過ごしてきた普段の先輩たちとは思えない気迫がありながらも、同時に、沖縄戦下では家族を大切にするがゆえにお互いを殺し合う状況がリアリティを持って思い起こされ、その劇を見た時の感情を今でもはっきり覚えている。

匿名／27歳／男性

35 作品を通して日本の教育に足りないものに気づいた

1 戦争が起きてる世界の全てが戦争。どこにいても、誰といても戦争の影響は受けていると思うから。
戦争は反対。絶対、反対。

最近、ＳＮＳを通じて当事国の生活が見えます。家族と囲む食事があって、恋人と歩く道があって、友達との会話があって、産まれてくる子がいる。

戦争なんてなくなればいい。けど、現実、戦争の中でも営みがある。人は生きている。

大切な命を一緒に握り潰さないような声で、怒りたい。

2 古い漫画やアニメで学ぶことが多かったです。教科書なんかは説教臭いし、胡散臭い。
新しい実写の作品はどうもスポンサーがチラついて、学ぶものとしては見れなかった。

水木しげる、ちばてつや、中沢啓治をよく読みました。戦争体験のある作家の作品は題材が違ってもどこかに漂っている気がします。読んだ感想を言う場所が私にはどこにもなかったから、子どもたちがもう少し大きくなったら、一緒に読んで語りたい。

学校で世界史を学び始めた頃、海外の作品を見るようになって、日本の教育で足りないものが見えました。教わらなければいけないものを拾わないままにしてる。

あおきともこ／27歳／女

36 いま世界で起きている戦争は遠い話に感じる

1 高齢の方と接する機会が多いので、戦争経験者の話を聞くこともあり、その印象が強い。「鉄砲玉が入ってるから年金もらってるんだ」というような話を笑いながら話す人がいたり、昔この場所は防空壕だった、というような土地の歴史を聞いたり、過去のものとして聞くことが多かった。そういった話のほうが身近で、いま世界で起きている戦争は遠い世界の話のように感じてしまっている。

2 「こういう戦争があった」「戦時中はこんな暮らしだった」と教科書を見て学ぶことはあったが、語り部の方による講話や、映像教材を用いた「平和教育」の印象はあまり残っていない（たぶんそういった授業がなかったと思う）。修学旅行で広島や長崎に行くこともなかった。自分の性格上、残虐的な記録を見るとトラウマになるだろうと思うので、そういった授業があったら大変だっただろうと思いつつも、自分に合った形できちんと学ぶべきなんだろうなとも思う。

吉田貫太郎／27歳／男

37　一つの考えに偏らないように情報を得たい

1　近年ですとロシアとウクライナ、またイスラエルとパレスチナのことがすぐに思い浮かびます。日本人なので、広島・長崎に落とされた原爆のこともすぐに思い浮かびますね。近年は以前よりも自分自身の関心が高まっているということもあり、戦争の問題をとても身近に感じています。そういった現代の問題について、一つの考えに偏らないように多角的に情報を得ることを常に心がけています。

2　小学生の頃、学童に通っており、そこで『はだしのゲン』という漫画を沢山読んでいました。その漫画では、特に原爆が落ちた瞬間と直後の描写がリアルでした。また、中学生の頃、課外学習で広島に行ったことも印象的です。広島では原爆ドームを見て、広島平和記念資料館に行きました。『はだしのゲン』で見ていた世界が、被爆者の姿をした人形と瓦礫などで再現されていてより原爆の恐ろしさを感じ、これ以上このような辛い思いをする人が増えてはいけないと思いました。

※現在広島平和記念資料館の人形はさまざまな論争の上、撤去されていますが、保存し、企画展などで活用される方針のようです。

高坂彩乃／27歳／女

38

戦時下の日常に触れ、身近なこととして感じた

1 第二次世界大戦が一番に思い浮かびます。具体的には、日本によるアジア諸国への侵略、沖縄での地上戦、日本での空襲や原爆の投下、ナチによるホロコースト、強制収容所などです。次に思い浮かぶのは、イラク戦争、ロシア・ウクライナ戦争など、直近の戦争です。具体的には、ウクライナでの空爆、ゼレンスキー大統領、ロシアで逮捕された反戦活動家などです。

2 高校の修学旅行で沖縄へ行き、ガマへ入ったり、平和祈念資料館を訪れたりしたことが印象に残っています。暗いガマの中で説明を聞いている時に、クラスメイトの一人が、急に倒れたことを鮮明に覚えています。また、平和祈念資料館では、当時、沖縄に住んでいた人たちが使っていた正露丸の瓶や体温計などの展示を特に記憶しています。私たちが日常的に使用しているものが、戦時中にも使われていたことを知り、戦争の中で生きていた人たちが、過去という断絶された時間にいる人たちではないことを実感しました。戦争時に生きていた人たちを身近に感じるようになると、「戦争」も遠い

過去の話ではなく、身近なものに感じられました。

匿名／27歳／女

39 「戦前にはさせない」という祈りが崩れかけている

1 ドイツの画家、ゲルハルト・リヒターの《ビルケナウ》。リヒターの絵画と対峙すると、絵の具の塊から音や怒り、冷たさ……「戦争」をしてはいけない本質、そのすべてが想起される。

2 「現代は本当に『戦後』と言えるでしょうか？　もしかすると、『戦前』かもしれないのではないでしょうか？」。高校生の時に修学旅行で訪れた沖縄で、お世話になったバスガイドの女性の言葉。静かな衝撃。わたしはこの言葉を忘れられない。今まで疑うことすらできなかった、自分自身へのショックもあったのかもしれない。……よく考えたら、当時だって紛争や虐殺は進行形であったというのに。あれから10年。女性からの問いかけは、わたしを導き続けている。「今」を戦後にするのも戦前にするのも、わたしたち次第なのだ、ということ。あの時、心に誓った「戦前にはさせない」という祈りが今、届かない世界になっている。

宮本巴奈／27歳／女

40

行動したり発信したりする資格はないと思ってしまう

1

爆撃や銃声、傷つく人々。実際に直接的に体験したことがないので、どれだけ想いを寄せようとしても、何か行動を起こしたり言葉を発信したりする資格はないのではないかと思ってしまいます。自分ごとにするにはあまりに難しく苦しい。でも、この世界にいま戦争や紛争がある以上、小さな私の生活行動もめぐりめぐって戦争に関わっているという意識を持って暮らしたいです。

2

戦争は日本史や世界史など歴史として教わるもの、教科書に書かれている歴史上の出来事＝過去の出来事や「終わったこと」のように感じていました。恥ずかしいのですが、高校までの授業では戦争について考え、学び、発信する当事者意識のようなものはどうしても生まれなかったと記憶しています。いかなる被害も加害もあってほしくないけれど、日本が受けた被害については印象に残っているのに、日本が他の国や地域に対して行ってきたことについてはさらりと済まされていたような気がします。

ワカナ／28歳／女

41

韓国で日本のアジア侵略について初めて考えた

1

記憶に新しいのは、ロシアによるウクライナ侵略が始まった2022年。大変なことが始まってしまった、と暗い気持ちで夕方からのアルバイトに向かいました。日本が参加した太平洋戦争、第二次世界大戦のことも思い出すのですが、それは祖母や他のお年寄りから伝え聞いたという感覚で、実感としてはあまりありません。

2

小学校の時の記憶はかなり曖昧です。たまたま、図書室でアウシュヴィッツ強制収容所の写真集を手に取り、とても強い衝撃を受けました。ただその時も、それが「戦争」、特に日本が参加した戦争であったという意識は薄かったと思います。

高1の春休みには韓国で研修があり、日本による植民地支配について、また今も休戦状態の朝鮮戦争について、38度線の板門店まで行って学びました。その時、ようやく日本のアジア侵略について考え、また今も戦争状態であるという恐ろしさをひりひりと感じるようになりました。

高3の夏休みには広島の資料館を訪れ、被爆者の方の話を聞きました。「原爆は家族の

写真一枚、骨のひとかけらすら残さなかった」という話が特に印象的でした。

眞鍋せいら／28歳／クエスチョニング（女性かノンバイナリー）

42

戦争＝原爆

1 私にとって戦争は第二次世界大戦を思い浮かべる。広島に住んでいるため、戦争＝原爆のイメージが強い。殺しを正当化していることが恐ろしいし、映像で見ることも怖いと思っている。

2 小学校から中学校までは、原爆について勉強をたくさんした。8月6日には学校に行ってみんなで黙祷したし、学校代表で平和式典にも参加した。原爆について学ぶにつれて、怖いし、身近なものではないし、学ぶ必要はあるのかなって思った記憶がある。けど、地域の被爆者の方から、「戦争は二度とあってはならないけど、その中でもしんどいことばかりじゃなくて、みんなで遊んで楽しい時間もあった」という話を聞いて、嫌な世の中なのに楽しいことを見出してて、この時代の人は強いなと思った記憶がある。また、身近に感じていない戦争だったが、「周りの人を平和にすることを考えて行動してほしい」と言われ、今につながっていると感じた。

匿名／28歳／女

43 戦争は対岸の火事だと思ってしまう自分

1 ウクライナやパレスチナの現状。これらが発展して自分たちにより深刻な影響を与える事態になるのではないのかという恐怖。そんな訳がないとわかっていても「日本は常に平和で戦争なぞ対岸の火事の出来事だ」と考えてしまう自分（物価の上昇などすでにある程度影響が出ていても何とかなるだろうという楽観的な思考）。

2 戦争時の遺品などの資料を「怖いなぁ」と他人事のような感覚で見ており、あまり真剣に向き合っていなかった。むしろ、そんな戦争の生々しい事実なんかそっちのけでただの試験教材のひとつとして「○○年にどのような戦争が起きて○○年には〜〜〜」と歴史を数字の羅列として学んでいた記憶がある。

クチダケオ／28歳／男

44 アニメを通して戦争の事実を知った

1 高校生の時に通っていた塾の世界史の先生が「戦争はよく個人の名前があげられて、まるでその人だけが悪いように解釈されてしまうけど、何がその人をそうさせたのか、歴史や社会的背景を学び、みんなには考えられる人でいてほしい」と話していたのをよく思い出します。今まさに世界各地で起きていることを難しいから、自分とは関係ないから、という理由で切り捨てるのはものすごく残酷なことだと思います。

2 子どもの頃、夏休みになると毎年のようにテレビで戦争のアニメが放映されていたのを覚えています。なかでも、戦時下の動物たちの姿を軸に描いた物語が強く印象に残っています。第二次世界大戦の末期、物資不足などを理由に、大切な家族である犬や猫たちが食肉や毛皮にされたり、軍用犬として直接戦地に連れて行かれた（そしてそのほとんどが帰ってくることはなかった）という事実を、私は当時アニメを通して知りました。犬たちが必死に逃げ回りながらも、最終的に知らない大人たちに捕らえられ、飼い主の元から連れ去られてしまう描写があり、いまだに脳裏に焼き付いて離れません。ドキュメンタリーももちろん大切な手段ですが、戦争の悲惨さを子どもたちに理解しやすく伝えるためにも、戦争を題材にしたアニメの存在はとても重要だと思っています。

平石萌／29歳

45 「怖い」で思考が止まる

1 お金儲け。

2 中学校の修学旅行で長崎の原爆資料館へ行ったこと。日本とアメリカの歴史についてが学びの中心だった記憶。
これから自分たちがどういう立ち位置で守ったり戦ったりしていかなければならないのか、何を考えなければならないのかということよりも、戦争は「怖い」「醜い」「繰り返さない」ということで思考がストップしたような印象。

チョロQ／29歳／女

46

天皇陛下万歳ってなんなん？

1 最近ニュースで観る、ロシア・ウクライナやイスラエル・パレスチナの問題。

2 授業で習った徴兵令制度や特攻隊の不憫さ、天皇陛下万歳ってなんなん？　広島での平和学習で目の当たりにした原子爆弾の恐ろしさ、明石家さんま主演の『さとうきび畑の唄』を授業で観て感銘を受けた。

Mパパ／29歳／男

47 集団自決の軍命に関する記述が教科書から消されたこと

1 沖縄出身なので、沖縄戦のことを思い浮かべます。特に、軍隊は住民を守らないということについて。沖縄戦では、多くの住民が犠牲になりましたが、その中には自分たちを守ってくれると思っていた日本軍から受けた暴力もあると聞いてきました。軍隊と性暴力の関係も思い浮かべます。県民の4人に1人が亡くなったと言われる沖縄戦。戦後79年が経った今、戦前に生まれた人は人口の1割を切りました。当時のことを知る人がいなくなる日も近いです。沖縄戦体験者の方から直接話を聞くことができた最後の世代として、自分が聞いてきた話を下の世代につないで行かなければ、と思います。

2 学校では、毎年6月になると沖縄戦の体験者の方からお話を聞く機会がありました。また、祖母から自身が体験した渡嘉敷島での「集団自決(強制集団死)」についても日常の生活の中で繰り返し聞いてきました。集団自決の軍命に関する記述が、教科書から消されたことも忘れられません。起こったことを記憶し正しく伝えていく努力をしなければ、なかったことにされてしまうことに怖さを感じました。

また、高校の英語の授業で、ホロコーストに関する映画やドキュメンタリーを見たことも印象に残っています。当時を生き延びたユダヤ人の男性が「自分はなぜ生き残ってしまったのか」という後悔を口にするシーンを見て、祖母も「私はなぜ生き残ったのかね」とつぶやいたことを思い出しました。戦争を経験した人の心の傷は深く、70年以上経っても生き残ったことへの後悔を抱えていることに衝撃を受けました。

西由良／29歳／女性

48 暴力を娯楽の延長線上で楽しんでいた自分

1

WAR IS OVER. そう心から誰かが言える時、それはどの言語で語られるのだろう。戦争とは視覚、言語、習慣による摩擦が差別に発展することで、生じるのではないか。数年前からエスペラントを学び始め、世界には言語による差別があり、それが植民地支配や自種族優越につながっていると考え始めた。言葉が、話が、通じないからと言って、暴力に頼るような真似はしたくない。相手の言葉がわからなくとも、聞こうとしたい。

2

小学生の時に、教室では珍しくTVがついていた。イラクに攻め込む米軍のミサイル。同じ世界、教室の地続きとは思えない風景が映し出されていた。九九を覚え、国語の授業ではたぬきの気持ちを考え、校庭でのドッジボール。放課後は遊戯王カードで遊び、家に帰ってアニメを見ているうちに、晩御飯が始まる。そんな自分の日常と、画面に映し出される世界が、同時代のものだとは思えなかった。その圧倒的な破壊行為を、今となっては大嫌いなオリンピックの試合を眺めるように、娯楽の延長線上として眺めて楽しむ同級生。自分だってアニメの暴力行為を見て楽しんでいる。他者を批判する自分の中にある残虐性を見つけて、羞恥心を覚えた。

新造真人／30歳

49 現実とはかけ離れたものとして「消費」していた

1 小学生の頃、8月の終戦の時期にテレビで放送していた「終戦記念」関連のスペシャルドラマなどを熱心に見ていた時期がありました。過去に実際にあったことをもとにしているとはわかっていても、頭のどこかで自分の生きている現実とはかけ離れた体験として、「消費」していたように思います。悲劇の物語としての「戦争」が植え付けられ、より重要であるはずの平和の大切さや人間の尊厳について考える機会だったかは疑問です。

2 中学生までの歴史教育での戦争についての授業は、主に第二次世界大戦中の日本の被害にフォーカスが当てられ、広島と長崎の原爆投下や、東京大空襲などの大きな被害や、国内での軍による厳しい言論統制などの市民の苦悩などに偏っていたため、日本がそもそも戦争に参加していった経緯や、アジア諸国での侵略の歴史には触れられていませんでした。高校時代、世界史を担当していた非常勤の先生がある日、教科書での言及が少なかった日中戦争時の南京事件のことなどを話してくれましたが、背筋が凍るような残虐さに体調が悪くなったのを覚えています。

デスガキ／30歳／女

50 学校よりもアニメが教材だった

1 とっさに浮かぶのは、『火垂るの墓』。次いで、沖縄戦で生死を分けたチビチリガマとシムクガマ。それから、毎日新聞社の喜屋武記者が取材された、集団自決の生存者である小嶺さんに関する記事。小嶺さんの頭には、約80年前の沖縄戦で自決を図った父親に棒で殴られた傷痕が生々しく残っています。

いずれも、「戦争」の凄惨さを物語っていますが、まるで天災であったかのようにも語られる「戦争」の惨禍をめぐる人為性を、目の前に突きつけられるようです。

2 学校の単元で「戦争」を扱った際の記憶は、正直なところ全然残っていません。むしろ、小学生の時に金曜ロードショーで観た『火垂るの墓』が、私にとって「戦争」を学ぶ教材でした。思えば当時は、終戦記念日の前後に毎年『火垂るの墓』が放映されていたような。子どもの頃、夏休みには歳の近いいとこが遊びに来ていたのですが、「火垂るの墓は恐いから見たくない」と言われたことを今でも覚えています。なんとなく言いたいことはわかるなぁ、と共感する部分もありつつ、目を逸らしてはいけないのではないか、と子どもながらに感じていました。『火垂るの墓』で描かれた「戦争」のむごたらしさを、子どもながらに引き受けようとしたのかもしれません。

り／ナイショ／ご想像にお任せします

若者の
戦争と
政治

Question 政治

1 ——「政治」と聞いた時、どんなものを思い浮かべますか？

2 ——小学校〜高校までに学んだ「政治」について、印象に残っていること、記憶していることを教えてください。

01

遠いところで私たちのことが決められる絶望

1

政治。それはときに私たちの手から遠く離れたところで私たちのことを決める絶望である。小学6年の秋、テレビの中では安保法案に反対する人々が国会前を埋め尽くしていた。国民に理解してもらおうという姿勢すら見せない冷徹な政治の姿を私は目の当たりにした。政治。しかしそれはときに私たちはもっとよく生きていいのだと実感させてくれる希望である。不均衡に与えられた力を是正するために使われる権力はあって良いのだと。

2

高校の公民の授業で、日本における政策決定過程を扱った。自民党には各省庁に対応する部会が存在し、予算や法案の審議がなされる。部会を通過し総務会にて了承された予算や法案には党議拘束がかけられる。日本政治の重要な部分は私たちの知らぬ間に党内部で審議が終わっていたのである。私にとって政策の審議とは（唯一）テレビ中継される予算委員会での与野党の攻防だったが、それは政治の極めて限られた一面に過ぎないことを知った。

選挙権を得てから、これまでに3回、投票立会人を務めている。選挙戦の熱気が鎮まる投票日、厳かに投票が実行されている現場を目の前にし、当たり前のようで当たり前でない私たちが持つ権利のありがたみを痛感するのである。

sakamon／21歳／男性

02

投票するたびに面白くないと感じる

1

海外では政治家自身の信条や個人の物語が政治自体を動かす瞬間が多い印象を受けています。数年前になりますが、米下院議員のアレクサンドリア・オカシオ＝コルテスが行ったスピーチがバイラルになっていました。しかし同時に、役者が変わっただけでシステムそのものは大した変化がないように思います。

2

投票をするたびに感じるのがその面白くなさです。自分の応援する候補を追いかけるのは楽しいですが、実際の行い自体は非常にシンプルで名前を書くだけに過ぎません。せっかく手に入れた権利ならばもっと楽しくより多くの人が参加したくなるような仕組みにできないか、といつも考えています。

ぐっち／21歳／ノンバイナリー

03 どう情報に辿り着けるのか学びたかった

1

安直ですが、政治家の姿、そして政治を実行する人たちに対する疑念や憤り、良心のある政治家の姿が同時に思い浮かびます。加えて、少し前の都知事選もまだ記憶に新しい出来事です。私を含め、都内に住んでいない友人たちも都知事選に強く関心を示していたのが印象的で、それゆえ結果に思いが反映されない状況に歯痒さも感じましたし、一筋縄ではいかないんだなと、実感を持って考えるようになりました。

2

正直に言うと、政治についての学びは大枠のことしか記憶していませんでした。国会があって議員がいて、彼らは国民の投票によって選出され、国に関する重要な取り決めを審議する。という本当にごく基本の部分です。選挙権を得てからは、もう少し自分の生活に政治が入ってきた感覚があります。大学時代は地元を離れ一人暮らしをしていたのですが、住民票を移したのは「選挙に参加したい」という気持ちからでした。投票の機会を得て初めて、投票に行くためには当然、どの候補者を選ぶのか事前にリサーチする必要があると気づき、どうすればその（正しい）情報に辿り着けるか、学校の調べ学習なんかでできたらよかったかも、と考えていました。

出射優希／22歳／女

04
選挙のたびに世の中の軋轢を感じる

1
堅苦しいもの。腐敗だらけでゴミだけど、世の中も同じくらいダメなところがあるから、変えようがないもの。「お上」。中高年男性。居眠り。逢沢一郎（自分の地元でずっと献金政治してる恨みと共に）。日本はそこまで終わってる感じはしないし、関心持たなくてもいいもの。一方で、大学に入って政治に関心を持つようになってからは、政治は日常。あと、「個人的なことは政治的なこと」という言葉も思い浮かびます。

2
政治のことは、テストで答えることはできても、自分ごととして理解するには時間がかかりました。例えば「参議院は解散がない」というのが「6年間同じ座につく人を選ぶんだ（おそろしい）」と理解できたのは投票し始めてからです。左翼・右翼みたいな概念とかも、最初は宗教とか暴力団とかと同じだと思ってました。2022年に初めて選挙権のある選挙があり、その頃は期待していましたが、今は選挙のたびに左右対立が強まり世の中がギスギスしているように感じてしまいます。

かんざきひなた／22歳／男性（he/they）

05 日々の生活に精一杯のときは難しい

1 選挙、選挙時のSNSの呼びかけ、国会、デモ、安倍首相の射殺、国葬、YouTubeショートで流れてくる政治家の切り抜き。

2 参議院と衆議院、三権分立、選挙に行くべきということ。

・投票の際に感じたこと

各立候補者・政党の方針をすべて知ろうとするのは不可能なこと。

政治用語を理解するのが困難なこと。

議論になっているテーマについて、その背景に何があるのかを知るのが困難で不安（例えば、景気が悪いとき「お金を刷れば良い」と誤った解決策を採ろうとすることは、お金を刷ることの背景で何が起きるのか知らないということ。同様に、私の知らない何か重大なことが背景にあるのではないかと不安になる）。

政治についていくにはエネルギーが必要で、日々の生活に精いっぱいのときには簡単ではないこと。

政治全体についていくことができなくても、国民として、自分（の職業、立場、考え、日常）にとってどうかという視点で政治を考え、選挙に行くことを大切にしたい。

フク／22歳／女

06

変わらない状況にもどかしさを感じる

1 一番に思い浮かぶ言葉は、「憲法」です。そのほかには「政治家の汚職」、「若者の政治離れ」など、マイナスなイメージを思い浮かべてしまいます。

2 学んできた政治で思い浮かぶのは「人民の、人民による、人民のための政治」という言葉です。国民が主権を持つ民主主義国家であること、そして選挙は私たちが1人の主権者として意思を政治に反映できる最も重要な機会だと学んできました。しかし、選挙権を得てからは民主主義という形をとりながらも、選挙が実質的には金儲けをしたい政治家のためのものであると感じてしまいます。毎回今回こそはと少しの希望を持って投票しますが、蓋を開ければ変わらない現状にもどかしさを感じています。だからと言って放棄をするのは納得できないことに賛成するのと同じなので、1人の有権者として、自分や大切な人、毎日関わっている子どものことを思い浮かべて、少しでも良い方向に社会が変化していけるよう考え続けたいと思っています。

能登／23歳／女

07

授業内容で覚えていることはない

1 おじさんが階段にずらっとならんでる姿。東京都知事選のポスター。裏金。

2 ・小学校～高校で学んだ「政治」について、印象に残っていること、記憶していること
↓女性は最初選挙権がなかったこと。
小選挙区とかの選挙制度。
正直、あまり授業内容で覚えていることはないです……。

・選挙権を得てから投票の際に感じたり、体験したりしたこと
↓街頭演説を聞くことは大事だと思った。選挙ポスターに書いてある短い文章では候補者のことはわからない。選挙カーは聞こうと思っても走り去ってっちゃって公約があまりわからないし、赤ちゃんとか起きちゃうかもしれないからやめたほうがいいのではと思った。

匿名／23歳／女性

08

政治の話はやめようと言われた

1

政治と聞いても、ポジティブな気持ちにはならず、「あきらめ」のようなものを思い浮かべます。いくら社会に怒っても、「しょうがないよ」「どうせ変わらないよ」といった言葉をかけられることも多いです。政治の変わらなさを前にした私たちの無力感は、あきらめになり、冷笑的な空気さえ作っていると感じます。あきらめに無抵抗になってしまったり、あきらめないでいる人を攻撃する人に遭遇したりすると、しんどく、かなしい気持ちになります。

2

中学校の生徒会選挙の投票率はほとんど１００％であったそうです。もちろん一般的な選挙とはシステムがだいぶ異なりますが、私たちはまだ選挙権がない時に、そんな小さな政治を経験してきました。なのに、実際の選挙の投票率は、生徒会選挙の足元にも及びません。選挙権を得た18歳の夏、参院選がありましたが、学校の中でも特に話題にはならず、公民の授業でも先生は「ここでは参院選の話、やめておきましょう」と、特に言及することはありませんでした。学校という場所でなかなか政治の話ができないことには構造的な要因もあるかと思いますが、あの時のなにか「忌避すべきもの」「話してはならないもの」のような感覚は、大人の我々に影響していると思います。

てらした みさき／23歳／男性

09 政治は頭のいい人が関わるものだと思っていた

1 生活。昔は、難しく一部の頭の良い人が関わるものだと思っていた。高校のクラスにいた、政治の話をする人たちのことは、どこか距離をおいて眺めていた。今も、日本の政治と向き合っていると、わからないと思うことは沢山あるが、「政治」と聞いて一番に思い浮かぶのは、「どうもがこうが、生きることと切り離せないもの」「自分の生活を良くするためのもの」。この資本主義社会では自己責任論に陥りがちだが、本当は、政治によって私たちは幸せになれるはず。

2 国会議員数などを学んだ記憶があるが、どれも政治を自分ごとにするには遠すぎる情報ばかりで、詳細に覚えていることはない。高校の留学先で、学生が当たり前に政治の話をしていたことは意識を大きく変えた。そして、自身の抱えるマイノリティ性を自覚した後、日々感じている生きづらさが政治と強く結びついていることを知った時、自分ごとになった。選挙では、「ベストはなくてもベターを選ぶこと」を意識している。入管法改悪や同性婚、共同親権の問題などから、今の政権の人権意識の低さと国民の声を聴かない姿勢に憤っている。だから変わってほしいと選挙に足を運ぶが、都知事選の結果など、毎度無力感は募る。それでも自分の一票の力は信じている。

水面／23歳／女性

10 若者が政治に興味を持つための仕組みが必要

1 政治と聞くと、汚いお金の問題や国会で寝ている議員たちが思い浮かびますね。国会で寝ている本人たちはSNSやニュースでクローズアップされているのに一体、どう思っているのでしょうか？　恥ずかしくないのでしょうか。何のために議員になったのか不思議でたまりません。寝てお金を貰うために議員になったのか？　と個人的に思ってしまいます。

2 政治について小中高校と習いましたが、恥ずかしながら私も含め、日本の若者は政治に関して本当に無関心だなと思いました。韓国では若者の投票率がとても高く、私の周りの韓国人の知人ほとんどが投票に行っています。それに比べて、日本人の若者の投票率の低さは政治への無関心さを物語っていると思います。
ちなみに私が初めて選挙に行ったのは投票権を持った18歳です。母校の小学校で投票しました。現在23歳なので5年前のことでもう記憶が薄いですが、「本当に私の一票が結果を左右するのか、やらなくても変わらないんじゃないか」と思ってしまった自分がいました。もう少し若者が政治に興味を持つための仕掛けがなにか必要なのではないかと思います。

山下睦乃／23歳／女

11 自分の日常と真逆の政治の姿

1

「政治」で思い浮かぶのは、仲間たちの姿。一緒に暮らす7人のハウスメイトたちがそれぞれの在り方で政治と向き合い、考え対話する様子に希望を感じる。一方で最近の私は政治に呆れ怒り悲しんでいる。人を傷つけた事実を認めることができず、市民を軽視し加害を続けていく。今の日本で政治が市井の人々を守るとは到底思えず、そこにあるのは「対話」や「信頼」と真逆のものだ。

2

小学生の頃、当時の首相の名前を使った替え歌がクラスで流行していたのを憶えている。そのくらい〝誰か〟のことで、テレビの中の話だった。政治家や条約の名称を熱心に学んだつもりだったけれどただの〝暗記〟で、実はその政治家が差別発言を繰り返していたり、条約のせいで蔑ろにされた市民たちが居たことは教えてもらわなかった。それをもし知っていたら、政治の持つ圧倒的な責任にもっと早く気がつけていたかな。

選挙権を得てからは、選挙に行かない人たちとも出会うようになった。彼らが行かない理由の多くが絶望感で、行ってほしいなと思いつつそうは言えない自分もいる。

nanami／23歳／ノンバイナリー

12 投票に行くことがステータスのようになっている

1 テレビで流れてくる国会の様子を思い浮かべます。私たちが選んだ代表者とはいえ、なんだか意味のあるのかないのかわからない発展しない話を形だけちゃんとさせてやってる感を出している、そんな印象です。私1人が声を上げたところで政治に影響はないんだ、といった気持ちがあるのかもしれないと、今書きながら感じました。

2 選挙権を得る前までは、政治はとても遠い大人たちが集まって難しい話をすること、私には関係のないこと、というように記憶していました。選挙権を得てからまず思ったことは、どこから政治の情報を得ればいいのか、私はそんなことも知らないんだ、ということです。公約を見ても抽象的でよくわからなかったり、ネットを通して見るとさまざまな意見があったりと、情報の取捨選択に迫られる感覚があります。ただ、若者の投票率の低さについて言及される中で、私の周囲では投票に行くことがステータスのようになっていて、当たり前のことだけれど良い風潮だと思います。

匿名／23歳／女

13 中立であることにこだわっていた先生

1 第2波フェミニズムのスローガン「個人的なことは政治的なこと」。おじ（い）さんばかりの内閣集合写真。

2 社会科や歴史の先生が口を揃えて「先生だから政治的意見は言えない」と〝中立〟であることにこだわっていたのが印象的でした。そう言っておきながら集団的自衛権の行使に賛成する立場のレトリックを用いて授業をされ、モヤモヤしたことを覚えています。2021年の衆議院選の際、各政党への質問とその回答をまとめた「みんなの未来を選ぶためのチェックリスト」をSNSでシェアしたところ、何年も会っていないような友人たちから感謝のDMが寄せられ、驚いた記憶があります。すぐ読めて、わかりやすくて、かつ見栄えが良い形の発信には欠点や限界もあると思いますが、その時初めて「やさしい言葉に翻訳することで、やっと情報にリーチできる層もたしかにいるのだな」と実感しました。

吉元咲／23歳／女性

14

何が必要か見えたら投票に行く

1 自分の知り合いや手の届く人のことを想像する行為。

2 教育の中での政治に関して特に覚えていることはない（政治のことよく知らないのに選挙ポスターとか書かされていた……記憶）。
選挙には行ったことがないのですが、自分の周りのことがもう少し想像できて、何が必要かが見えたら行こうと思っています。

シンタロー／24歳／男

15 選挙権年齢が引き下げられ、急に授業が増えた

1 社会のために自分が選択していくもの。

2 実際に高校在学中に選挙権が18歳に引き下げられたため、選挙権についての冊子や授業が急に増えたことが強く印象に残っている。

げぢまる／24歳

16 投票に行くことの優先順位がとても低い

1 政治家＝悪い人、自分のことしか考えてない人、お金で動く人。国民の意見は聞かない。結局権力が支配している（権力が強い国に日本も従わざるを得ない）。

2 国民の三大義務を習った時「誰が誰のために作ったのだろう」と思ったことが印象に残っている。国によって全然違うと思った。例えば中国の社会主義など。自分を含め、周りの同世代の子の選挙に行くことの優先順位がとても低い。自分の一票は意味があるのか。選挙ですごくお金が動く。税金を使っているため一見悪い印象だが、経済が回るというメリットもあると思った。

匿名／24歳／女

17 自分が社会に変えられないために一票を使う

1 自分たちを必ずしも代表しない特定の層の人たちが、たくさんのルールやポリティクスにがんじがらめになりながら、保身と攻撃を繰り返す構造。

2 公民の授業で三権分立や憲法について学んだことを覚えています。そして、女性は戦後までは投票権を持たなかったことや、覚える名前のほとんどは高等教育を受けた男性たちであったことに少しずつ違和感を覚えました。授業の中で、先生が"Boys be ambitious"と声高に言ったとき、「女性はどうなんですか」と聞いたら、先生は「女性もBoysの中に入っているんじゃないですかね」とドギマギしたように言っていたのを今でも覚えています。私たちが当たり前に認識する日本という国が築かれてきた地盤には、ミソジニーが根強く続いてきたのではないかと思わざるを得ませんでした。また、18歳の誕生日は、選挙権だとなぜかずっと思っていました。周りには学習性無力感のようなものが漂っていますが、私は自分の一票が社会を変えられるなんて思っていなくて、自分が社会に変えられないために一票を使おうと思っています。また、大学で在日コリアンの友達ができてから、自分の投票権をマイノリティのために使おうと思うようになりました。

加美山紗里／24歳／女性

18 誰かを選ぶことに参加する意味はある

1 暮らしとも接続しているし、自分自身もいち一般市民のまま政治に参加できる姿を、地域活動の中で地方議員さんと対話をするようになってから想像できるようになりました。その一方で全国ニュースで流れているような大きな政治を目にすると、結局政治は政治家のための政治で、私たちの声がまっすぐ届けられるものではないのかもしれない、という気持ちにもなります。

2 同世代の友人や好きなアーティストがＳＮＳで選挙に行こうと呼びかけている投稿を目にして、「私は日常的に政治のことを気にかけていたり知識がある訳ではないけれど、投票に行ってみようか」、という気持ちになり、自分なりに調べて投票にむかうようになりました。

ずっと「誰が選ばれても変わらないでしょう」、と思っていたけれど、少し踏み込んでみると、とても考えに共感できる方も、自分にとってはもやもやする公約を掲げている方もいらっしゃるということもわかったりして、完全に政治を理解している訳でも、理想像や強い要望がある訳でもない自分であっても、誰かを選ぶことに参加する意味は絶対にあるなと感じています。

餅／25歳／女性

19 納得して投じるには情報も時間も足りない

1 選挙です。映画『なぜ君は総理大臣になれないのか』を鑑賞してから、選挙ドキュメンタリー、選挙そのものに関心を持ちできる限りでチェックしています（22年に地元で行われた沖縄県知事選、台湾総統選、東京都知事選など）。選挙を通して、今まで学んでこなかった基礎知識や、一体誰が政治に関わっていて、誰のために活動しているのか、国や地域の抱える諸問題を一挙に学べる感覚がありお得だなと思います。憤るような結果が多いですが……。

2 教科書で習うような基礎的な情報よりも、家族や地元の間で感じたことやテレビの印象が強いです。どこも同じかと思いますが、私の育った島はコミュニティが狭いので親から「政治と選挙の話を子どもがしてはいけない」と言われていました。今考えると下品みたいなニュアンスではなく、候補者とどこかでつながっていて、子どもの口を通じて支持／不支持みたいな話が伝わらないようにかなと。狭い地域ゆえの、衝突を生まない工夫かもしれません。

成人を迎えてからは、選挙権のある選挙には必ず参加するようにしています。納得感を持って一票を投じようとすると、情報と時間が圧倒的に足りないというのが正直な気持ちです。とはいえサボれないことなので、できる限り自分で見聞きしにいく、したもので判断したいです。

タイラ／25歳／男

20 誰に投票していいのかわからない

1 難しいもの、税金、選挙、国会議員、国会議事堂。

2 選挙をしていることはわかっているが、具体的に候補者の考えがわからず、いざ投票に行っても誰に投票して良いか迷う。政策の名前を聞いただけでは、どういう内容なのかわかりにくい。例をあげて、「こういう場合にこうなる」など誰にでもわかりやすくしてほしい。投票所にも、政策についてわかりやすく書いたり、記入場所にある名前に写真をつけたりしてほしいと思ったりしたことがある。

匿名／25歳／女

21 生活と政治のつながりに気づいてから楽しくなった

1 まずはおじさんの集団が浮かぶ。それから、娘二人を育てるシングルマザーの親戚、沖縄の米軍基地、ガザのジェノサイド、ホームレスの人々、路上から拳やプラカードを突き上げ声を上げる人々。自分の近くから遠くまで様々な現象が重なり合いながら浮かび上がる。しかし、「政治」を具体的に思い描くことが出来るようになったのはつい最近のこと。それまでは何が市民にとって問題なのかをよく理解できずにいた。生活と政治のつながりに気づくことで、政治参加が楽しくなった。

2 政治の仕組みとして、議席の数や選挙方法といった仕組みの部分を学んだ記憶はあるが、実際にどのような問題が今日本や世界で問われているのかについてはあまり知る機会がなかった。

選挙権を得てからの初めての投票は、地元の小学校の投票所に両親と向かった。「誰でもいいから自分で決めて入れなさい」と父は言ったが、私は誰に入れたら良いのか、とても戸惑った。学校でも家庭でも、政策やそれについての意見を交換する機会がなく、投票したい候補者の選び方が全くわからなかった。その後、選挙ボランティアやデモへの参加などでの出会いを通して、少しずつ自分の大切にしたい価値観や政策などが言葉になり、ＳＮＳなどでの候補者情報の助けもあって、選ぶ基準ができつつある。

あおか／25歳／女

22

市長選を機にはじめてオープンな議論をした

1 今年（2024年）の京都市長選挙を思い浮かべました。ある人に京都市長選挙の状況を解説してもらったことをきっかけに、はじめて政治についてしっかりと調べ、考え、投票したように思います。選挙についてオープンな議論をしたこともはじめてでした。

2 小学校～高校にかけては大まかな政治のシステムについて、そういった「事実」として学んだように思います。一方で、いまの政治が抱える問題や政治の在るべき姿については学んだり、議論したりした記憶はありません。選挙権を得てからは投票に行くようになり、政治への関心は高まりました。しかし、いまだに「政治はよくわからないもの」という感覚は根強く残っています。政治への不安感・無力感を覚えるようにもなりました。海外の状況を知るようになり、良い意味でも悪い意味でも日本の異常さを知りました。

野瀬晃平／25歳／男

23 学校教育が全く無意味だったとは思わない

1
大学で政治思想を専攻していたため、政治という単語について少し広いイメージを持てるようになりました。以前は、代表者が議会で話し合うようなことのみを政治だと捉えていました。しかしそれだけでなく、生活のあらゆる側面で、何かと何かの間にある権力関係によって問題が生じているとそれは政治的な問題であり、その関係性に変化を与えようとする行動は、投票などに限らず生活様式を変えることなどもみな、政治的な行動の一部なのだと考えるようになりました。

2
政治に関する〝知識〟については、特に印象に残っていることはありませんが、〝態度〟や〝姿勢〟について考えると、これまでの学校教育が全く無意味だったとは思いません。今の私は、自分の意見を積極的に表現しようと思えています。また、そのほうがまわりにとっても良いことなのだろうと思っています。不十分でも意見を出し合えば、より良い考えに辿り着けると思うからです。
それは例えば国語の授業の中で、Aさんの解釈もあればBさんの解釈もおもしろいねと、それぞれの意見に耳を傾けながら、より良い答えを模索していくという授業実践の中で養ってもらえたのだと思います。
授業の取り組み方に委ねるとなると、教師個人に責任を押し付けることになりかねませんが、政治教育というのは教科書の中身や科目の有無だけで決まるものではないのではないかと思いました。

久世哲郎／26歳／男性

24

政治的に適切な活動方法を考えたい

1

学生時代の「政治」は、自分の生活に関わるものというよりはテストや受験のために暗記する記号のようなものでした。特に現代史に関しては、受験との兼ね合いで卒業間近の時期にほんの少し触れられる程度でした。

2

今改めて政治とは何かを考えると、鍵括弧付きの「おじさん」たちによる彼ら自身のためのもの、家父長制を維持するためのものであり、社会的マイノリティを含む国民全員のためのものでは決してないと感じます。

また、今回の都知事選は周囲のコミュニティ内で選挙活動や議論が盛んに行われていただけに、開票結果に大きなショックを受けました。また、駅前での街宣に参加してはみたものの、それが政治的に適切な方法だったのかは検討の余地があると感じています。

イシグロ カツヤ／26歳／男性

25 政治について話すことがタブーな雰囲気

1 私たちのお金の使われ方。防衛省が税金を約100億円も使って、イスラエル製の攻撃型ドローンを実証実験して輸入しようとしていることや、年金機構が年金を使ってイスラエルの軍需企業に投資していることが思い浮かぶ。そんなふうに使っていいとも言っていないのに、自分たちの大事なお金を勝手に巻き上げられて、勝手に虐殺兵器に使われている状況を許しているものが政治だと思う。

2 「政治経済」の授業がすごくつまらなかったことを覚えている。歴代の総理大臣の名前を覚えさせられたりしたけど、全員似たようなおじさんばかりだった。先生も生徒も政治について語ることがタブーのような雰囲気が強かったので、政治的な会話をするためにわざわざ他校の人たちと集まって合宿をしたことがある。生徒会など学校内の自治も、政治を学ぶ場として機能していなかった。18歳選挙権が施行された年にちょうど自分が18歳になった。その年の選挙の時期には通っていた高校に毎日いろんな新聞社の新聞が届いたが、クラスメイトは関心がなかったので「新聞係」としてその日の記事を黒板にまとめる活動を一人でしていた。

げじま／26歳／なんでもいい。クイア✌

26

政治に期待してないので無関心

1

政治には、自己保身、癒着、無関心が思い浮かぶ。政治家の大多数は日本のためでなく政治家自身の保身のため、支援している団体、利害関係者のために政治を行っていると思っている。

だから私はあまり政治に期待していないので無関心になっている。

2

政治について印象に残っていることは、権力を分散させるために立法権を国会、行政権を内閣、司法権を裁判所が独立して有し、権力の乱用を防止する三権分立を行っていること。投票に関しては、正直面倒で行っていない。オンライン選挙を導入して手軽に選挙できるようにしてほしいと感じる。

オンライン選挙を導入すれば投票率も上がると思うし、投票所に配置する人員の人件費など削減できると思う。本人確認やセキュリティー面での課題はあると思うが。

りょうた／26歳／男

27 生活に関わる身近なトピックとしては学んでない

1

直接的・間接的に、生活に大きな影響をもたらすもの。第2波フェミニズム運動などで使われてきたスローガン「The personal is political（個人的なことは政治的なこと）」が、今の自分の「政治」の理解に近いです。個人的に思える問題も、その根源を深掘りしていくと個人を取り巻く社会システムに原因があることが多く、「この社会構造で虐げられている人は誰か？　政治を通じてどう状況を変えていけるか？」と考えることが大切だと思っています。

2

生活に関わる身近なトピックとして「政治」について学んだ記憶があまりなく、国会の構成や被選挙権が与えられる年齢など、主にはテストに出るような日本の政治体制の基本情報を教えられたぐらいの印象です（本当にそれだけだったのか、当時の自分に響かずに教えられた内容を忘れてしまったのかはわかりませんが）。とはいえ、選挙権を得た時には大人に近づいた気がして、初めて投票に行ったのを覚えています。しかし候補者に関するリサーチや比較の方法がわからず、必ずしも候補者をしっかり理解した上での投票とはいきませんでした。大学生になり、政治と自分の生活とのつながりをより理解してからは、一人の有権者の意思表示として選挙を重要視するようになりました。友人との会話やＳＮＳで選挙を話題にする、自分が共感できる政策を掲げている候補者を応援するなど、以前より積極的に選挙に向き合うようになりました。

りほ／26歳／she/her

28

全体的に悪いイメージしかない

1

難しい。
メモを見ながらの答弁で、「シナリオ通りで意味があるのか」と感じる国会中継。
政治家＝お金持ち。
全体的に悪いイメージしかない。

2

政治について学んだことをあまり記憶していない（関心がなかった？）。
自分が情報不足なこともあるが、誰に投票すべきかわからない。

匿名／26歳／男

29

情報が飽和していてわかりづらい

1

最近思うのは、情報の飽和、偏り。暮らしの中で政治について知れるＳＮＳやテレビでの情報が飽和していて、どの情報を信じればいいのかわからなくなります。いざ大事な時期になってもニュースで違うトピックが大きく話題にされたりと情報をどのように何を信じればいいのか、自分と家族の暮らし・将来に関わることなので疑いを持ちながら情報を得ています。

2

「国の政治のあり方を国民が決める」ということ。選挙権を得てから毎回選挙へ行きますが、どこまで本当に票が反映されているのか、なぜ若者の投票率が微小にしか上がらないのか悔しい気持ちです。権利がある世代は、日々の暮らしでの違和感や苦労をそのままにせず文句をもっと押し出していかないと、見放され暮らしと文化が消えていくと思います。

花／26歳／女

30

自分の立場の中で能動的に接している

1 ニュースで流れてくるような国会議事堂の外観や、スーツ姿の国会議員が居並ぶ様子を思い浮かべました。また、「政治力」や「社内政治」「政治的駆け引き」といった言葉のように、集団や組織の中で利害調整して立ち回ったり、人間関係を作り出すようなイメージも思い浮かべました。

2 正直なところ、高校までは「政治」に関して特に印象に残ることはありませんでした。選挙権を得て社会人になり、仕事などを通して社会と関わっているという実感を持てたことで、社会をより良い方向にしていくための「政治」にも関心を持つようになりました。また現在、フリーランスで仕事をしているため、そのような立場に関する情報（フリーランスのための権利や法律、働き方など）に、能動的に接するようになりました。

匿名／26歳／男性

31 腐敗を思い浮かべる

1

腐敗を思い浮かべます。東京で作曲家として働いていた時、理解のできない配分がされた、相場の何倍もの製作費を受けて音楽製作に関わりました。また、地方の入札では第三セクターの審査員に対しての接待によってやる気のない企画が採択され、制作を行いました。私は、当時その状況に加担しました。どんな業界にも腐敗はおそらく存在しますが、主導していたのは50代以上のおじさんたちでした。

時が解決すると信じています。

2

公民の授業で憲法や選挙制度、三権分立、議会の仕組みなどを学んだ記憶がありますが、授業を受けるうちに政治がめんどくさく、小難しいものだという印象を受け、次第に興味が冷めてしまいました。

選挙権を得た年に、有権者として初めて公約をチェックした際、自分の住んでいる地域では若者にとって魅力的な候補者がほとんどいないことに驚きました。ほとんどの候補者の方が、第一に高齢者の社会保障を公約に掲げていました。そのため、一番マシだと思う候補者に投票しました。私の地域は高齢者が多く、若者の投票率も低い現状があるため、選挙の仕組みや教育を変えていかない限り何も変わらないと感じています。

安部 和音／26歳／男

32 おじさんたちがやってる何か

1

おじさんおじいさんたちの顔。ボーイズクラブ。ぎとぎとの脂。握手。背中をたたいて含み笑い。戦争好き。女が入り込む余地などないんだというふうな内輪感。書いてて悲しくなってきた。せめて男女半数になり女たちが声を上げることができれば、戦争なんてさせない政治をするだろうな。

2

社会科資料集の三権分立の図しか思い出せない。とにかく実生活と結びつかず、勝手に偉い人（おじさんおじいさん）たちでやってる何かで、縁遠い感じ。選挙権を得てからは選挙のたび、人権を守る政策を掲げている人に入れるべくノリノリで投票に行くけれど、自分が票を入れた人はなんでかなかなか当選しない。「死票になるからどう考えても安泰な人に入れたら？」と言われることが今でもある。選挙権も被選挙権も得て立候補もしたけれど、政治はまだまだ勝手に偉い人たちでやってる何かのままでくやしい。

なりさ／26歳／she/her

33

ひとり街宣をしたが道ゆく人の視線が辛かった

1

投票、国会議事堂、赤絨毯の階段にずらりと並ぶスーツ姿の高齢男性。政治は自分を顧みてはくれないものだと無意識に諦めていたけれど、最近は日常のちょっとした選択や会話も「政治」であると思えるようになりました。買い物の時に自分の思想信条とは異なる発信をしている企業の製品を避けたり、家族や友達との何気ないおしゃべりの中に社会への疑問や不満を忍ばせてみたり、日々の積み重ねで波紋を広げられたらと思います。

2

中学か高校の社会科で日本の歴代総理大臣を暗記する宿題が出た時、女性がひとりもいないことに疑問を抱きました。就職してから、会社の同期や同年代の先輩が「一度も投票に行ったことがない」と当たり前のように話していてショックを受けました。投票しない理由を尋ねると「忙しいし、自分に関係ないと思うから」「自分の一票で何かが変わると思えないから」という返答で、「これが学習性無力感……」と実感しました。わたしとの会話を経て、同期はとりあえず投票に行ってみるようになってくれてうれしかったです。2024年7月の都知事選では、蓮舫さんを支持して「ひとり街宣」をやってみたけれど、道ゆく人のしらっとした視線が辛かったです。

根岸夢子／26歳／女性

34

選挙のたびに虚無

1 国の政治だけではなく、家族間や会社や学校、なんらかの集団の中で発生する政治も思い浮かべるが、集団が大きくなればなるほど政治って難しくなるような感じがするし、政治に対する切実な実感が薄れていく気がする。家庭内政治ですら困難を極めるのに、国なんて大きさ無理じゃないか？　と思ってしまうことがある。でも理想の政治の姿というのがいまいち想像できない。ただみんなの税金をこそこそポケットに入れちゃうような人たちには政治は無理なんじゃないかということだけはわかる。

2 中高の政治経済の授業は退屈すぎてほとんど印象がない。政治制度についていまだにしっかり理解できているかあやしいのが正直なところではある。

とはいえ政治制度を完全に理解していなくても、現政権に対する不満はたびたび募るし、選挙権があるから選挙には行く。ＳＮＳ上でマニフェストが簡単にまとめられた情報を見たり、動画投稿サイトなどで気になる政治家の演説を見たりして判断している。選挙の時は毎回、もしかしたら今回ばかりは自分の選択した人が勝つかもしれない、だってＳＮＳでもこんなに盛り上がっている！　と思うのだが、結果を見ると自分や自分の周囲の人間はマイノリティであることに気づかされ、虚無。

匿名／27歳／男性

35 勝ち負けの世界では未来が見えない

1

共生していくもの。政治の中、いつも誰かに期待して、誰かに失望します。たくさん思案しながら、違和感を感じながら、自分が関われる余地や良い変化の兆しを見つけようとします。政治の側では誰かの言葉を否定もするし、励まされたりもします。発見もあります。時々、なんでこんなに振り回されなきゃいけないのかイライラもします。でも共に生きるしかありません。投げ出しては日本社会で生きれないから。

2

教育の中で教わった政治の多くは戦後の日本の話で、それまでの日本の政治や世界との比較は薄かったような気がします（真面目に歴史の授業を受けてなかったからかもしれない）。

ドロドロした世界だなと感じていました。カネと権力、欲望にまみれた大人が行き着くところ。大きな国の遠い話のように感じていました。

今、家族と生活をする中にどれだけ政治的制約と問題と不安があるか、選挙権だけでは足りないと思うようになりました。選挙ではいかに一票を有効的に使うか考えるようになりました。
選挙は政治ではなく勝ち負けで、その先で政治家たちが政治をしているのだと知りました。勝ち負けの世界で少数派が多数に勝つ未来が見えません。

あおきともこ／27歳／女

36 身近な地域の政治と、国の政治のギャップ

1 「政治」と聞くと、自分と遠いところで回っている、華やか？　でスキャンダルの多い政治と、住んでいる市町村のレベルで、自分に身近なことが議論されている政治の2つが思い浮かぶ。テレビや新聞で取り沙汰される政治家のスキャンダルが印象的な一方で、市政レベルだとテーマも身近で、市議や市役所職員も知っている人が多い。

2 教科書に載っていることを知識として教わったな、という印象はあるが「あの時これを教わって今に活きている」というものはあまりないかもしれない。むしろ、社会人になってから触れたことのほうが印象に残っている。例えば選挙事務の裏側や、自分の住んでいる街を少しずつ動かしている政治家の努力、市民運動を一生懸命やっている人など……それぞれが、それぞれの生活を良くする（あるいは守る）ために頑張っていて、たまにその利益が相反したり、食い違いが起こったり……。でも、自分の思いを表現し、コミュニケーションに一生懸命であることはとても大切なことだと感じている。

吉田貫太郎／27歳／男

37 発信してもしなくても、両方の立場を尊重したい

1 最近のことですと、2024年の東京都知事選挙がすぐに思い浮かびます。私は選挙権がなかったのですが様子を見ていて、どれだけ市民のことを想っていて、素晴らしい公約を掲げていたとしても、広報戦略と知名度によって投票数が変わってくるような印象でした。より良い未来になるように情報を慎重に選んで投票したいですね。

2 授業では憲法の内容や、民主主義や国会の仕組みを学びました。先生の立場上難しいからだと思いますが、学校ではその時に起きていた選挙の話などは聞いたことがなかったです。
また、選挙権を持つ前の幼かった頃、両親がいつも選挙に行っていた記憶があります。両親は家族であっても誰に投票するか、したかを互いに公表していませんでした。

近年、主にSNSで選挙の際に若い層の意見が活発に発信されている状況を見かけます。そのような発信が増えていることは、これまで興味がなかった人もリアルな情報に触れることにより政治を自分ごととして捉えられるので良いことだなと思います。

ただ、表立って発信していなくても熟考し投票している人もいますし、どちらの立場も尊重したいなと感じています。

高坂彩乃／27歳／女

38 アメリカの学校で大統領選について学んだ

1 大学1年生の時に、政治学の入門授業で学んだ、ディヴィット・イーストンによる「政治」の定義、「社会に対する価値の権威的配分」という言葉を反射的に思い浮かべます。それと同時に、フェミニズム運動の中で提唱された「個人的なことは政治的なこと」というスローガンが表現しているような、政治や社会構造の中に位置づけられる自分の日常の出来事が思い浮かびます。

2 アメリカの中学校に通っていた時に、2008年アメリカ大統領選挙（オバマが初当選した選挙）があったので、その時のことをよく覚えています。学校に模擬投票所が作られ、実際に投票で使われる機械を使って全校生徒が模擬投票をし、下校時に校内アナウンスで、投票の結果が伝えられました。また、オバマ大統領の就任式の日は、先生が授業を中止し、就任式の生中継の映像をクラスで見ました。
選挙権を得てからは、その投票所で一番初めに投票する人は、投票箱が空かどうかを確認するようにお願いされる、ということを聞いたので、朝早くに投票所に行き、それが本当に実施されているのか、確認していました。

匿名／27歳／女

39

見えないことにされている人たちの一票でもある

1

デンマーク・コペンハーゲンにある、ちいさな自治区「クリスチャニア」。

クリスチャニアには明確なリーダーはおらず、自治区内のことは住民全員で話し合い、みんなで納得して決定する。決定したことには、一人ひとりが責任をもって生活している。

ここの人びとの生き方は、政治と同義のように感じられる。プリミティブな政治の、シンプルで健全な姿。わたしにとっての「政治」もこうでありますように、という願いも込めて。

2

はじめて「選挙権」を得たとき、わたしは「選挙権を得られない人」のことを知った。

友人が、その一人だった。

「私の代わりにしっかり考えて、選挙に行ってきて」と言ってくれた友人。

それまで、たまにお茶をしたり、「最近仕事どうなの」と話したりしていたのに。友人はこの国の政治に参加できないのか、こんなにもこの国で生きているというのに、参加できないのか。ふしぎな気持ちだった。
「選挙権」をもたない人は、まるで透明人間。でも、わたしにはしっかり見えている。わたしの一票は、見えないことにされている人たちの一票でもあるんだ。その思いを、暗い小箱のなかに投じている。

宮本巴奈／27歳／女

40 肝心の政治的リテラシーは教わらなかった

1 日常と地続きであること。社会を、暮らしを、よりよくするためのもの。にもかかわらず、家族や友達と日常生活の中で政治について対話や議論を行うことへのためらいがあります。持つ意見は人それぞれだけど、身近な人と大きなギャップが生じるかもしれない恐怖(この前の都知事選について「自分たちが都民ならどうする?」と同居人と話した時に、認識の違いがあまりに大きくて驚いたことが記憶に新しいです)。

2 政治制度や、投票に行くことで政治に参加することの大切さについて教わった記憶はあります。しかし、肝心の政治的リテラシーは教わることができなかったなと、選挙権を得て投票に行った際に初めて実感しました。公教育の限界や、当時と今とで教育内容の違いはあるのかもしれませんが、自分の言葉で、等身大で政治について考え、語る練習をする機会があったらどんなによかっただろうと思います。

ワカナ/28歳/女

41 制服姿で国会前までデモを見に行った

1 最初に思い出すのは国会のイメージです。そこから、デモや行進、選挙、署名運動など、自分たちも政治の一員なんだよな、と思い出す感覚があります。

2 中高で現代社会や倫理を教わった先生（団塊の世代の方）に、「君たちは政治から逃れられると思っているけど、政治は君たちを逃しはしないんだ」と言われたこと。また、高校の時に安倍政権に反対するデモがあり、別の先生が「今は政治が大変なことになっているから、本当はホームルームよりデモに行きたい」と言っていたこと。その言葉を聞いて、わたしも制服姿で国会前までデモを見に行った記憶があります。思ったより若い人がたくさんいて驚きました。

投票は20歳からの世代ですが、周囲はみんな投票に行っていました。休日に友人と遊ぶ約束をしたら「投票してから行くから遅れるね」と言われたこともあります。一方、どこに投票するか、とか、どの政党や候補者がいいかなどは話し合いませんでした。

眞鍋せいら／28歳／クエスチョニング（女性かノンバイナリー）

42
政治について知らないことが問題

1 正直よくわからない。テレビやSNSの情報が多すぎて何が正しくて何が正しくないのか判断するのが難しい。多様性を重要視するようになって、意見も様々だし、誰が政治家になっても同じだと思っている。日本は他の国に比べて政治に興味がないように感じる。

2 小学校～高校までに学んだ政治は、あまり覚えていない。昔と今のつながりがよくわからなかった。選挙で投票するようになってから、すこし政治を気にするようになったかと思う。私は看護師をしているため、医療に関する政治を掲げている政治家に投票する傾向にあると思う。私自身、日本の政治や国外の政治について知らないので、それ自体も問題だと思っている。

匿名／28歳／女

43 関心を持てず、他人任せになっている

1 自分たちがより良い日々を送るために、有権者としてある程度の政治の知識を得る必要がある、と頭でわかっていても「他の誰かがするだろう」という他人任せな思考になってまともに接する機会がなかったもの。

2 民主主義や議会の成り立ちなど浅い部分しか学ばなかった印象。「政治」に関しての詳細や深い内容に触れなかった。そのためと責任を転嫁するのもあれだが、選挙権を得てもあまり政治に関心を持てず投票も数える程度しか行っていない。また、私の地域では婦女暴行で捕まった「スーパークレイジー君」という市議がいた。選挙では「おもしろそうだから」という理由で彼に投票する知人が多くいた（面倒だと投票にすら行かなかった私よりマシかもしれないが）。彼らは（私を含めて）政治に対して興味がなく、たまたま目についたイロモノのような彼に投票していた。結果、件の彼は捕まり1年も経たずに辞職した。候補者の人となりを多少でも調べる必要があると感じた。

クチダケオ／28歳／男

44 政治について声を上げていいと知りたかった

1 個人の日常生活に直結しているのにもかかわらず、社会の中や集団に溶け込んで生きていたり、日々の忙しさに追われていると、「政治」という言葉自体がどこか遠い、自分とは関係のない存在のように感じてしまうことがあります。今私たちが生きているこの社会は、政治について考える余地がある場所と言えるのでしょうか。

2 むしろ子どもの時に政治について一体何を学んだんだろう、というのが一番最初に思い浮かぶ答えです。社会の授業で勉強したことも、全てテストで良い点を取るための暗記のひとつに過ぎなかったように思います。私は小学校入学から高校卒業までの12年間、ゆとり教育を受けさせられたいわゆる「ゆとり世代」ど真ん中なので、自分より下の世代や今の10代の方々が「政治」についてどのような教育を受けているのか、とても興味があります。政治についてもっと声を上げていい、批判して、何なら怒ってもいい、私たちにはその権利があるということをもう少し早く知っておきたかったと思います。

選挙に関して、後悔していることがあります。私は初めて得た選挙権で、選挙に行きませんでした。選挙に行かない理由でよく挙げられるであろう「私の一票では何も変わらないから」というのを言い訳に、私は選挙に行きませんでした。女性たちが長い間得たくても得られなかった権利であり、今もなおこの国に住む多くの人が投票権を得られていない中で、私はそれを自らドブに捨てました。できることなら当時の自分に会いに行って投票用紙で往復ビンタしたいくらいの気持ちなのですが……。見かねた家族に次の選挙に連れられ、投票箱に一票を投じた時、初めて自分が直接政治に関わったんだ、と心の底から実感が湧きました。それからは毎回必ず選挙に行き、投票しています。選挙結果を見るたびに心が折れそうになることもありますが、政治について小さなことでも話せる仲間が年々増え、選挙はますます私にとって大事な社会運動のひとつになっています。私の一票にも、みなさんの一票にも、等しく意味があります。私はこれからも選挙に行き、投票し続けます。

平石萌／29歳

45 政治に流されている感覚がある

1 ターゲットを絞るのが大変そう。どこか他人事。

2 歴史的な条約や国際的な問題を多く取り上げていた印象。国内の派閥や党ごとの特徴についてはあまり取り上げられず、自主的に調べるきっかけや日本の政治に自ら参加する意欲は湧き立たなかった。どこか他人事のように捉えてしまっていました。選挙権を得てからも日本社会の現状を全体的に把握することが難しく誰を推薦していいかわからなくなる。誰かと話して考える場面がないので、みんながどう考えてどう投票しているのか知る機会がないので色んな人の考え方を知りたいなと思う。実際に選んでも、掲げた目標通りにすぐ動けるわけではないので、結局は受け身で「まあ、今の世の中仕方ないか〜」と深く考えずに払うものを払って、自分自身の損得はあまり考えずに政治に流されている感覚。

チョロQ／29歳／女

46 関心がなく、競馬感覚で投票した

1 増税クソメガネ。ニュースで興味を持ち、知れば知るほどどうしようもない現状を知る。

2 学生の頃はまったく関心がなく、印象もなにもない。恥ずかしながら選挙についても関心、意欲がまったくなかったので、初めての選挙も競馬感覚で投票しました。

Mパパ／29歳／男

47 自分の持つ一票の重さを感じる

1 普段の日常生活です。政治は生活の延長線上にあるものだと思うからです。例えば、誰かと美味しいご飯を食べること、生まれ育った街について想いを巡らせること、愛する人と生きること、など……。「政治」と聞くと思わず身構えてしまいますが、こうした日々の暮らしを自由に生きるためには、政治と積極的に向き合うことが重要です。しかし、学生時代は、仲の良い友人たちと話しにくい話題だと感じていました。目の前にいる人が敵か味方かはっきりしてしまいそうで、怖かったのかもしれません。

2 2009年の自民党から民主党への政権交代が一番印象に残っています。当時、私は中学3年生。担任の社会の先生が「すごいことが起こった」と興奮して、ホームルームで選挙の結果を話してくれました。その頃、私が生まれ育った沖縄は普天間基地の移設問題に揺れていました。「最低でも県外」と言って当選した民主党政権に、「何かが良い方向に変わるのかもしれない」と期待しました。しかし、その後は政権が自民党へ戻り、辺野古への新基地建設が進められます。その過程で、期待は絶望へと変わ

りました。
だからこそ、選挙権を得てからは必ず投票に行っています。沖縄に生まれると、どうしても自分の持つ一票の重さを感じずにはいられません。行動しなければ何も変わらないと思います。

西由良／29歳／女性

48 耳障りのいい言葉で隠されてきた

1

恥ずかしい話だが「失敗」が真っ先に思い浮かんでしまう。自分たちの持つ加害性、特権性をなるべく見ないよう、感謝や絆などの耳障りのいい言葉で何重にも包装する、それが「政治」的なやり方。あまりにも、もったいない連想だ。予言の自己成就なんて概念は恐ろしい。何を思いついたっていいのに、嫌なものを思い浮かべる自分を、変えたい。自分が変われば、政治も変わる。ということは、政治の中心は、やはり、あらゆる個人なのだな。

2

小学校までの通学路や、隣の家の壁には知らん顔が貼られていた。実際より大きく印刷された、表情の変わらない「顔」というものが、実存のそれとは様々に異なることに不気味さを覚えていたのかな。ある日、そのうちの一枚が破られたようで「いたずらをしてはいけませんよ」とHRで先生が喋っていた。実行者がどんな気持ちで行為したのかは知らないが、自分と同様に写真にイラついている人がいることを知れた。適切な抵抗ってのは、なんなんだろう。ぼくが生まれる前から、世界には様々なルールが張り巡らされている。それに賛同した覚えもないのに、従わなくちゃいけないみたいで、窮屈な箱にとらわれていることを自覚し始めた。

新造真人／30歳

49 選挙でどう選択するのかは無視されていた

1 20歳を過ぎた頃に「Me Too」運動が始まるなど、SNSなどを通じたフェミニズムが盛んだったこともあり、女性の権利を中心とした政治問題に関心を寄せていました。その後、「インターセクショナルフェミニズム」という言葉を知り、アイデンティティに根差したフェミニズム思想の危うさを感じました。フェミニズムは今でも自分の政治的信条の柱ではありますが、常にその定義と当事者性を拡張していく必要があると感じます。

2 学校で直接的に学んだ政治について、恥ずかしいことにあまり記憶がありません。とにかく選挙権・被選挙権の基本的なことを学んだことにすぎず、実際に選挙権を行使する際に、何をもって投票する政党や候補者を選択すればいいのかは無視されていました。自身はフェミニズムを発見していく過程で、自分の政治的な思想に自覚的になっていきましたが、20代前半の頃よりも、今のほうが政治の方向性と自分の生活がかなり密接につながっていると思います。これを「感覚」としてわかるようになってから

ではなく、学校教育の時点で政治と社会や生活との関連性を学ぶことができていれば、
とも思います。

デスガキ／30歳／女

50 学級会の方がまだマシだった

1 大胆に答えると、「身の回りのすべて」です。生活の根本に政治的な力学がはたらいていることは、紛れもない事実です。でも、私たちは日々そんなことなど気に留めず過ごしています。無関係であることはあり得ないのにもかかわらず。いや、気に留めず過ごせるような位置に立っている、という表現の方が的を射ているかもしれません。日常に染みついているはずの「政治」。一方でその実体は、雲をつかむようなものだと感じています。

2 覚えている中ですぐ取り出せるのは、小学校の学級会。当時は意識していませんでしたが、学校生活を送るうえでの「政治」を行う場ですよね。政策について議論し、方針を決定する。単に目立ちたくて学級長に立候補していましたが、民主的に運営できたかと言われたら、かなり危うかったと思います。恣意だらけ。でも、現行の「政治」が公正・公平で民主的かと問われたら、とても頷けないですから、皮肉にも学級会の方がマシな状況だったのかも。ガキのガキによる自分のための瓦解した政治は、まぁまだ見ていられますが。

投票に行った話をした際、友人に「えらいね！」と言われたことがあります。別に、えらいと思ってない。選挙権を行使すると、生きてる実感が湧きます（笑）。

りり／ナイショ／ご想像にお任せします

若者の戦争と政治

Question

若者の戦争と政治

現在世界で起きている紛争、侵略などの被害、また日本の政治、社会問題について、考えることがあれば自由に回答ください。

01

世の中は生活の実感からかけ離れている

自分にとっての当たり前が世の中の当たり前ではないのかもしれないと気づいたときに初めて感じたこの世の寂しい居心地をいまも覚えている。皆が安心してぐっすりと眠れる社会を築くことはなぜこんなにも難しいのだろう。日々、自分を十二分に養い、周りの人々の生活をも慮ることは並大抵のことではない。生活することの脆弱さを知ってなぜ私たちは生活の基盤を切り崩すような争いや政治ができるだろうか。大きな力を持たない私たちの生活は、大きな力を持つ企業や政府に左右されやすい。そういう社会に生きているのだ。大きな組織で意思決定をする彼らはいつ見てもシャンとしたスーツを着て、決断に必要な情報を仕入れ、指示を飛ばしている。いつお風呂に入り、いつ歯を磨いているのだろうと気になることがある。世の中はあまりに生活の実感からかけ離れていると感じる。浮世離れしているのは私だけだろうか。

sakamon／21歳／男性

02

日々怒り、活動していく

過去のツケを支払わされているという感覚に陥ることがたびたびあります。大人になるまでにはできると思っていた同性婚もいまだに達成できず、夫婦別姓もいつになることか先が読めません。それどころか、目先の利益を追い求めたことによる環境破壊や各地で起こる紛争に世界はより悪い方向に向かっていると思わざるをえないです。でもだからこそ、私たちの世代が声を上げ世界を変えなくてはならないのではないでしょうか。それができる最後の世代かもしれません。より多くの人が息をしやすい社会になるように日々怒り活動しています。

ぐっち／21歳／ノンバイナリー

03

わからない答えに向き合う糸口を探している

友人が、ガザ地区での戦闘に関連して、欧米の大手飲食チェーンに対する不買運動を呼びかけているSNS投稿を目にしました。リストアップされた企業は、さまざまな形で虐殺に加担している。これらの企業に対して、私たちは買わない意思表示をすることができるという内容でした。それは消費者として、自分のひとつの買い物が政治的な動きにつながっている、だからまったく無関係でいられる人間はこの世にいないと気づかされる出来事でした。同時に、このことに今もなお心が揺れるのは、リストアップされた企業の中に、自分が長くアルバイトをしていた会社があったからです。もし今も自分がその企業の働き手であり、本当に虐殺や軍事攻撃に加担する組織であった場合、私はどうしたか、と想像します。高校までの定期代や昼食代、お小遣いを稼ぐために必死だった自分は、それを知っても身動きが取れなかっただろうと。わからない答えに向き合う糸口を、今は探しています。

出射優希／22歳／女

04

リベラルとアンチ、抱えているものは似ている？

自身はいつもリベラルな党に票を入れます。が、自民党に入れる人や無関心層は嫌いになれず、逆にリベラルな人と感覚が合わないことが多いです。完全に自分の感覚ですが、今の日本でリベラルになるには、リベラルな家庭や高等教育で育つみたいなことが普通は必要で、毎日お金を稼ぐために不条理な世の中で生きていると、「きれい」なリベラルの世界観に違和感を持つのも仕方ないと思うんです。でも、そういう態度はリベラルには「アンチ」とか「バックラッシュ」に見えるようです。アウトプットの言葉が違うだけで、抱えてるフラストレーションは似てると思うんですが。不条理の中で生きてるのはみんな同じで、それにいちいち文句を言わない方が楽なタイプなのか、言う方が楽なのかの違いだと思います。現状の政治が続くのは論外として、一般市民のレベルでは、リベラルに共感しない人を叩くより、リベラルが他の層に共感することの方が大事と思います。リベラルにできることはまだまだあると思います。

かんざきひなた／22歳／男性（he/they）

05

自分の声が反映される体験がない

政治については、こちらから探しにいかないと政治家の考えを知るためのわかりやすい情報が手に入らない印象がある。もっと政治を身近に感じたい思いはあるが、私自身どうしたらいいのかわからない。政治がもっと手軽で身近な日本社会になってほしいと思う。

若者の政治への無関心については、自分の声が政治に反映されるという体験がないことが影響しているのではないかと思う。声の届け方がわからない、もしくは声を上げても変わらないという状況では、政治参加の動機づけが低くなると予想される。若者の政治無関心は喫緊の課題だと思う。若者が政治に関わることの動機づけが高まるよう対策を講じる必要があると思う。

フク／22歳／女

07

続けるアクションと、無力感

パレスチナの今を発信しているInstagramを見ると苦しくなる。毎日どんな恐怖の中で生きているのだろうと思う。ボイコットは絶対に続けるが圧倒的に無力感を感じる。自民党総裁選の立候補者、夫婦別姓を進めようとしている人が半分以下で終わってると思った。

匿名／23歳／女性

08

身近な人と連帯し、抗っていきたい

ここのとこ、遠い国で、あるいは教科書の中だけで起きていると思っていたことが、少しずつ日本にも忍び寄ってきている感覚があります。気づかない間に、おじさんばかりの政治の中で、よくない方向にかじ取りがされているのも、なんとなくわかっているのに、そこに声を上げるのはあまりにしんどくて、こちらが傷ついてしまうのじゃないかと気持ちが沈んでしまいます。それでも、私たちはクソなことにはクソだと、間違っていることには間違っているのだと、抗い続ける必要があるように思います。ただ、そんな声を上げるには、安全な場所もまた必要です。声を上げる人が、意見する人が、攻撃されることなく、建設的な対話ができるセーフな場づくりも欠かせないと思います。「なんか世界ヤバくない？」くらいのスタートで、身近な人と連帯していくことで、ちょっとずつ戦争に抗っていきたいです。

てらした みさき／23歳／男性

09

「虐殺は許されない」という共通認識すらない

昨年10月7日以降、周りの人達がイスラエルのガザへ侵攻に対して怒っていたことから、初めて、パレスチナに押し付けられた76年以上に渡る不正義を知った。無意識的でも、自分もその抑圧に加担してきたことを強く恥じた。「人権」や「民主主義」「法治国家」を謳いながら、パレスチナに関してはそれを適応しない、日本を含めたダブルスタンダードを行う国々を見て、自分の世界の見方が180度変わった。これまで、社会は誰もが生きやすい方向へ向かっていると信じていたが、今は、「虐殺は許されない」という共通認識さえない、この世界でどう生きていけばよいのだろうと本気で頭を抱えている。またイスラエルやイスラエルを罰しない国々によって、国際法は破壊されていっており、日本が再び戦争に向かっているように見える中で、それが起こっていることの将来的な影響も考えて怖くて仕方ない。パレスチナは、世界に、人間にずっと問いかけていると思う。

水面／23歳／女性

11

実感と共に強い不安と恐怖がある

2023年10月7日以降、パレスチナで起きていることを初めてきちんと認識した。認識してからも、すぐに行動しなければいけないのに、情報が自分の中に入ってくるようになるまで時間がかかった。あまりにも実感がないまま、悲惨なことが起きているという事実だけを理解していた。その状態のままSNSで発信するようになり、署名をするようになり、デモに足を運ぶようになった。そんなある日突然、本当にパレスチナがなくなってしまうんじゃないか……と、実感と共に強い不安と恐怖が湧いた。それ以降、デモに行くたびに叫ぶ「Palestine will live forever」が祈りのように思える。

nanami／23歳／ノンバイナリー

14

冷静でいることが大事

現在起こっている戦争に関して、虐殺や核などの問題に関しては否定すべきであるが、当事者以外は冷静なほうがいい。

ヒステリックになるとどちらかに加担してしまう。

メディアに頼らない戦争観も必要。

政治に関して、今自身は地方の過疎化について興味がある。

シンタロー／24歳／男

15

学ばなかったことを言い訳にしたくない

現在先住民族の文化の伝承・復興のための施設で働いているが、どんな歴史もなかったことにならないように情報を得ること・整理すること・発信することの難しさに日々向き合っている。

今回アンケートを回答するために自分の持っている知識や抱いている印象を整理していると、知識の浅さと思考の不足を痛感した。

政治に参加しこれから社会問題の解決を担っていく立場として、学校で学ばなかったを言い訳に考えない・学ばない人間にならないように生きていきたい。

げぢまる／24歳

16

都合の良いように若者を育てている

戦争は近くで見ると、被害が残酷で人も多く亡くなり悪いことばかりだが、離れた目線で見ると、経済が大きく動きそれによって豊かになり利益になる人もいると思った。自分を含め、自分の周りには戦争の被害を受けたくないとは思うが、一方で今までの歴史上の戦争が一つもなかったら今の時代はどうなっていたのだろうと思う。日本の政治家は政治家一家から出ていることがほとんどであり、地方の政治家も定年後のお年寄りばかりのため、日本の政治は結局何も変わらない、改善されないと思う。日本の政治に対しては良いイメージが一つもない。若者は特に政治に興味がないが、その原因は政治家が作っている。今の若者達をそう育てることで、自分達の都合の良いように動けるようにしていると思う。

匿名／24歳／女

17

自分を考えることから政治は始まる

戦争や平和、自分の立場について考える時、私は高校生の時に出会ったいとうせいこうさんの「『たまたま彼らだった私』と『たまたま私であった彼ら』という観点こそが、人間という集団をここまで生かしてきたのだ」という言葉を大事にしています。自分が今こうして衣食住が確保されてパソコンを叩いているのも進路で悩めているのも当たり前ではなくて、地域・階級・障害の有無・ジェンダー・宗教・時代などの歯車が少しでも違えば、まったく違う状況にあっただろうと感じるし、異なる立場の人への共感が、人間性なのだと思いたいです。資本主義の中でどんどん自らの感覚からも疎外されていく中で、日本から例えば9千キロ離れたパレスチナに思いを馳せることだって言うが易しです。アメリカ留学時、イスラエル侵攻において、「正義」や「自由」という言葉がいかに歪曲されるかを思い知ったし、警察による鎮圧には、官僚制的な権力の行使に「凡庸な悪」さえ感じました。聞こえのいい言葉を疑うこと、自分の加害性も含めた立場を考えることから、私たちの政治は始まるのではないかと思います。

加美山紗里／24歳／女性

19

小さいことでも加害に加担しない

どんな小さいことであれ「戦争・虐殺に加担しないぞ」と思いながら生活しています。パートナーや身近な友人と情報の交換をしたり、特定の店や商品をなんとなく避けてみたり、SNS等で声を上げてみたり。これからも学び続けながら、ライターとして責任を持って発信できるようになりたいです。

先の都知事選は、自分の普段の生活圏やSNS空間とは異なる民意を認識することができた、いろんな意味でショッキングな選挙でした。制度や選挙の戦い方についてさまざまな言論が飛び交っている中で、個人的には「他者との対話に必要な体力と言葉」を持ちたいと思っています。

政治やイデオロギーだけでなく、異なる属性・価値観の他者は怖いです。そんな他者から逃げず、敵対せずに対話するために、健全な肉体・精神・言葉を涵養したいです。コスパ・タイパが恐ろしく悪い手法かと思いますが、そのような個人が集まって、政治、社会参加していくことに希望を感じています。

タイラ／25歳／男

20

子どもがこれから生きていく国

政治に対しての関心が薄くなっているからか、「税金が上がる」など実際に自分たちの生活に影響が出てから気づくことがほとんど。それをどうやったら止められるのかわからない。国民の生の声は届かないものと思ってしまっている。

今私自身に子どもが産まれ、それを機に「これからこの子が生きていく国」として関心を以前より持つようになった。しかしSNSには情報が溢れ過ぎていて、「ニュースは洗脳」「政府の政策の都合の悪いものは放映されない」といった内容もありどれを信じて良いかわからない。この子が生きていくこの先、災害などいざとなった時に助けてくれるのか・戦争は本当にしないのか・日本の農業はどうなるのか、とても不安。

匿名／25歳／女

21

モヤモヤの共有から、考え、変えていく

昨年の10月7日以降、イスラエルによるガザ侵攻の激化をきっかけに、私含め多くの人がそこに交差するさまざまな問題について目を向け始めたように思う。例えば、植民地主義の文脈から日本の加害性や国内の先住民について考え直したり、脱搾取の観点からヴィーガニズムや倫理的生産と消費につなげて対話する機会も多い。さらには、資本主義における個人主義的な態度や仕組みを問い直す流れも起きている。例えば、メンタルヘルスについて個人が「(西洋的な文脈での) セルフケア」で対処するのではなく、コレクティブ (集団的) に取り組むことで、よりインクルーシブに社会運動を進めていくことを模索している。問題の複合的な交差性への認識が広まってきた今だからこそ、日常のモヤモヤの共有から人々が社会問題や政治について共に考え、変えていく場の重要性が高まっていくのではないかと考える。

あおか／25歳／女

22

正しい判断をする難しさに直面している

いま起きている戦争について、正しい判断をすることの難しさを感じています。先日、戦争反対の署名を求められることがありました。その内容を深く尋ねるとその方は答えに困っていました。日本社会ではどちらが正しいのかなんとなく答えが出来上がっているように感じますが、わたしは流れてきた情報を正しいと鵜呑みにして、偏った主張をしてしまうことの方が不安に感じてしまいます。自分が調べてみた情報も、事実かどうかは戦争が終わるまできっとわかりません。思考停止してしまいたくないゆえに、意見を決めきれず、強く主張もできない。ただ、命が失われる状況には反対であることだけが確かである。わたしはいま、そんな状況にいます。

政治について、日常的に議論できる機会の少なさを感じています。自分たちの生活を形作っているはずの政治が世間話の中に出てこないというのは不思議な状況だと思います。政治がもっとオープンでカジュアルなものになれば、政治や社会が「だれかのもの」から「わたしたちのもの」になっていくのかもしれないと考えています。

野瀬晃平／25歳／男

24

学ぶほど自分の無知や加害性に気づく

ここ最近までは戦争や虐殺などに対して自発的なアクションを起こしたことはほとんどありませんでした。SNSなどでニュースを読んだり、ドキュメンタリー映画を観たりするなど、受動的な形で情報に触れることはありましたが、具体的に行動には移してきませんでした。

昨年10月から勢いを増したイスラエルによるパレスチナ民間人虐殺に対しては、友人たちの影響もあり、できるだけ自分にできる行動を行うようにしています。具体的には、イスラエル企業やそれらに資金援助を行っている企業のボイコットや、デモへの参加、SNSでの情報拡散を行っています。

また、こういった問題について学べば学ぶほど、自らの無知や加害性を否応なく突き付けられる感覚があります。その中には自分の生活に密接に関わる問題も含まれ、可視化の重要性というのは語っても語り切れないと感じます。

イシグロ カツヤ／26歳／男性

25

私たちの世代で止めなければならない

2023年9月、関東大震災から100年目の朝鮮人虐殺の追悼式に参加した。その1ヶ月後に、追悼式で聞いた証言を再現したかのような映像がガザのジャーナリストのインスタで流れてくるようになった。まだ私たちは差別と植民地主義が人を虐殺する世界に生きていると、叩き起こされたようだった。100年前の過去ではなく、まさに目の前で現在進行形で起きていることだった。私たちの世代で止めなければいけないという気持ちで、今やるべきことをやっている。

先住民のパレスチナ人を虐殺して土地を奪っていくイスラエルを見ていて、自分が生まれ育った「北海道」も、イスラエルと同じ入植者植民地だったことに気づいた。祖父は東京大空襲のサバイバーでもあるが、先住民であるアイヌの土地を「開拓」するために「拓北農兵隊」としてやってきた入植者でもあったと知った。自分の存在が日本の植民地主義政策とつながっているなら尚更、その加害の歴史を知って広めたり、繰り返さないために行動する責任があると考えている。

げじま／26歳／なんでもいい。クィア✌

27

構造や歴史を知ること、声を上げること

加害国家が罪のない人々の命を奪い、非人道的な行いを続ける中、それを十分に非難・制裁しない諸外国（日本も含む）や国際機関に苛立ちやもどかしさを感じます。また、世界で起こっている虐殺や差別などの発端を辿ると、構造的抑圧の歴史が幾重にも重なっていることが多いと思います。今まさに行われている暴力をいち早く止めるための行動に加えて、その歴史や構造について学ぶこと、そしてその構造が繰り返されてしまっている事象に対して声を上げ続けることも同時に重要だと考えています。

自分のＳＮＳや近しい知人・友人の間では政治の話題をよく目にするようになったし、最近は日本でも同世代の政治家や候補者が増えつつあることに希望を感じます。一方で、いわゆる「フィルターバブル」を抜け出して周囲を見渡すと、政治に無関心な人、自分が政治に与えられる影響を諦めて投票に行かない人などがたくさんいることにも気がつきます。政治を身近に感じてそれぞれの形で参加する人が増えるように、私も日常的に話題に上げる、情報を発信するなど、できることを続けていきたいです。

りほ／26歳／she/her

28 自分の力ではどうにもならないと感じる

若者が戦場に行かされるというイメージがあるため、自分が絶対に戦争に行きたくないので、絶対に戦争はやめて欲しい。

「やめて欲しい」と書いたが、結局考えても「自分たちの力ではどうにもできない」と思ってしまう現実、現状があるため、人任せ（政治家任せ）になってしまい、このような言い方になってしまう。関心を持たなくてはとは思うが、一方で意見をしたところでどうせ聞いてくれないと思っている。

匿名／26歳／男

31

経済活動の中で倫理的な選択ができるか

私は数年前から投資を行っています。ウクライナ侵攻やガザの紛争、アメリカ大統領選に動きがあると、私が保有している株式や為替、仮想通貨が大きく値動きをします。時には、自分の正義に反することも、値動きのチャンスとして捉えてしまう自分がいることに気づき、葛藤を感じます。

戦争や紛争が人々の生活や命を脅かす一方で、金融市場に大きな影響を与え、投資家にとっては利益のチャンスとなる現実があります。これは不条理でありながら、私たちが生きる現代の経済の一側面です。私が目の前の数字を見つめている時、その背後で人命が失われ、家族が引き裂かれていることを忘れてはいけないと自戒しています。若者として投資に携わる一方で、私たちには倫理的な責任があると感じています。利益追求だけでなく、どのような未来を築くために投資を行っているのか、そして自分が支持する価値観や正義を無視してはいけないと強く思います。私にとっての課題は、経済の中でいかに倫理的な選択をし続けるか、そのバランスを見つけることです。

安部 和音／26歳／男

32

加害し、反省しない国に住んでいる

固有のやわらかい命が消されていく毎日。被害者になるよりも、加害者になることのほうがずっと身近だという現実に向き合うため、台湾を訪れました。台湾在住の友人に案内され、戦時中に日本軍が英米の捕虜を強制労働させ、多くの犠牲者を出した金瓜石捕虜収容所や、理不尽な人権抑圧の歴史を伝える国家人権博物館白色テロ景美紀念園区、阿嬷の家 平和と女性人権館などを巡りました。以前の私なら、日本が植民地支配や多くの命と尊厳を奪ったことを具体的に想像できなかったかもしれません。しかし今は、悲しいほど具体的に理解できます。関東大震災時の朝鮮人虐殺を認めず、追悼せず、イスラエルに加担し、琉球諸国（沖縄）に理不尽を押し付け、台湾をはじめ諸外国で多くの女性や少女を「慰安婦」とした日本。加害し、反省しない国に私たちは住んでいます。加害者になりやすい自分が、繰り返さないために何ができるのかを考えています。

なりさ／26歳／she/her

33

存在し続けることが、抵抗になる

2023年以降、デモやスタンディングの現場にアクセスしやすい東京に住んでいることもあって、実際に足を運ぶことが多くなりました。この書籍のもとになった『仕事文脈vol・24』特集「〈反戦〉と仕事」掲載のアンケートでは、参加したデモなどを箇条書きで回答しました。しかし、あとになってから、自分の中に悪しき現場主義が無自覚のうちに浸透していたと反省しました。地方に住んでいたり、体調や特性により人混みや大きな音がする環境に行くことが難しかったり、デモやスタンディングに参加しない事情はさまざまです（実際にわたしも今は体調が芳しくなく、距離を置いています）。

動くのがしんどくなってしまった時、わたしは高島鈴さんの「生存は抵抗」という言葉を思い出すようにしています。わかりやすい行動には移せなくても、抵抗の意思を持った一個人として、ただそこに存在しつづけること、日常を社会運動の現場にしていくことが重要なのだと思います。

根岸夢子／26歳／女性

34

自分の生活の中で意識できることを

最低限自分にできることとして入植をしている国の商品や支援している企業の商品を買わないようにラベルを見る癖はついて実践しているが、もはや思考停止気味の習慣になっている。けど、めっちゃ地味でも腐らずがんばろとは思っている。自分の生活が全然遠い国の人の生活とつながってしまっている時代なので、意識してギリできそうなことはする。

匿名／27歳／男性

35

生き延びるために残すものを考える

太平洋戦争から79年、当時の話をしてくれる人がまだ近くにいます。色んな人の日本の戦争を個人の目線で聞く一方で、記録的にどうだったのか知りたくなり、当時を体験してる祖母に尋ねましたが、祖母は知りませんでした。戦争中は情報が錯綜し、統率し、見えなくなります。前述したように戦争中の世界が全て戦争だとしたら、私が得ている情報もはや信頼はできません。一次情報が全てのようでゼロのようなSNSです。

戦争を否定するために知らなきゃいけないことが沢山あります。なるべく自分が正しいと思うものを選んでいます（体力を消耗します）。大声で発信できるには至らないけれど、描く子どもたちに話します。

知っていることを共有しあえる、信頼できる友達を増やしたい。年齢も思想も超えて、政治では縛りきれない関係を作りたい。生きていなきゃいけないうちは、生き延びるために残すものを考えます。

あおきともこ／27歳／女

38

知らずのうちに加担していることに戸惑う

世界で起きている紛争、侵略などに自分が知らずのうちに加担している可能性に戸惑いを感じています。今、アメリカに住んでいるため、自分が支払っている税金がアメリカのイスラエルへの軍事支援に貢献している、すなわちパレスチナへの攻撃に加担しているのではないかという意識が強くあります。しかし、国際化された今の社会では、私たちの日常の中にあるたくさんの行為（例えば、ある企業の商品を買うことなど）が間接的に紛争、侵略、人権侵害などにつながっているように思います。

匿名／27歳／女

39

グレーのままで考え続ける

ときどき、自分のなかにある「ダブルスタンダード」を感じて、苦しいことがある。なにかが、誰かが、対立するとき。その両方の意見に頷いて、どちらかを完全に肯定したり、否定したりすることができなかった。

ガザの虐殺は止めたくても、イスラエル人の友人は大切だし、ウクライナ侵攻に反対でも、地元のロシア料理屋は、やっぱり好き。態度が一貫しない自分。だめだなぁ。最初はそう思っていたけれど、今はそんな自分も大切にしたい、気がしている。そうしないと、「わたし」でなくなってしまいそうで。

きっと、わたしたちのありのままの色はグレーなのだ。だから、白にも黒にもならず、そして白にも黒にもなりながら踏ん張ったらいい、と思う。だって、今あるさまざまなことは、かんたんに白と黒にわけられるものではないのだから。

わたしも、わたしらしいグレーのままでいられるかな。やさしく強い、グレーのままで。考え続ける。動き続ける。

宮本巴奈／27歳／女

40

問題を自分ごととして考えられたら

日常的に政治や社会問題について話し、アクションを取ることについて、地方と都市ではそのような人の数も、周囲の視線も、きっと違うのではないかと思います。単純に比較するのも違うのですが。市政・県政に対する意見は聞くけれど、国政について話す人や国際情勢に対して何かの意思を示す人を、ほぼ見たことがありません。SNS上ではその限りではないけれど、リアルではなかなか居らず。小さな町の自分たちが声を上げる意味があるのかと、どこかで少し諦めているのかもしれません。意見を主張することには責任が伴います。責任を負うことは怖いけれど、大袈裟でも大ごとでもなく、いつものトーンでさりげなく、政治や社会問題、戦争について率直に誠実に話せるようになりたい。この国に、世界に生きているのだから、いま起きている問題もかつてあった出来事も、少しずつ近くにたぐりよせて、自分ごととして考えられたらいいなと思います。自戒を込めて。

ワカナ／28歳／女

41

違う環境の人たちとどう対話できるか

このままでは日本も戦争を再びするようになるだろうし、外国ルーツの方やマイノリティに対する差別も酷くなるだろう、という危機感があります。何ができるのだろうと頭を悩ませています。しかし、わたしたちの世代だけではないと思いますが、政治や社会問題などが「遠い」という感覚があるのではないでしょうか。本当は政治への参加は投票以外にもいろいろあるはずですし、例えばわたしのように、日本国籍を持っている日本在住の日本人であるというだけで政治的な存在のはずなのですが、それらが「自分には関係ない」し、「政治や社会などについて考えなくても生きていける」という感覚が、広く共有されてしまっていると感じます。

一方で、わたしが今政治や社会に関心があるのは、都市で育って私立の学校に通ったり、海外での経験があったり、リベラルな両親や環境に囲まれてきたりしたからでもあると思うので、かなり特殊なのでしょう。違う環境で生きてきた人たちと、どうやったらもっと活発に政治や社会の話ができるのか考える毎日です。

眞鍋せいら／28歳／クエスチョニング（女性かノンバイナリー）

44
同じ問題を共有できる人たちの存在

そう遠くない未来に、日本で戦争を経験した人が全員いなくなってしまう時がくるのだと思うと、ふと不安が頭をよぎります。証言を覆い隠そうとしたり、歴史を修正する動きが加速する中で、私たちに必要なのは修正ではなく反省なのではないでしょうか。現代を生きている私たちには、後世に事実を伝える責任があります。

この数年で、日々流れてくる情報に絶望したり、数年先の未来さえ不透明で、希望を持って生きることがずっとずっと難しいことのように思うことが増えました。でも、困難な問題に直面するたび、この数年で出会ったいろんな人たちの顔が思い浮かびます。同じ問題に怒ったり、悲しんだり、辛い気持ちを共有しあえる人たちの存在です。この社会が抱える問題に比べたら、ちっぽけな存在なのかもしれません。それでも、私にとっては私を社会の孤立から救ってくれる、あまりにも大きな存在です。この人たちが共にいてくれるのなら、私はこの社会でどうにか抵抗しながら、生きてみようと思えるのです。私も、誰かにとってのそのような存在であり続けたいと思います。

平石萌／29歳

45

戦争反対も逆に不安

台湾関係が不安。日本の戦争加入（武力を持つこと、備えること）を強く止める人たちがいることも逆に不安。戦い方や備え方を知らないと、いざことが起こった時に何もできずに戦地が近い人たちを見捨てる（他人事、見てみぬふりになる）のではと思ってしまう。前線に立つ政治家の人たち、現場に立つ自衛隊だけでできることは限られていると思うので、戦争に加担したいわけではないけど、近くで起こることはほぼ確定しているなら、自ら考えていかなければならない時代に来ているんだと思う。今は無知なので、何から調べて考えたらいいいかわからないけど。

チョロQ／29歳／女

46

日本もやばいんじゃないかという危機感

戦争は過去の出来事かと思っていたが、ニュースで知る現実にびっくりしている。ただ、まだどこか他人事のように軽視しているところがあるけど、今の世界情勢や日本の行政をちょっと調べてみたら、なんか日本もヤバいんじゃないかと少し危機感を持ち始めている。なのでせめて選挙くらいはちゃんと投票していきたいと今回のアンケートに答えながら改めて思いました。

Mパパ／29歳／男

47
言葉を交わせない状態が一番怖い

目を背けたくなるけれど、知ることを諦めてはいけないと思うので、ニュース等で情報を積極的に集めています。また、虐殺に加担する企業の商品やサービスを買っていません。他には、毎月読書会を開催し、沖縄戦に関する本や映画を取り上げ、同世代の仲間と意見や感想を交わし、対話する場所を作る活動にも取り組んでいます。先日は、沖縄に生きる様々な女性に基地問題について尋ねた『アメリカンビレッジの夜』をみんなで読みました。米兵と好んで付き合う女性が受けた性被害に「そんなんだから」と世間が冷たい目を向けるという記述に自分の中の差別意識を重ねてハッとしたと話す人や、なかには基地問題のことを普段考えないからいい機会になったと話す人も。お互いに関心の度合いが違いましたが、穏やかに、ゆったりと話は進んでいきました。本をあいだに挟めば、世界の問題に関心のある人もまだない人も、対話ができると感じます。言葉を交わせない状態が一番怖いです。

西由良／29歳／女性

48

自分の加害性を問わずして、行動できるのか

パレスチナでの虐殺のデモに参加して「殺すな！」と叫ぶ私は、帰宅後に、感謝を隠れ蓑に誰かの遺体を口に運ぶ。イスラエルの高官はパレスチナ人を「奴らはケダモノ／animalだから俺たちの好きにしていいんだ」と言っていた。動物だったら、好きにしていいんだろうか。ほとんどの人は生き物に優しくしたいし、痛みに共感するだろう。しかし、畜産でやっているのはまさしく虐待、監禁、強制妊娠、性的搾取。「食べる」ことで虐殺はチャラになるのかな。ガザは天井のない監獄と呼ばれるが、動物園や畜産、日用品のための実験動物の生活はそれよりひどい。動物というだけで周縁に追いやられる。当たり前に抑圧される他者／動物がいる限り、人間領域においての解決も、歩みは遅いだろう。皿の上には根源的な暴力がある。自分の加害性を問わずして、暴力・搾取・差別に取り組めるだろうか。私は、自分の思考と言動を一致させたい。他者は、食べ物ではなかった。

新造真人／30歳

49

他者への想像力が隙間をこじ開けるヒント

ＳＮＳで簡単に情報収集をすることができ、クリック一つで政治運動に参加できた気分になる世の中になった気がします。その分、政治的な運動や意思表明はInstagramのストーリーのイメージ画面共有にとどまり、個人同士のつながりや大きな連帯への要請が薄れていると感じます。「社会をより良くしたい」と考える人々同士の意見が食い違う時、または一方が違う方法を求めている時、「正しい政治／運動は何か」ということに目を向ける力が大きく見えて、建設的な対話への空白や隙間というものが見出しづらいと感じます。政治は本来有機的なもので、常に変化する人間社会と共に要請される政治も変化していくはずです。他者への想像力がその隙間をこじ開けるヒントになるはずで、その想像力を養うための要素がアートや文化だと信じています。

デスガキ／30歳／女

50

行動は小さくても、冷笑よりずっといい

朝ドラ『虎に翼』を欠かさず視聴しているのですが、本作品はフィクションでありながら、政治や社会問題をめぐるさまざまな葛藤が、史実に基づきつつ凝縮された物語として再編成されています。歴史上の出来事を取り扱いつつも、ことあるごとに現代も残存する問題との接続が図られているので、場面設定は「過去」のことなのに、「問題は、今もまさにここにある」と指をさされるような感覚に見舞われます。

戦争も、政治的なイシューです。そして「政治」は、私たちの足元にあると考えます。取るに足らないようなことだとしても、できることから、世の中に働きかけることを諦めないでいたい。

先日Xを眺めていたら、ガザ侵攻を受けて、スタバやマックに対し個人的な不買運動をしている旨のポストが目に留まりました。素直に、すごいなと。ガザ侵攻のニュースを見れば胸が痛むし、戦争という名の暴力を許してはならないし糾弾されるべき。でも、スタバもマックも行きたい。でもでも、一見矛盾する私のこの葛藤は、両立すると思うんです。スタバ飲みながら、戦争反対を叫べばいい。マック食べながら、政

治について考えればいい。揚げ足取って冷笑してるより、ずっといい。小さく、弱々しくとも、灯火を絶やさずにいたい。

間違えたり、恥かいたり、遠回りしたりしながら、みんなで社会を変えちゃいませんか？

り／ナイショ／ご想像にお任せします

誰が酔いしれているのか

武田砂鉄

今、プーチンがどんな暮らしをしているのか知らない。ネタニヤフがどんな毎日を過ごしているのか知らない。知らないけれど、ものすごく守られているのは知っている。できるかぎり身の危険が生じないように、何重にもガードされ、秘密が守られる。その国家において、誰よりも優先される存在である。守らないとマズい。なぜか。悪いことをしているからである。人を殺しまくり、人に人を殺してくるように命じ、それでもまだ殺せと指示し続けているからである。

戦争や侵略を仕掛けた人間は、その場に出向くわけではない。殺して、殺して、次にまた殺そうとしたら、逆に自分が殺されてしまった人にはならない。殺しまくった経験を抱えながら一生涯苦しみ続ける人にはならない。ずっとそうだ。「早く行け！もっとやれ！」と言いながら、温かいスープを飲んでいる。

戦争を美化する人がいる。美化せずとも、致し方なかったのだ、なんて方向に持っていく人がいる。戦争はよくないけど、あの戦争で「お国」のために散った命を崇めなければいけないと考える人がいる。「戦争はよくないけれど」の「けれど」の後に言葉を続ける人を警戒する。「けれど」の後でやたらと饒舌になる人を軽蔑する。

自分は今、40代前半なので、80年ほど前の戦争を知らない。でも、知っている人を知っている。体験した人を知っている。祖母は東京大空襲の日に逃げ回った。逃げて逃げて、燃え盛る街が遠くに見えるところまでたどり着いた時、その光景を見て呆然としたそう。インタビューする仕事もしているので、戦争体験を直接聞く機会にも恵まれてきた。それらが積み重なったところで、その戦争を「知る」ことができたとはもちろん思わない。でも、断片が重なり合い、それがどこまでも断片であったとしても、自分の頭で形にする努力を始める。これをやっている限り、「よくないけれど」とは言わないはずだ。日本の人々は被害者でもあり加害者でもあった。どの戦争でもそうだ。そのバランスを勝手に調合してはいけない。自分たちの都合にあわせて調合すると、人間はどうしても自分たちに負荷のかからないような調合を始める。戦争でいえば、加害の歴史を薄める。あるいは消してしまう。戦争を知らない世代は、その身勝手な調合に警戒しなければいけない。

日本の政治は圧倒的に高齢男性ばかりが動かしている。いつも不思議なのは、自分より30も40も上の人たちならば、あの戦争をより色濃く知っているはずなのに、あの人たちこそが、戦争に前のめりになったり、「核共有」と言い始めたり、核兵器禁止条約に参加しない理由として「現実的に考えた時に……」なんて言ったりしている。つまり、「よくないけれど」と言い始める。自分たちの近くに、あの戦争を知っている人がいくらでもいたはずなのになぜなのか。いざとなっても、最後まで温かいスープにありつける存在だと自覚しているからなのか。

今回、20代に調査した結果を読むと、「戦争を近いものだと捉えている」と「政治を遠いものだと捉えている」、そんな傾向が見える。日々のニュースやSNSを通じて、ウクライナやガザの惨状が目に入る。住まいを奪われ、教育の機会を奪われ、家族を奪われる人たちの姿を知る。暴力的な外交を続ける国々が軍備を強めたり、核実験をしたり、飛翔体を飛ばしたりする。そんな世界の乱れを無視することはできない。上り坂ではない日本社会は、海の外の様々な変化に影響を受ける。急激に進んだ円安によって、ものすごい勢いで、日本は「安く楽しめる観光地だけど、国としての実力はそんなにないっぽい」場所になった。このままでいいのか、という不安は、これからずっと生きていかなければいけない若い世代になればなるほど強くなる。

戦争を起こさないようにするのは誰か。十分な暮らしをできるように整えるのは誰か。もちろん、個々人の意識は大切。でも、それを主たるものにすると、自己責任が発動する。問われなければいけないのは政治だ。政治を私たちに代わって動かしている政治家だ。多くの若者が、政治が遠いものと感じているのは、政治家には好都合だ。

本来、民主主義国家における政治家の仕事は、①自分たちが考えていることを国民（だけではなく日本で暮らしている人たち）に提示し、②そこで様々な意見を集約し、時には方向転換したり修正したりした上で、③決定する仕事である。でも、正直、政治家にとってみれば、①から③の順番を守るのって面倒臭い。自分たち、選ばれた存在なんだから、①②をカットして、もう③だけにしちゃいたいと考える。昨今、日本の政治の様子を見ているとこの動きが顕著だ。とにかく自分たちだけで決めちゃいたい。①と②は、やっているふりだけで終わらせたい。③だけにしたい人たちにとってみたら、若者が政治を遠いものだと捉えているのはマジでラッキーだ。

戦争が近くに感じられる、でも、政治が遠いままって人には、戦争を始めるのは政治家だと改めて知ってほしい。みんなで、あの人たちの動きを執拗にチェックし続ければ戦争は防げる。それを諦めると、彼らは自分たちの権限に酔いしれる。っていうか、今、酔いしれている。これじゃダメだと思っている。

武田砂鉄（たけだ・さてつ）

1982年、東京都生まれ。出版社勤務を経て、2014年よりライターに。2015年『紋切型社会』（新潮文庫）でBunkamuraドゥマゴ文学賞受賞。著書に『日本の気配』（ちくま文庫）、『わかりやすさの罪』（朝日文庫）、『偉い人ほどすぐ逃げる』（文藝春秋）、『マチズモを削り取れ』（集英社文庫）、『べつに怒ってない』（筑摩書房）、『今日拾った言葉たち』（暮しの手帖社）、『父ではありませんが　第三者として考える』（集英社）、『なんかいやな感じ』（講談社）、『テレビ磁石』（光文社）などがある。週刊誌、文芸誌、ファッション誌、ウェブメディアなど、さまざまな媒体で連載を執筆するほか、近年はラジオパーソナリティとしても活動の幅を広げている。

子ども・若者・教育	文化
不登校児童生徒が急増［2月］ 高校1年生より「新学習指導要領」開始。2025年度「大学入学共通テスト」の教科、科目再編など大幅変更［4月］ 成人年齢18歳に引き下げ［4月］ 教員免許更新制廃止［7月］ 日本全国で「ルフィ広域強盗事件」広がる。若者の貧困と「闇バイト」が社会問題に	イーロン・マスク、Twitter社を買収。アプリの名称が「X」に［10月］ 「ChatGPT」サービス開始［12月］ ●ヒット・ブーム： 『RRR』、『THE FIRST SLAM DUNK』、『silent』、『ちいかわ』、Switch用ソフト「スプラトゥーン3」、きつねダンス、NewJeansら人気。K-pop第4世代ブーム ●流行語： 知らんけど、キーウ、宗教2世
広島市、平和教育副教材から『はだしのゲン』の削除を発表［2月］ こども家庭庁発足、こども基本法施行［4月］ 兵庫、芦屋市市長に当時26歳の高島崚輔当選［4.23］ 飲食店などでの迷惑炎上動画が社会問題に 「たまひよ」が発表した名付けランキングで女児は「陽葵」が8年連続1位 進研ゼミ小学講座が実施した「小学生がなりたい職業」1位4年連続で「YouTuber」	「Temu」日本サービス開始［7月］ 旧ジャニーズ事務所が、故ジャニー喜多川による性加害を認める［9月］ ネット上で岸田首相「増税クソメガネ」呼び流行る ●ヒット・ブーム： YOASOBI「アイドル」、『SPY×FAMILY』、「スイカゲーム」、「8番出口」、「おぱんちゅうさぎ」、「Snapchat」「Be Real」など「盛れないアプリ」人気 ●流行語： アレ、蛙化現象、闇バイト
「頂き女子」社会問題に（「りりちゃん」に実刑判決）［4月］ 米国、各地の大学にてイスラエルによるパレスチナ侵攻に抗議するデモ相次ぐ［4月］ 国立大学協会が、国立大の財政難に対し声明。物価高や国からの運営費交付金の減額が問題に［7月］ 秋田、大館市市長に27歳の石田健佑当選［9.1］ 東京大学が20年ぶりの学費値上げ。大学の学費値上げが全国で相次ぐ［9月］	性暴力報道を受け松本人志活動休止［1月］ Mrs. GREEN APPLE「コロンブス」MV炎上［6月］ ニンテンドーミュージアムオープン［10月］ 大谷翔平、史上初の「50-50」達成、および3度目の満票MVP［10月、11月］ ●ヒット・ブーム： 『虎に翼』、こっちのけんと「はいよろこんで」、Creepy Nuts「Bling-Bang-Bang-Born」、猫ミーム、平成女児 ●流行語： カスハラ、界隈

年	1994年生	2004年生	政権	社会・政治・世界情勢
2022（令和4）年				ロシア、ウクライナへ侵攻［2.24］ 知床観光船「KAZU 1」沈没事故［4.23］ スウェーデンとフィンランド、NATO加盟申請［6月］ 東京、杉並区区長に岸本聡子当選。「ひとり街宣」広がる［6.19］ 安倍元首相が銃撃、死亡［7.8］ 参院選で暴露系YouTuber「ガーシー」当選［7.10］ 自民党所属国会議員179名と旧統一教会の接点が判明［9月］ 安倍元首相、国葬［9.27］ 32年ぶりの円安水準を更新。1ドル＝150円に［10月］ 韓国、梨泰院雑踏事故［10.29］
2023（令和5）年		大学生		トルコ・シリア大地震［2.6］ 文化庁、京都に移転［3月］ マイナンバーカード保険証の義務化［4月］ LGBT法施行［6月］ 防衛財源確保法施行［6月］ 福島第一原発の処理水放出開始［8.24］ インボイス制度開始［10月］ 百田尚樹が日本保守党結成［10月］ ハマスによるイスラエル攻撃。イスラエル軍によるパレスチナ侵攻［10.7］ 自民党、政治資金パーティー収入裏金問題［11月］
2024（令和6）年	30歳	20歳	10月 石破茂内閣	能登半島地震［1.1］ 羽田空港地上衝突事故［1.2］ 群馬県高崎市、「朝鮮人労働者追悼碑」を撤去［1.29］ トラックドライバーの労働時間規制厳格化［4月］ 新貨幣発行［7月］ 東京都知事に小池百合子が3回目の当選。蓮舫との対決とならず、2位に石丸伸二［7.7］ 岸田首相辞任、翌月自民党総裁選［8.14］ 被団協がノーベル平和賞受賞［10月］ 衆院選にて国民民主党躍進、自公が過半数割れ。投票率は53.85%と戦後3番目の低さ［10.27］ 米国、大統領にドナルド・トランプ再当選［11.6］ 兵庫県知事に斎藤元彦再当選。SNSでパワハラの疑いなどを「冤罪」「デマ」とする投稿が相次ぎ、投票数を伸ばす［11.17］

子ども・若者・教育	文化
日本文芸家協会、高校新指導要項「国語」での「実学重視、小説軽視」を危惧する声明［1月］ 中学校で「道徳」教科化開始［4月］ 参院選に合わせ「NO YOUTH NO JAPAN」立ち上げ［7月］ 幼児教育・保育の無償化実施［10月］ 文科省、教育のICT化打ち出し。「GIGAスクール構想の実現」に予算計上。小学校などでタブレット学習導入［12月］ スウェーデンのグレタ・トゥーンベリ、15歳で始めた「気候のための学校ストライキ」、世界各地で広がる	お笑い芸人による闇営業問題発覚［6月］ 「あいちトリエンナーレ2019」の「表現の不自由展・その後」が会期3日で中止［8月］ ラグビーW杯日本8強［10月］ ●ヒット・ブーム： 『鬼滅の刃』、YOASOBI「夜に駆ける」、Official髭男dism「Pretender」、『愛の不時着』、「すみっコぐらし」、「#アオハル」 ●流行語： 計画運休、タピる
コロナウイルス対策で小・中・高校の臨時休校を要請［2月］ 小学校で「英語」教科化、「プログラミング教育」必修化［4月］	「Nizi Project」放送、オーディション番組がブーム。同年12月にNiziUとしてデビュー［1月］ 志村けん、コロナで死去［3月］ 安倍首相『うちで踊ろう』動画炎上［3月］ 著名人の自殺が相次ぐ［-10月］ 「SHEIN」日本でサービス開始［12月］ 嵐活動休止［12月］ ●ヒット・ブーム： Switch用ソフト「あつまれどうぶつの森」、『30歳まで童貞だと魔法使いになれるらしい（チェリまほ）』、『呪術廻戦』、Ado「うっせぇわ」 ●流行語： 3密、ソロキャンプ、リモートワーク
「大学入学共通テスト」初実施［1月］ 中学校で「プログラミング教育」必修化［4月］ わいせつ教員対策新法施行［4月］ 教科書の用語「従軍慰安婦」「強制連行」が、政府見解に合わせ、削除や「動員」「配置」への言い換えの対象となる［9月］ 「トー横キッズ」社会問題に	東京五輪新競技にスケートボード。同種目にて西矢椛、堀米雄斗らが金メダル獲得［7月］ 衆院選に向け芸能人が呼びかける#わたしも投票します動画公開［10月］ ●ヒット・ブーム： 『花束みたいな恋をした』、『イカゲーム』、『PUI PUI モルカー』、Y2Kファッション ●流行語： 親ガチャ、Z世代、黙食

年	1994年生	2004年生	政権	社会・政治・世界情勢
2019(令和1)年				「結婚の自由をすべての人に」訴訟開始[2月] フラワーデモ開始[4月] れいわ新選組結成[4月] 天皇即位。「令和」に改元[5.1] 香港、逃亡犯条例改正案の提出を受け大規模デモ(100万人)[6月] 京都アニメーション放火事件[7.18] 国連気候行動サミット[9.23] 消費税10%に[10月] 沖縄、首里城焼失[10.31]
2020(令和2)年		高校生	9月 菅義偉内閣	新型コロナウイルス世界的大流行[3月] 緊急事態宣言[4月] 世帯主を受け取り人とし、1人につき10万円一律給付[4月] 布マスク配布事業(アベノマスク)開始[4月] 参政党結成[4月] 米国での警察官による黒人差別・殺害が動画で拡散。SNSで#blacklivesmatter広がる[5月] 道路交通法改正。妨害運転罪(あおり運転罪)創設[6月] 九州豪雨[7月] 「Go To トラベル」事業開始[7月] 全国の小売店でレジ袋の有料化[7月] 安倍首相、辞任表明。7年8ヶ月余におよぶ長期政権終了[8.28]
2021(令和3)年			10月 岸田文雄内閣	新型コロナウイルス、ワクチン接種開始[2月] 東京五輪組織委員会の森喜朗会長が女性蔑視発言。辞任[2月] ミャンマー、国軍がクーデター[2.1] 1年延期を経て東京五輪開催。開催経費は1兆6989億円[7月] 「黒い雨」訴訟、政府が上告見送り[7月] 静岡県熱海市で大規模な土石流災害[7月] タリバン、アフガン掌握[8.15] デジタル庁発足[9月] 衆院選で日本維新の会が第3党に[10.19] 東京、電車内で無差別刺傷事件相次ぐ[8月、10月]

子ども・若者・教育	文化
2014年改定検定基準により領土問題、南京事件、関東大震災などに検定意見［3月］ KADOKAWA、ドワンゴによるネット通信制高校の制度を活用した「N高」開校［4月］ 改正公職選挙法施行。選挙権年齢を18歳以上に引き下げ［6月］ 電通新入社員の自殺、労災認定判明［10月］ 藤井聡太が史上最年少（14歳2ヶ月）でプロ棋士入り［10月］	海賊版漫画サイト「漫画村」開設。2018年閉鎖［1月］ 「ポケモンGO」配信、ヒット［7月］ 「Uber Eats」日本でサービス開始［9月］ 「Spotify」日本でサービス開始［9月］ SMAP解散［12月］ ●ヒット・ブーム： 『君の名は。』、『シン・ゴジラ』、『この世界の片隅に』、『逃げるは恥だが役に立つ』、ピコ太郎「PPAP」、Suchmos「STAY TUNE」、欅坂46「サイレントマジョリティー」、VRウェアラブル端末が相次いで発売。「VR元年」 ●流行語： 神ってる、聖地巡礼、ゲス不倫、保育園落ちた日本死ね
教育勅語使用肯定の閣議決定［3月］ 部活動指導員制度施行［5月］ 沖縄、宜野湾市の小学校校庭に米軍ヘリ落下。県が飛行中止要請［12月］ 高校「家庭科」「公民」などの教科書に子どもの貧困記述多数	「Nintendo Switch」発売［3月］ ●ヒット・ブーム： ブルゾンちえみ「35億」ネタ、DAOKO「打ち上げ花火」、「バブリーダンス」、ハンドスピナー、ビットコイン、『ストレンジャー・シングス』シリーズ ●流行語： インスタ映え、忖度、フェイクニュース
振袖販売会社「はれのひ」が休業。新成人に振袖届かず［1月］ 小学校で「道徳」教科化開始［4月］ 改正学校教育法成立。デジタル教科書が正規の教科書に［5月］ 改正生活保護法成立。進学一時金支給に［6月］ 複数の大学医学部にて、女子学生に対する不正入試（差別）が発覚［7月］ 文科省、ネットいじめ過去最多発表［10月］	平昌オリンピック開催。フィギュアスケートで羽生結弦が2連覇［2月］ 「paypay」サービス開始［10月］ ●ヒット・ブーム： 『漫画 君たちはどう生きるか』、PS4用ソフト「MONSTER HUNTER WORLD」、『おっさんずラブ』、『カメラを止めるな！』、DA PUMP「U.S.A.」、BTSがK-pop初のビルボード1位。第3次K-popブーム、お笑い第7世代 ●流行語： そだねー、半端ないって

年	1994年生	2004年生	政権	社会・政治・世界情勢
2016（平成28）年				マイナンバー制度開始［1月］ 北海道新幹線開業［3.26］ 電力自由化開始［4月］ 障害者差別解消法施行［4月］ 熊本地震［4.14］ 政治資金問題めぐり舛添要一都知事が辞職［6月］ ヘイトスピーチ解消法施行［6月］ 英国、国民投票でEUを離脱を決定［6.23］ 相模原障害者施設殺傷事件［7.26］ 東京都知事に小池百合子当選［7.31］ 天皇退位の「お気持ち」表明［8.8］ 「山の日」施行［8.11］ 米国、大統領にドナルド・トランプ当選［11.8］ 「もんじゅ」の廃炉決定［12月］ 部落差別解消推進法施行［12月］
2017（平成29）年		中学生		「森友・加計学園問題」発覚［2月］ 「プレミアムフライデー」開始［2月］ 残業「月100時間未満」決定［3月］ 原発事故、避難めぐる集団訴訟で初めての判決［3月］ 安倍首相、憲法九条に自衛隊明記など新改憲案発表［5月］ テロ等準備罪（共謀罪）施行［7月］ 九州北部豪雨［7月］ 座間9遺体事件［10月］ ハーヴェイ・ワインスタインによる性暴力の告発や、伊藤詩織氏が実名で性被害を告白。#MeTooが世界各地で広がる［10月］
2018（平成30）年				財務省、森友学園問題で決裁文書改ざん認める［3月］ 南北首脳会談。朝鮮半島非核化で合意［4.27］ 「政治分野における男女共同参画の推進に関する法律」制定［5月］ 史上初の米朝首脳会談［6.12］ 西日本豪雨［7月］ インドネシア地震・津波［9月］ 沖縄県知事に玉城デニー当選［9.30］ 日産自動車のカルロス・ゴーン会長を巨額の報酬隠しで逮捕［11月］

子ども・若者・教育	文化
安倍首相直属の「教育再生実行会議」設置［1月］ 広島、独自の「平和教育プログラム」開始。『ひろしま平和ノート』作成・配布［4月］ いじめ防止対策推進法施行［6月］ 『心のノート』配布再開［7月］ 「バカッター」社会問題に	「メルカリ」サービス開始［7月］ ●ヒット・ブーム： 『風立ちぬ』、『永遠の0』(百田尚樹原作)、『あまちゃん』、『半沢直樹』、朝井リョウ『桐島、部活やめるってよ』、コンビニコーヒー ●流行語： お・も・て・な・し、今でしょ!、ブラック企業、ヘイトスピーチ
「STAP細胞」論文に捏造や改ざん［1月］ 文科省、『心のノート』にかわって『私たちの道徳』を全小・中学校に配布［4月］ パキスタンのマララ・ユズフザイ、当時17歳でノーベル平和賞受賞。ノーベル賞全部門で史上最年少［12月］ 香港、学生らの反政府デモ。「雨傘運動」	『笑っていいとも!』放送終了［3月］ テニス、錦織圭全米準優勝［9月］ ●ヒット・ブーム： 『妖怪ウォッチ』、『アナと雪の女王』、又吉直樹『火花』、三代目J Soul Brothers「R.Y.U.S.E.I.」、「ツムツム」、格安スマホ ●流行語： カープ女子、壁ドン、マタハラ
「学習指導要領」が一部改訂。「道徳」が「特別の教科」として位置付けされる［3月］ 「SEALDs」設立。国会議事堂周辺などで集団的自衛権および憲法改正への抗議デモ広がる［5月］ 電通の新入社員が過労による自殺［12月］	「Apple music」日本でサービス開始［7月］ 「Netflix」日本でサービス開始［9月］ 「Amazonプライム・ビデオ」日本でサービス開始［9月］ 「SNOW」日本でリリース。「B612」など写真加工アプリ人気［11月］ ●ヒット・ブーム： 『下町ロケット』、ラグビー「五郎丸ポーズ」、双子コーデ・おそろコーデ ●流行語： 爆買い、じわる、アベ政治を許さない

年	1994年生	2004年生	政権	社会・政治・世界情勢
2013(平成25)年	大学生			安倍首相、国会で憲法改正に初言及［1月］ インターネット上の選挙運動を解禁する改正公職選挙法施行［5月］ 安倍首相、経済政策「アベノミクス」掲げる［6月］ 立花孝志がNHK受信料不払い党結成。以降名称変更くり返す［6月］ 「PM2.5」問題に 安倍首相、IOC総会で福島の状況を「アンダーコントロール」と発言。2020年五輪東京開催が決定［9.7］
2014(平成26)年	20歳			ロシア、クリミア侵攻［2.20］ 消費税8%に［4月］ 韓国、セウォル号沈没事故［4.16］ 新疆ウイグル自治区、爆破事件。習近平政権がウイグル族への弾圧を強化［4.30］ イラク過激派、「イスラム国」国家樹立宣言［6.29］ 集団的自衛権行使容認の閣議決定［7月］ イスラエル国軍、ガザ地区に地上侵攻（翌8月に無期限停戦）［7.8］ 広島で豪雨による土砂災害［8月］ 朝日新聞、「慰安婦」問題をめぐる過去記事取り消し［8月］ 特定秘密保護法施行［12月］
2015(平成27)年				「大阪都構想」住民投票、反対多数で大阪市存続、橋下大阪市長政界引退表明［5月］ 米国、最高裁判決により「同性婚」を全州で認める［6月］ 戦後70年安倍首相談話。植民地支配と侵略を認めた「村山談話」を事実上破棄［8.14］ 改正労働派遣法施行［9月］ 安全保障関連法、強制成立［9月］ 国連サミット開催。「SDGs」発表［9月］ 米軍基地辺野古移設、国が着工［10月］ 東京都渋谷区と世田谷区にて「パートナーシップ宣誓書」施行［11月］ 橋下徹がおおさか維新の会結成（翌年日本維新の会に改名）［11月］ パリ同時多発テロ事件［11.13］ 日韓外相会談、「慰安婦」問題で「合意」［12.28］ イスラム国、邦人人質殺害

子ども・若者・教育	文化
子ども手当法・高校無償化法が施行。授業料無償化について、朝鮮学校は保留［4月］ 「慰安婦」記述復活を求める市民連絡会発足［8月］	「ipad」が日本で発売開始［5月］ 「Instagram」リリース［10月］ ●ヒット・ブーム： AKB48、植村花菜「トイレの神様」、西野カナ「会いたくて 会いたくて」、韓国ドラマのヒットのほか、KARA、少女時代など相次いで日本デビュー。第2次韓流ブーム ●流行語： ゲゲゲの〜、イクメン、女子会
小学5、6年生の「外国語活動」が必修化［4月］ 北海道夕張市長に当時30歳の鈴木直道当選。全国最年少［4月］ 大阪府議会、教職員に「君が代」の起立斉唱を義務付ける条例可決［6月］ リクルート「スタディサプリ」（旧「受験サプリ」）サービス開始［11月］ 沖縄、教育長主導で「つくる会系」教科書が導入された八重山教科書問題	「LINE」サービス開始［6月］ FIFA女子ワールドカップで日本優勝［7月］ 「Hulu」日本でサービス開始［9月］ 東日本大震災に伴い、一時テレビCMがACのみに ●ヒット・ブーム： 『家政婦のミタ』、『JIN -仁-』、EXILE「Rising Sun/いつかきっと…」、ゴールデンボンバー「女々しくて」、スマートフォン、女子高校生中心に「Decolog」人気、「パズル＆ドラゴンズ」などソーシャルゲーム人気 ●流行語： 絆、風評被害、帰宅難民、なでしこジャパン、どや顔
最高裁が「君が代」斉唱時の不起立等を理由とした教員の減給・停職・懲戒処分を一部取り消す判決［1月］ 日本教育再生機構による中学生向け道徳教材のパイロット版『13歳からの道徳教科書』刊行［2月］ 中学1、2年生の「武道」、「ダンス」必修化［4月］ 中学校「理科」で30年ぶりに放射線の授業が復活［4月］ 超党派による親学推進議員連盟発足。会長に安倍晋三［4月］ 滋賀、大津いじめ自殺事件［10.11］ ジャストシステム「スマイルゼミ」サービス開始。オンライン学習サービスの先駆け［12月］	東京スカイツリー開業［5月］ ロンドン五輪開催［7月］ 『テラスハウス』放送開始。恋愛リアリティショーブームに［10月］ 「Pairs」サービス開始。マッチングアプリ広まる［11月］ ●ヒット・ブーム： 『ドクターX 〜外科医・大門未知子〜』、「プリティーリズム」や「ジュエルポッドダイヤモンド」などスマホ型トイ人気 ●流行語： iPS細胞、キラキラネーム、終活

年	1994年生	2004年生	政権	社会・政治・世界情勢
2010(平成22)年	高校生		6月 菅直人内閣	日本年金機構発足(社会保険庁廃止)[1月] JALが倒産、会社更生法の適用申請[1.19] 沖縄、普天間基地県内移設反対集会(9万人)[4.25] 普天間基地移転先を辺野古にする日米共同声明[5.28] 参院選で民主党敗れる。再度衆参ねじれ[7.11] 尖閣諸島中国船衝突事件[9.7] 中国、GDP2位。日本は42年ぶりに転落、3位に
2011(平成23)年		小学生	9月 野田佳彦内閣	ニュージーランド地震[2.22] 東日本大震災。国内史上最大震度7、死者・行方不明者は22,000人以上。福島第一原子力発電所がメルトダウン[3.11] 東京で脱原発集会(6万人)[9.19] 米国、「ウォール街を占拠せよ」デモ[9月-11月] 大阪市長に橋下徹当選。大阪府知事に大阪維新の会・松井一郎当選[11.27] 生活保護受給者59年ぶりに200万人超 アラブ諸国で民主化運動活発に。「アラブの春」
2012(平成24)年			12月 第2次安倍晋三内閣	復興庁発足[2月] LCC「Peach」運行開始[3月] 自民党、憲法改正草案発表[4月] 国内の全原発が42年ぶりに停止[5月] LCC「ジェットスター・ジャパン」運行開始[5月] 復興基本法施行[6月] 大飯原発3、4号機の再起動を決定[6月] 東京電力国有化が正式決定[6月] 東京、代々木公園で大規模なデモ(約17万人)や、国会議事堂周辺での「7.29　脱原発 国会大包囲」(約20万人)など各地にて反原発デモ[7月] 中国各地で尖閣諸島の日本国有化に抗議するデモが広がる[9月] 衆院選で自公が政権奪還[12.16] 韓国、大統領選で朴槿恵が当選。同国初の女性大統領[12.19]

	子ども・若者・教育	文化
	沖縄戦「集団自決」記述で「軍の強制」の削除・修正が判明［3月］ 全国学力・学習状況調査開始［4月］ 熊本、病院で赤ちゃんポストの運用開始［5月］ 沖縄戦「集団自決」の検定意見撤回、軍強制記述の復活を求める沖縄県民大会開催。同年12月、文科省は訂正申請を認めるものの「軍強制」は拒否［9月］ 改正少年法施行。少年院に収容できる年齢を12歳以上に引き下げ［11月］	ネット配信サービス「USTREAM」開設［3月］ 「YouTube」日本語対応開始［6月］ 「GyaO NEXT」サービス開始。同年12月「U-NEXT」に変更［6月］ ボーカロイド「初音ミク」発売［8月］ ●ヒット・ブーム： 田村裕『ホームレス中学生』、『ハケンの品格』、Perfume「ポリリズム」、「ビリーズブートキャンプ」、「∞プチプチ」、美嘉『恋空 切ナイ恋物語』。第2次ケータイ小説ブーム ●流行語： そんなの関係ねぇ、ネットカフェ難民、どげんかせんといかん
	小、中学校学習指導要領改定。「ゆとり」路線の終焉［1月］ 文科省、「学校裏サイト」38,000件以上と発表［3月］	「Twitter」日本版リリース［4月］ 「FaceBook」日本版リリース［5月］ 「iphone」日本で発売開始［7月］ 北京五輪開催［8月］ 「Googleストリートビュー」日本でサービス開始［8月］ 「H&M」日本初出店［9月］ ●ヒット・ブーム： GReeeeN「キセキ」、「Wiiフィット」、「歌ってみた」、ブルーレイ・ディスク ●流行語： アラフォー、ゲリラ豪雨、後期高齢者
	教員免許更新制導入。教員免許状に有効期限が設けられる［4月］ 島根女子大生死体遺棄事件［11.6］ 「たまひよ」が発表した名付けランキングで男児は「大翔」が4年連続1位	終戦日前後に毎年放送されていた『火垂るの墓』が最終放送。その後は2015年、2018年に放送のみ［8月］ Amazon、日本で初めて「当日お急ぎ便」サービス開始［10月］ ●ヒット・ブーム： アニメ・漫画『進撃の巨人』、『サマーウォーズ』、『アバター』、村上春樹『1Q84』、GU「990円デニム」、「デュエル・マスターズ」「遊戯王」「バトルスピリッツ」などカードゲーム人気続く ●流行語： 事業仕分け、草食男子、こども店長

年	1994年生	2004年生	政権	社会・政治・世界情勢
2007(平成19)年	中学生		9月 福田康夫内閣	防衛省発足［1月］ 気象庁、35度以上の日を「猛暑日」に制定［4月］ 伊藤一長長崎市長、銃撃され死亡［4.18］ 憲法改正手続に関する国民投票法成立［5月］ 新潟県中越沖地震［7.16］ サブプライムローン問題が深刻化［8月］ 安倍首相、病気を理由に辞任表明［9.12］ 民営郵政各社発足［10月］ 一般向け緊急地震速報運用開始［10月］ 新入国審査開始。指紋採取と顔写真撮影を義務づけ［11月］
2008(平成20)年			9月 麻生太郎内閣	後期高齢者医療制度開始［4月］ ジョブ・カード制度開始［4月］ 東京、秋葉原で無差別殺人事件［6.8］ ロシア、グルジア侵攻［8.8］ リーマン・ブラザーズが経営破綻。「リーマンショック」［9月］ 米国、大統領にバラク・オバマ当選［11.4］ 東京、日比谷公園に「年越し派遣村」開設［12月］
2009(平成21)年			9月 鳩山由紀夫内閣	日経平均株価、バブル後最安値（7,054円98銭）［3月］ エコポイント制度開始［5月］ 裁判員制度開始［5月］ 新型インフルエンザの世界的大流行［6月］ 水俣病救済法施行［7月］ 衆院選で民主大勝、政権交代［8.30］ 消費者庁発足［9月］ 初の「シルバーウィーク」［9月］ ギリシャ、経済危機が表面化。「2010年欧州ソブリン危機」［10月］ 厚労省、貧困率を初めて発表。15.7%［11月］

子ども・若者・教育	文化
国公立大学法人化［4月］ 沖縄国際大に米軍ヘリが墜落［8.13］ 改正地教行法施行。コミュニティスクール導入［9月］ 天皇、学校での「日の丸・君が代」は「強制しないことが望ましい」と発言［10月］	綿矢りさ『蹴りたい背中』、金原ひとみ『蛇にピアス』芥川賞ダブル受賞。史上最年少受賞［1月］ 『プリキュア』シリーズ放送開始［2月］ 「mixi」サービス開始［3月］ 「ZOZOTOWN」サービス開始［12月］ 「DS」発売［12月］ ●ヒット・ブーム： 『トリビアの泉』、『はねるのトびら』、ORANGE RANGE「花」、平井堅「瞳をとじて」、デジタルカメラ、セレブファッション ●流行語： チョー気持ちいい、自己責任、負け犬
安倍晋三、山谷えり子を中心に「過激な性教育・ジェンダーフリー教育実態調査プロジェクトチーム」設置［3月］ 文科白書、「ゆとり教育」見直しへ［3月］ 「つくる会教科書」、神奈川県小田原市で採択［7月］、東京都杉並区で採択［8月］ 「ふみコミュニティ」の「メル友募集」掲示板をきっかけに小学6年生女児が失踪するなど社会問題に［10月］ 全国で若者による小学女児殺傷事件相次ぐ	「食べログ」サービス開始［3月］ ●ヒット・ブーム： 映画・ドラマ『電車男』、『花より男子』、修二と彰「青春アミーゴ」、矢沢あい『NANA』、カードゲーム「おしゃれ魔女♡ラブ&ベリー」、着うたフル、中高生を中心に「前略プロフィール」人気 ●流行語： 小泉劇場、想定内（外）、クールビズ、萌え〜
認定こども園制度施行［10月］ 教育再生会議設置［10月］ 改正教育基本法成立。「愛国心」「伝統文化」を強調［12月］ 義務教育費国庫負担法改正。義務教育費の国庫負担が2分の1から3分の1に削減 全国で小中学生のいじめ自殺相次ぐ	「モバゲータウン」サービス開始［2月］ トリノ冬季オリンピック開催［2月］ 第1回ワールド・ベースボール・クラシック(WBC)［3月］ 「ワンセグ」配信開始［4月］ 「ニコニコ動画」開設［12月］ 「Wii」発売［12月］ ●ヒット・ブーム： 『DEATH NOTE デスノート the Last name』、デジタル一眼レフ、読者モデル ●流行語： イナバウアー、格差社会、エロカッコイイ

年	1994年生	2004年生	政権	社会・政治・世界情勢
2004（平成16）年		0歳		鳥インフルエンザ発生［1月］ 営団地下鉄が民営化。「東京メトロ」に［4月］ 改正出入国管理法成立。「不法滞在」の罰則強化［5月］ 再び日朝首脳会談、拉致被害者家族5名が日本帰国［5.22］ 年金改革法、改正高齢者雇用安定法成立［6月］ 新潟県中越地震［10.23］ 新貨幣発行［11月］ 小泉首相、「日本の国益にかなう」と1年間のイラク自衛隊派遣延長閣議決定［12.9］ スマトラ沖地震［12.26］
2005（平成17）年				北朝鮮、核保有宣言［2.10］ 京都議定書発効［2.16］ 愛・地球博開催［3月］ 個人情報保護法施行［4月］ JR福知山線脱線事故［4.25］ 「クールビズ」開始［6月］ 英国、ロンドンで同時爆破テロ［7.7］ 米国、超大型ハリケーン「カトリーナ」直撃［8月］ パキスタンで大地震［10.8］ 郵政民営化法成立。翌年1月、日本郵政株式会社が発足［10月］
2006（平成18）年			9月 第1次安倍晋三内閣	三菱東京UFJ銀行発足［1.1］ ライブドアの堀江貴文社長を証券取引法違反の容疑で逮捕［1.23］ 障害者自立支援法施行［4月］ 小泉首相、陸上自衛隊のイラク撤退表明［6.20］ 全国的豪雨［7月］ オウム事件、松本智津夫被告死刑確定［9.15］ 厚労省、生活保護世帯が初めて100万超と発表［10月］ 自殺対策基本法施行［10月］

子ども・若者・教育	文化
「子どもと教科書全国ネット21」など5団体声明で、つくる会の教科書の問題点と既存の7社による教科書の改悪実態を明示［9月］ 児童虐待防止法施行［11月］ 改正少年法施行。対象年齢が14歳に引き下げ［11月］	『プロジェクトX』放送開始［3月］ 「Amazon」日本でサービス開始［11月］ ●ヒット・ブーム： 『クイズ$ミリオネア』、「e-cara」、ユニクロ、「とっとこハム太郎」、「エンジェル・ブルー」や「メゾピアノ」が小学生女児に人気、Yoshi『Deep Love アユの物語』。第1次ケータイ小説ブーム ●流行語： おっはー、IT革命、自己中
文部省と科学技術庁廃止。これらを統合し文部科学省設置［1月］ 米国ハワイ・オアフ島沖で、愛媛県立宇和島水産高校の実習船「えひめ丸」が、米原子力潜水艦「グリーンビル」と衝突し沈没［2.10］ 「つくる会教科書」検定合格［4月］ 大阪、付属池田小学校で殺傷事件［6.8］ 「歴史教育アジアネットワーク」発足［9月］ 不登校児童生徒数が13万9,000人と過去最多	ユニバーサル・スタジオ・ジャパン開園［3月］ ウィキペディア日本語版開設［5月］ 東京ディズニーシー開園［9月］ 「ゲームキューブ」発売［9月］ 「iPod」発売［11月］ ●ヒット・ブーム： 『千と千尋の神隠し』、『ハリー・ポッターと賢者の石』、『HERO』、缶チューハイ、高見広春『バトル・ロワイアル』、モーニング娘。「恋愛レボリューション21」、「チョコエッグ」 ●流行語： 聖域なき改革、DV
学校完全週五日制に。「ゆとり教育」の開始［4月］ 文科省、『心のノート』を全小・中学校に配布［4月］	「Xbox」日本で発売［2月］ サッカー日韓ワールドカップ開催［6月］ 『産経新聞』によるネットニュース配信増。「ジェンダーフリー」や「性教育」への反対キャンペーン多数実施 ●ヒット・ブーム： 『ロード・オブ・ザ・リング』、『ごくせん』、ムービー写メール、カードゲーム「デュエル・マスターズ」
「若者自立・挑戦プラン」発表［6月］ 都議会、東京都立七生養護学校での性教育をバッシング［7月］ 次世代育成支援対策推進法、少子化社会対策基本法成立［7月］ 東京都教育委員会、学校での「日の丸・君が代」強制の通達［10月］	地上デジタル放送開始［12月］ ●ヒット・ブーム： SMAP「世界に一つだけの花」、森山直太朗「さくら（独唱）」、『白い巨塔』、小説・映画『世界の中心で、愛をさけぶ』など「純愛ブーム」、韓国ドラマ『冬のソナタ』など第1次韓流ブーム、ユニセックスファッション ●流行語： なんでだろう〜、マニフェスト、年収300万円、へぇ〜

年	1994年生	2004年生	政権	社会・政治・世界情勢
2000(平成12)年			4月 森喜朗内閣	2000年(Y2K)問題、大きなトラブルなし[1月] 大阪、全国初の女性知事に太田房江当選[2.6] 改正出入国管理法施行。「不法残留罪」新設[2月] ロシア、大統領にプーチン当選[3.26] 介護保険制度開始[4月] 沖縄サミット開催[7月] 犯罪被害者保護法施行[11月] ストーカー規制法施行[11月]
2001(平成13)年	小学生		4月 小泉純一郎内閣	21世紀始まる[1月] IT基本法施行[1月] 国内初の「代理出産」[5月] 小泉首相、靖国神社公式参拝[8.13] 歌舞伎町ビル火災[9.1] アメリカ同時多発テロ[9.11] 米国、タリバンへの攻撃開始[10.7] テロ対策特別措置法施行。自衛隊の後方支援可能に[11月] JR東日本「Suica」運用開始[11月]
2002(平成14)年				ユーロ流通開始[1月] 住基ネット稼働[8月] 初の日朝首脳会談。翌月10月、拉致被害者5名が日本帰国[9.17] 東京千代田区、全国初の路上禁煙条例成立[10月] 国会議員の「政治とカネ」をめぐる問題、辞職相次ぐ
2003(平成15)年				北朝鮮、核不拡散条約脱退宣言[1月] 全国32都道府県でイラク反戦デモ。東京は4万人[3.8] 米英軍、イラク・バグダッド攻撃開始。イラク戦争勃発[3.20] 小泉首相、アメリカのイラク攻撃を支持[3月] 新型肺炎「SARS」流行[3月] 平成の大合併開始。市町村数3,190に[4月] サラリーマンの医療費自己負担率が3割に[4月] 日本郵政公社発足[4月] 民主党と自民党、合併[9月] 期日前投票制度開始[12月] 自衛隊、イラク派遣[12.26]

	子ども・若者・教育	文化
	「新しい教科書をつくる会（つくる会）」結成［1月］ 中川昭一、安倍晋三ら、「日本の前途と歴史教育を考える若手議員の会」結成［2月］ 財政改革で国立大学教員養成課程定員を5千人削減計画提出［4月］ 兵庫、神戸連続児童殺傷事件。14歳の少年が逮捕［6月］	『ポケットモンスター』アニメ放映開始［4月］ 『ONE PIECE』連載開始［7月］ ●ヒット・ブーム： 『もののけ姫』、鶴見済『完全自殺マニュアル』、『学校へ行こう！』、フジ月9ドラマ枠ヒット作連発、「デジタルモンスター」、「ときめきメモリアル」、ハイパーヨーヨー、小室哲哉プロデュース曲でヒット連発 ●流行語： 失楽園、マイブーム
	栃木女性教師刺殺事件［1.28］ 学校教育法改正案成立。公立学校で中高一貫教育が導入可能に［6月］ 文部省、公立学校のごみ焼却炉がダイオキシン対策で8割以上が使用中止と発表［7月］ 小学校及び中学校学習指導要領で、性教育において妊娠の経過は取り扱わないものとする「はどめ規定」が盛り込まれる	「ポケットピカチュウ」発売。万歩携帯ゲームがブームに［3月］ 「iMac」日本で発売開始［8月］ ●ヒット・ブーム： 『タイタニック』、『GTO』、マクドナルド「65円バーガー」、音楽CDの売り上げが6,000億円と過去最高 ●流行語： だっちゅーの、ボキャ貧、キレる
	中学校歴史教科書、2社が「慰安婦」記述を訂正［8月］ つくる会が歴史教科書のパイロット版『国民の歴史』（扶桑社）刊行［10月］ 新規高卒者の就職率が89.9%で過去最低	NTTドコモ「i-mode」サービス開始［2月］ 『おジャ魔女どれみ』シリーズ放映開始［2月］ ひろゆきが「2ちゃんねる」開設［5月］ パイオニア、世界初のDVDレコーダー発売［12月］ 「魔法のiらんど」開設。小説を執筆できる「BOOK機能」は2000年3月にリリース ●ヒット・ブーム： 乙武洋匡『五体不満足』、宇多田ヒカル「Automatic」、浜崎あゆみ「Boys&Girls」、「だんご三兄弟」、ペットロボット「ファービー」「アイボ」、カードゲーム「遊戯王OCG」、「ベイブレード」、ガングロ ●流行語： リベンジ、学級崩壊、カリスマ

年	1994年生	2004年生	政権	社会・政治・世界情勢
1997（平成9）年				韓国人「元従軍慰安婦」への償金支払い手続き開始［1月］ 秋田新幹線「こまち」開業［3.22］ 消費税5%に［4月］ 日産生命破綻［4.25］ 日本会議発足［5.20］ 改正男女雇用機会均等法・改正労働基準法施行。女性であることを理由とした差別的扱いを禁ずる［6月］ 岐阜、産廃施設建設の賛否を問う全国初の住民投票［6月］ アイヌ文化振興法施行［7月］ 香港、中国へ返還［7.1］ 臓器移植法施行［10月］ 北海道拓殖銀行倒産［11.17］ 山一証券自主廃業［11.24］ タイ・バーツ暴落を発端にアジア通貨危機
1998（平成10）年			7月 小渕恵三内閣	大蔵省接待汚職事件［1月］ インド、核保有宣言［5月］ パキスタン、初の地下核実験［5月］ 大蔵省の分割に伴い、金融監督庁設立［6.22］ 和歌山、毒物カレー事件［7.25］ 北朝鮮、弾道ミサイル「テポドン1号」発射［8.31］ NPO法施行［12月］ 完全失業率過去最悪。「平成大不況」
1999（平成11）年				日銀、史上初のゼロ金利政策実施［1月］ 総務庁、前月の完全失業者が300万人超えと発表［3月］ NATO、コソボをめぐりユーゴ空爆［3月］ 東京都知事に石原慎太郎当選［4.11］ 男女共同参画社会基本法施行［6月］ 国旗国歌法施行［8月］ 東京、池袋の繁華街で通り魔事件［9.8］ 核燃料加工会社「JCO」で国内初の臨界事故［9.30］ 神奈川県警の集団暴行や覚せい剤使用もみ消しなどの不祥事相次いで発覚［9月］ 自民党、自由党、公明党の3党連立発足［10.5］

かれらが生まれ育った平成初頭から令和初頭にかけての30年は、どのような時代だったのだろうか。政権や政治、教育、子どもや若者にまつわる事件や社会問題、文化などの動きを追った。

子ども・若者・教育	文化
高校で「家庭科」が男女共通の必修項目に［4月］ 愛知、中学2年生男子がいじめにより自殺［11.27］ 文部省、いじめ対策緊急会議［12月］	『名探偵コナン』連載開始［1月］ 大江健三郎、ノーベル文学賞受賞［10月］ 「セガサターン」発売［11月］ 「PlayStation」発売［12月］ ●ヒット・ブーム： 『平成狸合戦ぽんぽこ』、『家なき子』、ミニ四駆、『週刊少年ジャンプ』が漫画誌最高部数の653万部を突破。連載作品は『SLAM DUNK』『DRAGON BALL』『るろうに剣心』など ●流行語： イチロー、コギャル・ヤンママ、就職氷河期
文部省、全国の公立学校にスクール・カウンセラーを配置する制度導入［7月］ 沖縄少女暴行事件［9.4］	「プリント倶楽部（プリクラ）」登場［7月］ NTT「テレホーダイ」サービス開始［8月］ 「Windows95」日本語版が販売［11月］ PHSサービス開始。1997年に契約件数700万件超に到達 ●ヒット・ブーム： DREAMS COME TRUE「LOVE LOVE LOVE」、『新世紀エヴァンゲリオン』で「セカイ系」ブーム、スノーボード、『ウルトラマンティガ』ヒットでウルトラマンシリーズ再ブレーク ●流行語： 無党派、インターネット
文部省、2万人対象の「いじめ調査」［5月］ 文部省、中学校教科書の検定を一部公開。歴史教科書に「慰安婦」の記述［6月］ 「慰安婦」「南京」などの削除を求める地方議会請願など、第三次教科書「偏向」攻撃［7月］ 大阪府堺市の小学校で病原性大腸菌O-157による集団食中毒発生［7月］ 日経連、「就職協定」廃止。新規学卒者の採用選考に関する「倫理憲章」を策定	インターネット上のわいせつページを初摘発［1月］ ゲームボーイソフト「ポケモン」発売［2月］ 「Yahoo! JAPAN」サービス開始［4月］ 「NINTENDO64」発売［6月］ 「たまごっち」発売［11月］ 携帯電話契約数1,000万台突破 ●ヒット・ブーム： 『ロングバーション』、アムラー、ルーズソックス ●流行語： 自分で自分をほめたい、援助交際

1994(平成6)年〜2024(令和6)年のできごと

年	1994年生	2004年生	政権	社会・政治・世界情勢
1994(平成6)年	0歳		4月 羽田孜内閣 → 6月 村山富市連立内閣	女性初の最高裁判事に高橋久子就任 [2.9] 政治改革関連4法案成立 [3月] ルワンダ大量虐殺 [4月-7月] 中華航空機墜落事故 [4.26] 松本サリン事件 [6.27] カイロで国際人口・開発会議開催。「リプロダクティブ・ヘルス」が提唱される [9月] 国内初の24時間空港として関西国際空港開港 [9.4] 北海道東方沖地震 [10.4] 年金改革法成立。支給年齢を65歳に引き上げ [11月]
1995(平成7)年				阪神淡路大震災 [1.17] 地下鉄サリン事件 [3.20] 円高。1ドル＝79.75円と当時最高値を記録 [4月] 東京都知事に青島幸男、大阪府知事に横山ノック当選 [4.9] 地方分権推進法施行 [7月] 参院選で投票率50%を割り過去最低 [7.23] 戦後50年村山首相談話。アジア諸国への植民地支配と侵略に謝罪 [8.15] 沖縄少女暴行事件に対し、県民総決起大会(85,000人) [10.21] フランス、ボスニア・ヘルツェゴビナ紛争終結のための和平協定調印式 [12.14]
1996(平成8)年			1月 橋本龍太郎連立内閣	東京三菱銀行発足 [4.1] 普天間飛行場の全面返還で日米が合意。数日後に日米安保共同宣言 [4.12] 住宅金融専門会社の不良債権に対し、公的資金6,850億円投入 [6月] 「海の日」施行 [7.20] 国連総会で核実験全面禁止条約採択 [9月] 沖縄、米軍基地整理・縮小と日米地位協定見直しのための県民投票 [9.8] 初の小選挙区比例代表並立制選挙(衆院)実施 [10.20]

おわりに

本書では1994〜2004年生まれの20代を対象に、戦争、政治への実感や教育において印象的だったことを集めた。選挙時の投票率の低さなどから、社会に無関心とも言われる若者世代が、何を学んでどう感じたかを知ると共に、その背景にある出来事や政治の変遷を追った。

まずはかれらが育った社会背景を簡単に振り返りたい。生まれた時にはすでにバブル崩壊、消費税は導入済みで、就職氷河期が始まり、経済不況しか知らない。物心つく頃には家庭や学校にPCが備えられ、デジタルデバイスやSNSを使いこなすことから、デジタルネイティブとも称されてきた。

教育においては、2002〜2011年に実施された「ゆとり教育」を受けた世代だ。小、中、高校で教育を受ける期間、主に安倍政権下で過ごしたことも大きな特徴と言えるだろう。政治家が煽動した性教育へのバッシング、道徳科目の強化と「愛国心」

の盛り込み、教科書から「従軍慰安婦」など加害の歴史が消されるといった、政治によって教育も影響されてきた。詳細は年表「1994（平成6）年〜2024（令和6）年のできごと」（p．225〜）を参照していただけたらと思う。

社会背景を踏まえ、回答の特徴を見ていく。戦争では「加害の歴史は教わらず、被害の歴史が強調されていた」「『慰安婦』という言葉は教科書になかった」など、学べなかったことに自覚的なコメントが印象的だった。また近年のウクライナ侵攻やパレスチナでの大量虐殺といった現状を悼むと共に、戦争を遠い国の出来事だと思ってきた、試験のために覚える年号として捉えてきたと、内省する声も多く集まった。

政治も同様だ。2016年に選挙権が18歳以上に引き下げられたものの、当事者であったかれらの中から「生活に関わる問題として学ばなかった」や「学校や家で政治の話はやめようと先生や親に言われた」という声が上がっている。本来、生きることと地続きのはずの政治が、大人の手によって切り離されてきたと言えるのではないだろうか。政治がよくわからないままである、自分の一票が反映された経験がない、政治によって社会が良くなる実感がないという声からも伺えるように、延々と自公政権が続くなどといった社会の変わらなさも、かれらの気力を削いできたと思う。

当然、かれらも世間一般では大人である。戦争や政治の内側にあるものを知ろうとし、考える必要があると思う。しかしそれ以前に、かれらより上の世代の「大人」たちこそが政治に関心を持たず、政権の思い通りにさせてきたことを、反省しなければならないのではないか。現代はＳＮＳで情報を得たり発信したりしやすいものの、政治的発言をすると「冷笑」されたり、就職活動や社会で不利になるのではないかと不安になったりするとも聞く。そうした状況をつくってきたのは誰か。若者が考える機会を奪い、声を上げることを制する状況は、今も根深く続いている。

最後に、本書では集められなかった声もあることを記しておく。私たちが集められなかっただけで、社会に関心を寄せる余裕がそもそもない人もたくさんいたはずだ。貧困、パパ活や闇バイト、犯罪、虐待、自死など、ニュースで示された名前の横に、若い年齢が並んでいると胸が痛む。かれらを苦しめる社会構造が、依然としてあるからだと。だからこそこれからも、聞こえづらい声に耳をそばだてていきたい。

仕事文脈編集部　浪花朱音

参考資料

小熊英二編著『平成史』(河出書房新書、2012)
山口智美、斉藤正美『宗教右派とフェミニズム』(青弓社、2023)
大森直樹『道徳教育と愛国心——「道徳」の教科化にどう向き合うか』
(岩波書店、2018)
貝塚茂樹『戦後日本教育史　「脱国家」化する公教育』
(扶桑社新書、2024)
谷口真由美、荻上チキ、津田大介 、川口泰司
『ネットと差別扇動: フェイク／ヘイト／部落差別』
(解放出版社 、2019)
俵 義文『戦後教科書運動史』(平凡社新書、2020)
坂井豊貴『年表とトピックでいまを読み解く ニッポン戦後経済史』
(NHK 出版、2018)
中村政則、森武麿編『年表 昭和・平成史　新版 1926-2019』
(岩波ブックレット、2019)

NHK「ニッポン戦後サブカルチャー史 II」
https://www.nhk.or.jp/subculture/02/history/index.html
岡山県「教育史年表(全国)(平成元年から平成30年まで)」
https://www.pref.okayama.jp/page/367037.html
「現代用語の基礎知識」選 ユーキャン 新語・流行語大賞
https://www.jiyu.co.jp/singo/

回答者一覧

01 sakamon／学生／21歳、２００３年生まれ／男性／東京都出身、在住

02 ぐっち／大学生／21歳／ノンバイナリー／東京都出身、カリフォルニア在住

03 出射優希／ライター／22歳、２００２年生まれ／女／兵庫県出身、在住

04 かんざきひなた／大学生／22歳、２００１年生まれ／男性(he/they)／岡山県赤磐市出身、東京都世田谷区在住

05 フク／学生／22歳、２００１年生まれ／女／岡山県出身、在住

06 能登／保育士／23歳／女／東京都

07 匿名／会社員／23歳、２００１年生まれ／女性／愛知県出身、在住

08 てらしたみさき／大学院生／23歳、２００１年生まれ／男性／大阪府在住

09 水面／大学生／23歳、２００１年生まれ／女性／北陸出身、関東在住

10 山下睦乃／学生／23歳、２００１年生まれ／女／京都府出身、韓国ソウル在住

11 nanami／編集者／23歳、２０００年生まれ／ノンバイナリー／東京都在住

12 匿名／会社員／23歳／女／東京都出身、在住

13 吉元咲／学生／23歳、２０００年生まれ／女性／東京都出身、在住

14 シンタロー／フリーター／24歳、２０００年生まれ／男／京都府出身、在住

15 げぢまる／財団職員／24歳、２０００年生まれ／北海道出身、在住

16 匿名／会社員／24歳、２０００年生まれ／女／鳥取県出身、在住

17 加美山紗里／大学生／24歳／女性／神奈川県出身、在住

18 餅／フリーランス／25歳、１９９９年生まれ／女性／北海道遠軽町出身、在住

19 タイラ／フリーライター／25歳／男／沖縄県宮古島市出身、神奈川県在住

20 匿名／保育士／25歳、１９９８年生まれ／女／鳥取県出身、在住

21 あおか／学生／25歳／女／東京都国分寺市在住

22 野瀬晃平／学生／25歳、１９９８年生まれ／男／和歌山県出身、京都府在住

23 久世哲郎／配管工／26歳、１９９８年生まれ／男性／茨城県・東京都出身、群馬県長野原町在住

24 イシグロ カツヤ／会社員／26歳／男性／愛知県名古屋市出身、東京都在住

25 げじま／書店員／26歳／なんでもいい。クィア✌️／「北海道」出身、東京都在住

26 りょうた／ＩＴ／26歳、１９９８年生まれ／男／宮崎県出身、東京都在住

27 りほ／「COMポスト資本主義」ポッドキャスト配信／26歳、1998年生まれ／she/her／大阪府出身、イギリス・ロンドン在住

28 匿名／会社員／26歳、1998年生まれ／男／鳥取県出身、在住

29 花／会社員／26歳、1998年生まれ／女／兵庫県出身、京都府在住

30 匿名／デザイナー／26歳、1998年生まれ／男性／鹿児島県出身、京都府在住

31 安部和音／作曲家、不動産業／26歳、1998年生まれ／男／大分県出身、在住

32 なりさ／自営業／26歳、1997年生まれ／she/her／千葉県出身、東京都在住

33 根岸夢子／無職／26歳、1997年生まれ／女性／2024年10月現在は東京在住、もうすぐ地元の静岡県へUターン予定

34 匿名／陶芸家／27歳／男性／京都府

35 あおきともこ／フリーランス／27歳、1997年生まれ／女／神奈川県横須賀市出身（育ちは宮城県仙台市）、東京都国分寺市在住

36 吉田貫太郎／訪問介護経営・編集・PM／27歳、1997年生まれ／男／北海道伊達市出身、在住

37 高坂彩乃／グラフィックデザイナー／27歳、1997年生まれ／女／兵庫県出身、神奈川県在住

38 匿名／大学院生／27歳、1996年生まれ／女／関西出身、アメリカ在住

39 宮本巴奈／編集者・デザイナー・出版プロジェクト「LIPSUM」を運営／27歳、1996年生まれ／女／東京都出身、在住

40 ワカナ／フリーランス／28歳、1996年生まれ／女／青森県出身、北海道在住

41 眞鍋せいら／会社員／28歳、1996年生まれ／クエスチョニング（女性かノンバイナリー）／東京都出身、在住

42 匿名／看護師／28歳、1996年生まれ／女／広島県出身、在住

43 クチダケオ／自営業／28歳、1995年生まれ／男／宮崎県

44 平石萌／表現活動／29歳、1995年生まれ／滋賀県出身、東京都在住

45 チョロQ／会社員／29歳、1995年生まれ／女／兵庫県出身、京都府在住

46 Mパパ／自動車サービス業／29歳、1994年生まれ／男／鳥取県出身、在住

47 西由良／あなたの沖縄・主宰／29歳／女性／沖縄県那覇市首里出身、東京都在住

48 新造真人／美術家、水色研究者／30歳／多拠点居住

49 デスガキ／文化施設職員（アート、映像関係）／30歳／女／愛知県出身、静岡県在住

50 り／大学院生／ナイショ／ご想像にお任せします／青森県

若者の戦争と政治
20代50人に聞く実感、教育、アクション

2024年12月27日　初版発行

編　仕事文脈編集部
装丁　髙坂彩乃
年表デザイン　小松洋子
編集　浪花朱音
発行人　宮川真紀
発行　合同会社タバブックス
東京都世田谷区代田6-6-15-204　〒155-0033
tel: 03-6796-2796　fax: 03-6736-0689
mail: info@tababooks.com
URL: http://tababooks.com/

組版　有限会社トム・プライズ
印刷製本　シナノ書籍印刷株式会社

ISBN978-4-907053-72-7　C0095

感想をお寄せください

タバブックスの本をお読みいただき
ありがとうございます。ぜひ本を読んだ感想を、
右のご感想フォームより
お寄せください。お待ちしています！
